Franz R. Vorderwinkler

Auf den Spuren der Kultur

Museen
Stifte
Burgen
Schlösser
Galerien
in
Niederösterreich

mediapress

Das Titelfoto zeigt die Burg Hardegg in der Südansicht. *Foto: G. Rennhofer, Wien*

Als Quellen für diese Dokumentationen und Berichte dienten die bisher vorhandenen Publikationen und in weiterer Folge Auskünfte der Besitzer, Betreiber beziehungsweise der Anbieter und Kultursachverständigen der jeweiligen Gemeinden. Alle Angaben erfolgen ohne Gewähr auf Richtigkeit bzw. Vollständigkeit.

Herausgeber und Verleger:
Kirche & Kultur, Verlag **mediapress**, Postfach 85, A-4401 Steyr

Redaktionelle Betreuung:
Redaktionsbüro Riener, Postfach 69, A-4403 Steyr

Satz: Eigensatz

Druck- und Satzfehler vorbehalten.

Sämtliche Abbildungen und Textbeiträge wurden von den jeweiligen, im Buch präsentierten Einrichtungen zur Verfügung gestellt; für diese beigestellten Unterlagen werden vom Verleger keine Verpflichtungen gegenüber Urhebern übernommen.

ISBN: 3-901819-00-2

Inhaltsverzeichnis

Editorial

Zu diesem Buch

Unerschöpflich reich ist Niederösterreich an Kunstschätzen. Nicht nur Industrie, eine florierende Wirtschaft und Landwirtschaft, sondern auch Kunst und Kultur prägen dieses Land.

Niederösterreichs alte Städte, Märkte und Dörfer, die bedeutenden Stifte und Klöster, und schließlich die Vielzahl der Schlösser, Burgen, Ruinen und Museen in diesem Land, sie alle zeigen Niederösterreich als ein Land mit einer gewachsenen breiten Kultur.

Wenn nun im vorliegenden Band bedeutende Kunststätten des Landes in Wort und Bild näher vorgestellt werden, so ist dies sicher ein Ausdruck von Freude an den kulturellen Schönheiten Niederösterreichs - aber wohl auch als Anregung zu verstehen, wieder einmal offenen Auges durch dieses Land zu fahren und seine Schätze zu sehen. Nicht zuletzt soll und kann dieses Buch auch seinen Gästen Anregung und Anleitung sein, die wesentlichen Kulturstätten Niederösterreichs näher kennenzulernen.

Eine Sammlung all dieser Schätze würde aber den Rahmen dieses Buches sprengen. Wir haben uns daher entschlossen, eine Auswahl zu treffen, einen bunten Bilderbogen zu liefern und Anstöße zu geben, große aber auch kleine Kunstdenkmäler zu besuchen - ihnen die Referenz abzustatten, um sich zu überzeugen, wie reich das Land damit gesegnet ist.

Zahlreiche Farbbilder, Text und die Informationsleiste sollen es dem Kunst- und Kulturinteressierten leicht machen, die gewünschten Ziele auch zu erreichen.

Noch einmal aber sei gesagt, daß dieses Buch in dieser Form nicht vollständig ist - und daß der „Forscher nach schönen Dingen“ noch sehr viel „Kunst am Wege“ finden kann und wird.

Steyr, im März 1997 — Franz Vorderwinkler

Allentsteig

Anreise
A22 bis Stockerau Nord/B4 bis Horn/B303
A7 bis Unterweitersdorf/B125 bis Freistadt/B38 bis Zwettl/LH67/LH65

Franz-Josefs-Bahn Bahnhof Allentsteig-Thaua

Öffnungszeiten
Mitte Mai bis Ende September:
SA, SO, Feiertag 10.00-12.00 und 14.00-17.00 Uhr
sowie gegen Voranmeldung im Gemeindeamt 02842 - 2862

Eintritt
Erwachsene 20,-; Kinder 10,-
Gruppen 15,-/Person

Führungen
Nach telefonischer Voranmeldung

Fachgebiete
Topographie der Entsiedelung vor 1938

Fotografieren
Erlaubt

Sonderausstellungen
Fallweise Veranstaltungen und Sonderausstellungen

Schwerpunkte
Zeitgeschichte

Publikationen/Kataloge
Buch zur Ausstellung, Ansichtskarten

Aussiedlermuseum

Hamerlingstraße
3804 Allentsteig
Tel. 02824 - 2310

Schwerpunkte der Ausstellung

- Topographie der entsiedelten Region vor 1938
- vergangene Lebensweise und gewachsene Volkskultur der Döllersheimer Region und ihrer Bewohner
- Entsiedlungsvorgänge zwischen 1938 und 1942

Diese Schwerpunkte werden anhand von historischem und auch neuem Bildmaterial, Zeitdokumenten, Berichten von Betroffenen, erläuternden Karten, Skizzen und Objekten aus allen entsiedelten Ortschaften illustriert und dokumentiert.

Aussiedlermuseum

Die Fakten der Weltgeschichte, der Einmarsch Hitlers in Österreich und die Machtübernahme durch die Nationalsozialisten in den Märztagen 1938, sowie der nachfolgende Weltkrieg sind bekannt.

Weniger bekannt, außer bei den Betroffenen selbst und in deren Umfeld, ist das Faktum der Waldviertler Lokalgeschichte „Bildung des Heeresgutsbezirkes Truppenübungsplatz Döllersheim“ in den Jahren 1938 bis 1942 für die Deutsche Wehrmacht und ihren Zweck, sowie die weitreichenden Folgen für fast 50 Dörfer und etwa 7.000 Menschen.

Sie mußten innerhalb kürzester Zeit ihre Dörfer verlassen, wurden „ent-“ bzw. „umgesiedelt“, manche von ihnen in nur wenige Kilometer entfernte Regionen, andere nach Oberösterreich, in die Steiermark oder anderswohin.

Heute befindet sich in dieser „alten Heimat“ der größte Truppenübungsplatz Mitteleuropas. Von den Dörfern ist nichts geblieben, außer nur mehr durch Eingeweihte und Ortskundige erkennbare, durch wuchernde Vegetation zugedeckte Ruinenreste.

Wie ging die Entsiedlung tatsächlich vor sich, und wie stellt sie sich in den Augen der Betroffenen heute dar?

Unter welchen wirtschaftlichen und sozialen Gegebenheiten spielte sich das Leben dieser Waldviertler vor 1938 ab?

„Volkskultur“ von damals, in einer im wesentlichen bäuerlich geprägten Welt und einer politisch unruhigen, von Wirtschaftsflaute und damit verbundener Arbeitslosigkeit gekennzeichneten Zeit.

Die Ausstellung möchte mit dieser Dokumentation von der vergangenen Kultur und Lebensweise einer verschwundenen Waldviertler Region und ihrer Menschen berichten. Auch soll durch die Darstellung des zeitgeschichtlichen Rahmens zum Nachdenken über menschliche Auswirkungen politischen Handelns angeregt werden.

Quelle: Aussiedlermuseum Allentsteig

Allentsteig

Schloß

Truppenübungsplatz-
kommando
Kirchenplatz 13
3804 Allentsteig

Tel. 02824 - 2275
Fax 02824 - 2275-179

Anreise
A22 bis Stockerau Nord/B4 bis Horn/B303
A7 bis Unterweitersdorf/B125 bis Freistadt/B38 bis Zwettl/LH67/LH65

Bahnhof Allentsteig-Thaua ca. 1 km vom Truppenübungsplatz entfernt

Öffnungszeiten
Als Amtsgebäude während der Dienstzeit

Führungen
Für Gruppen nach Voranmeldung

Sehenswürdigkeiten
Innenhof, Arkadenhof, alter Pferdestall, Abgang zum Meierhof

Publikationen/Kataloge
Prospekte, „Die alte Heimat", DEHIO

Allgemeines
Schloßfest im Sommer

„Begegnung im Schloß" meist 1. SA im August

kulturelle Veranstaltungen in den Sommermonaten

Bekanntgabe jeweils im Veranstaltungskalender

Truppenübungsplatz

Der Truppenübungsplatz Allentsteig erstreckt sich nordostwärts der Stadt Zwettl und ist 15.700 ha groß. Seit 1957 dient er dem Österreichischen Bundesheer als Übungs- und Trainingsstätte. Mit ca. 200 Schieß-, 240 Übungstagen und durchschnittlich 250.000 Nächtigungen ist diese größte Übungsfläche in Österreich voll ausgelastet.

Neben dem Truppenübungsplatzkommando befindet sich noch das Panzerartilleriebataillon, die Heeresforst- und die Bundesgebäudeverwaltung in der Garnison. Diese Dienststellen bieten 650 Menschen einen sicheren Arbeitsplatz und bilden einen der größten Betriebe in der Region Waldviertel. Die Wertschöpfung beträgt jährlich ca 250 Millionen Schilling.

Gut geschultes Personal sorgt für die Sicherheit, die Bedienung der elektronischen Einrichtungen sowie für die Bereitstellung des Materials, das für die Ausbildung benötigt wird und trägt so für Österreichs Sicherheit bei.

Schloß Allentsteig mit seinem kleinen Park liegt heute mitten in der verbauten Stadt und war ehemals im Osten von einem Burggraben umgeben.

Die Gründung geht zurück auf das 11. Jahrhundert als königliche Schenkung an die Kuenringer. Bis 1390 stand die damalige Burg im Besitz der Herren von Kamegg-Kaya. Später folgten häufige Besitzerwechsel und Besetzungen wie 1486 durch die Truppen des Matthias Corvinus. Bei der von 1544 bis 1570 durchgeführten Umgestaltung wurde aus der mittelalterlichen Burg ein schmuckes Renaissanceschloß. 1619 folgten Zerstörungen durch die Wallonen, 1645 durch die Schweden. Schwere Feuer vernichteten das Schloß 1682 und 1752. 1884 erwarben die Prinzen Liechtenstein das Schloß, seit 1955 befindet es sich im Besitz der Republik Österreich und dient dem Österreichischen Bundesheer seit 1957 als Sitz des Truppenübungsplatzkommandos.

Das Schloß ist ein fünfseitiger Renaissancebau, die Außenmauern stammen großteils noch von der mittelalterlichen Burg aus der Zeit um 1300. Älteste Bauteile sind der mächtige Bergfried sowie die östlich anschließende Quadermauer.

Der Zugang zu dieser Anlage befindet sich von Osten.

Die Torhalle stammt aus der Mitte des 16. Jahrhunderts, ist zweigeschossig mit einem Breiterker über dem gequaderten Renaissancetor - das Wappen der Pereira-Arnstein stammt aus 1830.

Ein romanisches Portal an der Hofseite des Bergfrieds ist noch aus der Zeit des 12. Jahrhunderts - das Turmobergeschoß mit den Zinnen und Zeltdach hingegen stammen aus dem Jahr 1904.

Unbedingt erwähnenswert ist der aus der Zeit von 1576 stammende längsrechteckige, dreigeschossige Arkadenhof mit seinen flachbogigen Arkaden über toskanischen Säulen an drei Seiten. In den beiden Obergeschossen befindet sich eine Balustrade mit Doppelbalustern. Ein Kreuzgewölbe mit angeputzten Graten rundet das harmonische Erscheinungsbild dieses wunderbaren Bauwerks ab.

Quelle: Franz Ettmayer

Amstetten

Schloß Ulmerfeld Bauernmuseum

1 *Ortsgeschichtliches Museum in Ulmerfeld -* ein Ort der Begegnung von Geschichte und Bildender Kunst und ***Historische Waffensammlung Urschitz***
Schloß Ulmerfeld
Tel. 07475 - 40 80
Museum Tel. 07475 - 2326-11

2 *Mostviertler Bauernmuseum*
Tel. 07479 - 73 34

3363 Ulmerfeld-Hausmening-Neufurth

Anreise

A1 Ausfahrt Amstetten West/ B121 oder Amstetten Ost/B1/B121
A1 Ausfahrt Amstetten West/B121 oder Amstetten Ost/B1/B121

Westbahn bis Amstetten/Bahn Richtung Waidhofen/Bahnhof Hausmening

Linienbusse

Öffnungszeiten

1 MO - DO 9.00 - 12.00 u. 13.00 - 16.30 Uhr
FR 9.00 - 12.00 Uhr
SO 14.00 - 17.00 Uhr
Jederzeit nach telefonischer Voranmeldung unter Tel. 07475 - 23 26 - 11

2 Jederzeit nach telefonischer Voranmeldung

Führungen

1 Jederzeit nach telefonischer Anmeldung
2 Jederzeit nach telefonischer Anmeldung

Fotografieren

1 Erlaubt

Ortsgeschichtliches Museum in Ulmerfeld - ein Ort der Begegnung von Geschichte und Bildender Kunst

Im restaurierten Schloß Ulmerfeld ist seit dem Jubiläumsjahr 1995 ein Museum untergebracht, bei dessen Einrichtung die Gestalter völlig neue Wege gegangen sind: Eine orts- und regional- sowie wirtschafts- und sozialgeschichtliche Darstellung wird ergänzt von Arbeiten zum Teil sehr bekannter Künstler. So ist das Schloßmuseum Ulmerfeld gleichzeitig auch Galerie und Ort der Begegnung von Geschichte und Bildender Kunst.

Der Besucher des Museums im Palas des ehemaligen freisingischen Herrschaftssitzes wird zunächst mit der Gegenwart konfrontiert und von hier in Zeitschriften an die Anfänge von Ort, Herrschaft, Pfarre und Schloß herangeführt. Die Inhalte werden mittels erklärender Texte und reichlichen Bildmaterials - in seiner Art jeweils dem betreffenden Zeitabschnitt angepaßt - dargeboten, an seiner Längsseite des Raumes dem Thema „Herrschaft und Bevölkerung“ - bzw. „Macht und Abhängigkeit“ folgende, auf der anderen Seite orientiert an der Geschichte des Siedlungsraumes, der Kirche und des Schlosses in seinem Werden, Vergehen und seiner neuen Funktionalität.

Anstatt von Ausstellungsgegenständen, wie sie in Heimatmuseen in der Regel zu finden sind, bietet die Kunst im neuen Ulmer-

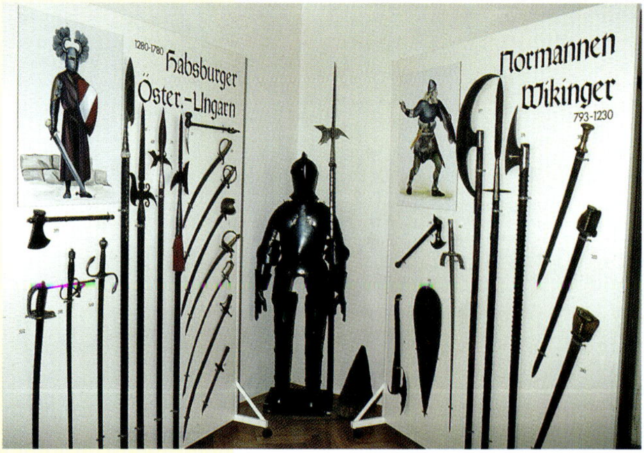

felder Museum etwas fürs Auge.

Insgesamt fünfzehn Künstler stellen sich den Themen der Geschichte und treten mit ihr in einen Dialog ein. Ihre unterschiedliche Zugangsweise und Technik, gleichzeitig aber ihre Einordnung in ein vorgegebenes didaktisches Gesamtkonzept, vermitteln den Eindruck von Einheit, hervorgegangen aus interessanter Vielfalt.

Der Besucher ist eingeladen, die vom Text auf den Schautafeln beschriebenen Fakten in Beziehung zu setzen zu der Sichtweise des jeweiligen Künstlers und sich daraus ein eigenes Urteil zu bilden. Einheimische erhalten Auskunft über die Geschichte ihres Ortes, Besucher von auswärts werden historische Inhalte über ortsgeschichtliche Relevanz hinaus exemplarisch zu vermitteln versucht. Sie werden animiert, sich in die Lebensverhältnisse vergangener Zeiten hineinzudenken und einzufühlen und dazu die Sprache der beteiligten Künstler zu entschlüsseln.

Schloß Ulmerfeld

Historische Waffensammlung „Urschitz"

Diese historische Waffensammlung ist eine museale Ausstellung von Kopien historischer Waffen. Ziel der Sammlung ist es nicht, den Krieg zu verherrlichen, sondern dem Besucher Wissen über die handwerkliche Geschicklichkeit und die künstlerischen Fähigkeiten unserer Vorfahren zu vermitteln.

Gezeigt werden über 400 verschiedene Waffen, beginnend mit den Waffen der Kelten und Hallstattzeit bis zu den Waffen des beginnenden 19. Jahrhunderts. Alle Ausstellungsstücke beziehen sich auf den geschichtsträchtigen Raum des Donauweges und der Eisenwurzen, auf alle Völkergruppen, die diesen Raum durchzogen und die in dieser Gegend geschmiedeten Waffen, die dann in alle Welt geliefert wurden.

Mostviertler Bauernmuseum

Dieses Museum ist mit mehr als 15.000 Exponaten die größte volkskundliche Privatsammlung Österreichs. Es ist im **Ödhof,** einem bewirtschafteten Vierkanter, integriert.

Gegenstände aus dem Arbeits- und Wohnbereich vermitteln einen lebendigen Eindruck des Lebens der Mostviertler Bauern in vergangenen Jahrhunderten, der durch die Arbeitsgeräte der ländlichen Handwerker vervollständigt wird.

Diese Sammlung zeugt nicht nur von der Härte der Bauernarbeit, sondern auch von deren Erfindergeist, ihrer Wohnkultur, ihrem Brauchtum und ihrem Glauben.

Geschichtliche Entwicklung von Amstetten

Teile des Gemeindegebietes von Amstetten waren schon in prähistorischer Zeit besiedelt. Dies belegen Funde aus der Jungstein-, Bronze- und Eisenzeit. 995 wird der freisingische Markt Ulmerfeld bereits erstmals urkundlich erwähnt, 1111 der passauische Markt Amstetten.

Um die Mitte des 13. Jhs. entsteht der angerförmige Markt von Amstetten. 1276 gestattet Kaiser Rudolf von Habsburg den Markt mit wehrhaften Mauern zu umgeben. Die Bürger von Amstetten machen aber von diesem Privileg nur sehr unzulänglich Gebrauch, anders die Bürger des Marktes Ulmerfeld, die sich im Schutze des wehrhaften Schlosses und der Befestigungsmauer geborgen fühlen.

Mit der Inbetriebnahme der Kaiserin-Elisabeth-Westbahn im Jahre 1858 setzt der Aufstieg des Marktes ein. 1872 wird die Kronprinz-Rudolf-Bahn eröffnet, die von Amstetten aus ins Ybbs- und Ennstal führt. Amstetten wird Bahnknotenpunkt und erhält eine große Eisenbahn-Reparaturwerkstätte. Damit setzt eine sehr rasche Aufwärtsentwicklung ein.

1868 wird Amstetten Sitz einer Bezirkshauptmannschaft, für die Gemeinde 1897/98 ein Amtsgebäude errichtet, das Rathaus. 1897 erhebt Kaiser Franz Joseph I. Amstetten zur Stadt.

Bauernmuseum

Geschichtliche Entwicklung von Ulmerfeld

Mit der Urkunde vom 16. August 995, wo der Freisinger Bischof Gottschalk für ein kleines Weingut bei Krems, dafür von König Otto III., 6 Königshufen, ca. 200 Hektar Land, in „Zudamaresfelt an der Ybss" (Ulmerfeld) eintauschte, begann die geschichtliche Entwicklung dieses Ortes. Der Freisinger Bischof bekam ein Jahr später vom selben Herrscher 30 Königshufen (1000 Hektar Land) in Niuvanhova (Neuhofen a.d. Ybbs) als Schenkung, wo in der Urkunde erstmals der Name „Ostarrichi", (Österreich) genannt wird.

Ulmerfeld und Neuhofen bildeten das Kerngebiet der späteren großen Herrschaft Ulmerfeld. Im Jahre 1321 wurde die Burg Ulmerfeld von Bischof Konrad III. als Verwaltungszentrum und Sitz des herrschaftlichen Pflegers ausgebaut. Schon 1265 verleiht König Ottokar dem Bischof Konrad II. das Landgericht in Ulmerfeld. 1338 verleihen die Herzoge Albrecht und Otto Ulmerfeld einen Wochenmarkt. Für acht verarmte Bürger wird vom Freisinger Bischof in Ulmerfeld ein Spital errichtet und mit verschiedenen Dotationen versehen. 1390 wird der Markt mit einer Ringmauer und drei Toren befestigt.

1569 erhält der Markt vom Hochstift Freising ein Mohrenwappen verliehen. 1637 erfolgt die Verleihung zweier Jahrmärkte und 1839 zweier Viehmärkte. Innerhalb der Marktbefestigung zählte man 1780 46 Häuser, deren Inhaber Kleingewerbe und Landwirtschaft betrieben.

In den letzten Jahrzehnten ist die Geschichte Ulmerfelds nach einer Reihe von Jahrhunderten ohne großer Umwälzungen wieder in Bewegung geraten. 1965 erfolgte der Zusammenschluß mit der Nachbargemeinde Hausmening, dessen Entwicklung von der bäuerlichen Siedlung zum Industrieort um 1870 einsetzte, als hier an Stelle der Haidmühle an der Ybbs eine Papierfabrik entstanden und 1872 die Kronprinz-Rudolf-Bahn eröffnet wurde. Seit 1972 ist Ulmerfeld-Hausmening-Neufurth ein Bestandteil der Stadtgemeinde Amstetten.

Schloß Ulmerfeld

Die Anlage besteht aus einem Torturm, dem rundbogigen Tor, einem darüberliegenden Balkon auf Kragensteinen, vier Trakten und einem unregelmäßigen Innenhof, Pultdächern gegen den Hof, dem Bergfried und der Torhalle mit gotischem Kreuzgewölbe.

Für Kunstliebhaber ist die gotische Schloßkapelle aus dem 14. Jahrhundert sehr beachtenswert. Ebenfalls besonders bedeutsam sind die Wandmalereien dieses dem hl. Ulrich geweihten und seit Josef II. profanierten Sakralbaues zu bezeichnen. Szenen aus der Legende des Heiligen und aus dem Marienleben sowie die vier Evangelisten sind Gegenstand der als Fresken ausgeführten Darstellungen.

Vom 14. Jh. bis 1803 war das Schloß im Besitz der Freisinger Bischöfe und im 20. Jh. der Neusiedler Papierfabrik. Heute ist das Schloß ein bedeutendes Wahrzeichen und kulturelles Veranstaltungszentrum im Mostviertel, dessen Revitalisierung 1992 abgeschlossen wurde. Im Nordtrakt ist eine Jugendherberge untergebracht.

Mauer - Greinsfurth

In Mauer errichteten die Römer einst ein Kastell. Die Ruinen der starken Mauern standen bis ins 17. Jahrhundert und haben der heutigen Siedlung ihren Namen gegeben.

Durch den Fund einer kompletten Tempeleinrichtung - dem „Jupiter-Dolichenus" - wurde Mauer 1937 weltbekannt.

Eine kulturelle Sehenswürdigkeit ist auch der beeindruckende Jugendstilbau der Landesnervenklinik, die 1898, zum fünfzigjährigen Regierungsjubiläum Kaiser Franz Josephs, errichtet und 1902 eröffnet wurde.

Greinsfurth ist seit 1305 urkundlich nachweisbar.

Quelle: Kulturamt der Stadtgemeinde Amstetten

Arbesbach

Burgruine Schmiedemuseum

1 Burgruine
2 Schmiedemuseum

Gemeindeamt
3925 Arbesbach

Tel. 02813 - 213
02823 - 389-22
Herr Wiesinger

Anreise

von Grein bzw. Weitra B119
von Königswiesen B124
von Zwettl B38 Abzw. Uttissenbach/B124

Bahnhof Groß-Gerungs

Linienbusse

Öffnungszeiten

1 SO 8.30 - 18.00 Uhr oder
Schlüssel bei Bäckerei Huber abholen
2 Ostern - Allerheiligen tgl. 8.00 - 18.00 Uhr

Eintritt

1 Erwachsene 20,-; Kinder 5,-;
2 Erwachsene 25,-;Gruppen pro Person 10,-;
Kinder 15,-
Kinder- und Schülergruppen10,-/Kind

Führungen

1 Infoblätter
2 Ja

Fachgebiete

2 Schmiede

Fotografieren

1, 2 Erlaubt

Sehenswürdigkeiten

1 Pranger, Höllfall, Galgen

Publikationen/Kataloge

1 Ansichtskarten
2 Broschüre und Ansichtskarten

Allgemeines

1 Fallweise Burgfest
2 Jährlich „Tag der Offenen Tür" mit
Inbetriebnahme der Schmiede

Herrenhaus

Das Herrenhaus, auch Schloß genannt, wurde 1593 unter Erasmus von Starhemberg mitten im Ort erbaut.

Es ist ein mächtiger zweigeschossiger Bau mit Speichergeschoß, einem dreiteiligen Satteldach und einem zentralen gequaderten Rundbogentor aus schwerer Granitrahmung.

Sehenswürdigkeiten

Eine spätbarocke Pfarrkirche, die Einsiedlerkapelle und das Marterl am Arbesberg sind ebenso wert besichtigt zu werden wie der Pranger und Galgen außerhalb des Ortes, die heute noch Zeugen des einstigen Hochgerichtes sind.

Schmiedemuseum

Der Kamp betrieb im Gemeindegebiet von Arbesbach einst viele Sägen, Mühlen und Schmiedewerkstätten.

Eine dieser alten Schmieden wurde vor Jahren revitalisiert. Drei Wasserräder betreiben die einfachen Maschinen bzw. den Hammer, so daß man sich ins vorige Jahrhundert zurückversetzt fühlt.

Burgruine

Auf einem mächtigen Granitkegel in prächtiger, das Land überschauender Höhenlage im oberen Kamptal liegt auf einem steilen Felsen über dem Markt die markante Burgruine, die auch als der „Stockzahn des Waldviertels" genannt wird.

Noch heute sind unter anderem Reste des fünfeckigen Bergfrieds, der Burggraben, ein Rundbogentor, der Vorhof sowie Reste der Wohngebäude erhalten.

Die Burg wurde vermutlich im späten 12. Jahrhundert von den Kuenringern als Vorburg von Rappottenstein erbaut, die hier ihr Stammgebiet schufen. Die Ortschaft entwickelte sich als Burgort im 12. und 13. Jahrhundert rasch.

Von den Kuenringern gelangte dieses Bauwerk 1282 an die Falkenberger, war von 1326 - 1348 in Klingenbergschen Besitz, später mit der Herrschaft Rappottenstein vereinigt und durch eine Heirat ging das Gut an Dachsberg und 1423 weiter an die Starhemberg.

1480 zerstörten Böhmen auf ihrem Durchzug die Burg, sie wurde dann nicht mehr aufgebaut und verfiel allmählich.

Seit 1884 befindet sich auf der Burg eine durch ein Betonfundament gestützte Aussichtswarte, von der man an klaren Tagen bis Böhmen bzw. die Alpenkette sieht.

Quelle: Gemeinde Arbesbach

Burgruine Arbesbach

Ardagger

Mostgalerie

Mostgalerie in
Stift Ardagger
3321 Ardagger

Tel. 07479 - 6400
Fax 07479 - 6400-4

Anreise

A1 Ausfahrt Amstetten West / B119
Bahnhof Amstetten
Linienbusse
Taxi

Öffnungszeiten

Ostern bis 31. Oktober täglich von 13.00 - 18.00 Uhr sowie gegen Voranmeldung jederzeit und ganzjährig
Gruppen ab 20 Personen bitte nur gegen Voranmeldung

Produktpalette

- 20 Moste in vier Geschmacksrichtungen
- naturreine Fruchtsäfte
- Liköre und Edelbrände aus heimischen Wildfrüchten
- Dörrobst, Gewürzessig
- Käse vom Biobauern
- Wildfruchtmarmeladen und vieles mehr

Sehenswürdigkeiten

Pfarrkirche hl. Nikolaus
Ardagger Stift mit Gutsweiler, Stiftskirche, Krypta, Kreuzgang und Marienfenster
Vogellehrpfad in Stift Ardagger (Paulberg)
Kulturzentrum Ardagger - Strudengau
Militärgeschichtliches Museum Ardagger
Kollmitzberg mit Wallfahrtskirche zur hl. Ottilia
Stephanshart

Allgemeines

Für Vereinsausflüge oder Betriebsausflüge können weitere Reiseziele dieser Region vermittolt wordon:
Donauschiffahrt
Besichtigung Stiftskirche Ardagger
Mostviertler Bauernmuseum
Riesenmostbirn
Fasslkutschn

Die Mostgalerie

Der Birnbaum, das Symbol des Mostviertels

Der Mostbirnbaum ist das Naturdenkmal des Mostviertels, das zum Erholen, Genießen und Erleben einlädt. Aus der Mostbirne wird der Most nach uralter Tradition vergoren. Als Namensgeber steht er für das Mostviertel dem Gebiet von der Traisen bis zur Enns.

Im Verkostungskeller der MOSTGALERIE in Stift Ardagger werden Spitzenmoste in vier Geschmacksrichtungen zur Verkostung und zum Verkauf angeboten. Hochwertige Obstprodukte, wie naturreine Säfte aus Birnen und Äpfeln, Essig, Schnäpse, Liköre, Dörrobst und Obstschaumweine ergänzen das Angebot der MOSTGALERIE.

Alle Produkte unterliegen einer strengen Auswahl- und Qualitätskontrolle.

Der Verein **DIE MOSTGALERIE** wurde im Oktober 1992 gegründet und hat im Mai des darauffolgenden Jahres den gleichnamigen Verkostungskeller in Stift Ardagger eröffnet. Seither können Sie in diesem „Schaufenster des Mostviertels" neben Fruchtsäften, Birnschaumweinen und Likören bzw. Schnäpsen an die 20 streng kontrollierte Spitzenmoste, die nach einem speziellen Ausleseverfahren jährlich neu ausgewählt werden, verkosten und einkaufen.

Die Produkte der **MOSTGALERIE** sind aber lediglich „Ausstellungsstücke" einer viel tiefer verwurzelten Most- und Obstkultur des Mostviertels. Der blühende Mostbirnbaum als Symbol dieser Kultur ist das landschaftsprägende Element in unserer Heimat. Ziel des Vereines **„DIE MOSTGALERIE"** ist es, den Birnbaum, die Kultur, die sich über Jahrhunderte rundherum entwickelt hat und die natürlichen Produkte aus dieser Region zu erhalten.

Erstmals ist es mit dem Projekt **„MOSTGALERIE"** gelungen, ein innovatives, zukunftsorientiertes Unternehmen zu schaffen, in dem die Landwirtschaft auf der einen Seite (bäuerliche Ortsverarbeitung), die Gastronomie und der Tourismus auf der zweiten, und der Umwelt- und Landschaftsschutz (Produktion naturbelassener gesunder Produkte, Erhaltung der regionstypischen Kulturlandschaft) auf der dritten Seite intensiv vernetzt sind und voneinander profitieren.

Die dadurch erzielten Synergieeffekte sind Grundlage für einen dauerhaften Bestand im neuen Europa.

Quelle: „Die Mostgalerie"

Mostgalerie

Asparn / Zaya

Schulmuseum
Weinlandmuseum
Museum für Urgeschichte

2151 Asparn/Zaya

1 NÖ. Schulmuseum
Michelstetten
Tel. 02577 - 8240

2 Weinlandmuseum im
Minoritenkloster
Tel. 02577 - 8240

3 Museum für Urgeschichte
mit urgeschichtlichem
Freilichtmuseum

Tel. 02577 - 8239

Anreise

A22 Ausfahrt Floridsdorfer Brücke/
B7 bis Mistelbach/LH 35 (ca. 55 km)

S-Bahn Wien Mitte - Mistelbach
und weiter mit Bus

Autobusbahnhof Wien/Mitte - Mistelbach -
Asparn/Zaya

Öffnungszeiten

1 1. April - 31. Oktober
täglich 9.00 - 17.00 Uhr

2 1. April - 31. Oktober
SA 13.00 - 17.00 Uhr
SO, Feiertag 9.00 - 17.00 Uhr
Gruppen können das Museum außer dieser Zeit gegen Voranmeldung besichtigen

3 1. April - 31. Oktober
DI - SO 9.00 - 17.00 Uhr

Eintritt

1 Erwachsene 30,-Schüler, Kinder 15,-
Gruppen ab 20 Personen pro Person 25,-

Führungen

1 Nach Vereinbarung

Fotografieren

Erlaubt

Sonderausstellungen

3 1996
„Rätsel um Gewalt und Tod vor 7000 Jahren"

Geschichte von einst bis heute

Der Marktflecken Asparn an der Zaya liegt in einer Weitung des Zayatales inmitten des waldreichsten Teiles des Naturparks Leiser Berge. Zentrum des Ortes ist das einst mauerumgürtete „Stättl", bestehend aus dem Schloß, der alten Kirche mit dem Wehrgang über dem Burggraben und dem Minoritenkloster. Dieses von Parkanlagen umgebene Ensemble zählt sicherlich zu den schönsten Baudenkmälern Niederösterreichs.

Asparn an der Zaya ist uralter Siedlungsboden, die Zeugnisse der Vergangenheit werden in drei Museen liebevoll zur Schau gestellt. Das Museum für Urgeschichte des Landes NÖ mit dem urgeschichtlichen Freilichtmuseum im Schloß ist eines der modernsten Mitteleuropas. Das Weinlandmuseum im Kloster bietet jährlich interessante Sonderausstellungen, und das NÖ Schulmuseum in Michelstetten, in unmittelbarer Nähe der Wehrkirche gelegen, genießt bereits internationalen Ruf.

All das läßt einen Besuch in Asparn an der Zaya und seiner Umgebung zu einem unvergeßlichen Geschichts-, Kultur- und Naturerlebnis werden.

1. NÖ Schulmuseum Michelstetten „Vom Römergriffel zum Reichsvolksschulgesetz"

In der alten Dorfschule von Michelstetten befindet sich dieses „merkwürdige" Museum. Seine Atmosphäre umfängt den Besucher schon beim Betreten des Gebäudes, macht neugierig und weckt Erinnerungen an die eigene Schulzeit.

Gegliedert ist das Museum in eine Dokumentation und eine Schausammlung, wobei der Bogen der Information von der Darstellung des antiken Schulwesens bis herauf in das 20. Jahrhundert reicht. Das Schwergewicht liegt selbstverständlich auf der Darstellung der österreichischen Schulgeschichte, die aber immer im Zusammenhang mit der gesamteuropäischen Schulentwicklung gezeigt wird. Jede der 11 Kojen zu Beginn des Rundganges hat einen bestimmten Zeitabschnitt zum The-

ma. Bildliche Darstellungen, Fotos, Zeugnisse, Verordnungen, Erlässe und Dekrete, Aufrufe, Protokolle, Quittungen, Verzeichnisse und Aufzeichnungen verschiedenster Art werden durch erläuternde Texte ergänzt, die lehrreich, informativ und einprägsam, nie aber dozierend sind.

Die Schausammlung ist nach folgenden Gesichtspunkten gegliedert:

Darstellung des antiken Schulwesens (Sumerer, Ägypter, Griechen, Römer).

Dokumentation des österreichischen Schulwesens im Zusammenhang mit der europäischen Schulentwicklung: Klosterschule, Pfarrschule, Lateinschule, Universität, Reformation, Gegenreformation, Ordensschulwesen, Maria-Theresianische Schulordnung 1774, Verbesserung des Schulwesens 1785, Politische Schulverfassung 1805, Reichsvolksschulgesetz 1869, Schul- und Unterrichtsordnung 1905, Schulreform, Nationalsozialismus, Schulgesetz 1962.

Die Dokumentation umfaßt bildliche Darstellungen, Fotos, Zeugnisse, Schriftstücke, Bücher, Verordnungen, Fleißverzeichnisse, Gesetze, Ehren- und Schandbücher, Ehrenmünzen und erläuternde Texte. Sie wird von einem Fries historischer Schulwandbilder begleitet.

Das Angebot wird durch jährlich wechselnde Sonderausstellungen ergänzt.

Schulwandbilder ab 1840 sind in jedem Raum zu finden. Künstlerisch besonders eindrucksvoll sind die Lithographien der Jugendstilzeit.

Die Lehrmittelsammlung umfaßt Unterrichtsbehelfe für Naturlehre, Naturgeschichte, Physik, Chemie und Erdkunde, sowie audiovisuelle Geräte aus der Anfangszeit.

In mehreren Vitrinen wird die Entwicklung der Fibel, des Lesebuches, des Rechenbuches, der Realienbücher und Religionsbücher aufgezeigt. Vom ABC- oder Namenbüchlein aus der Zeit Maria Theresias bis zum Arbeitsbuch sind Inhalt,

Schloß Asparn / Zaya

Methode und Zeitgeist anschaulich dargestellt.

Die Entwicklung der Atlanten und Handkarten wird in einer großen Vitrine gezeigt - Wandkarten sind in jedem Raum zu sehen.

Die Sammlungen Handarbeiten, Zeichnen und Schreiben umfassen Schülerarbeiten, Lernbehelfe und Geräte.

Ein Raum ist studentischem Brauchtum gewidmet.

Höhepunkt des Schulmuseums sind vier mit zeitgenössischen Einrichtungsgegenständen und Lehrmitteln ausgestattete Klassenzimmer:

- ° Schulstube einer Lateinschule (1690 - 1770)
- ° Klassenzimmer (1840 - 1905)
- ° Jugendstilklasse (1900 - 1925)
- ° Physiksaal einer ehemaligen Lehrerbildungsanstalt (1900 - 1980)

Ein besonderes Kleinod ist die Schulstube einer Lateinschule, wie sie um die Wende vom 17. zum 18. Jahrhundert bestanden hat. Man darf sie nicht betreten - zu wertvoll ist die Einrichtung. Auch so kann man sich aber vorstellen, daß Lernen schon der äußeren Umstände wegen sehr hart sein konnte. „Wenn die klammen Finger - einen Ofen gab es nicht - den Federkiel nicht mehr halten wollten, konnte man sich an der Kerzenflamme wärmen. Und die Rute stand in einem Gefäß mit Wasser, damit sie auch ja geschmeidig blieb........“

Zu den Außenanlagen zählen ein Schulturnplatz, ein Heilkräutergarten, ein Kinderspielplatz.

Weinlandmuseum im Minoritenkloster

1632 gründete Graf Seyfried Christoph Breuner das Minoritenkloster Asparn das heute im Erdgeschoß das Weinlandmuseum und das heimatkundliche Dokumentationszentrum beherbergt. An das Kloster angeschlossen ist ein großer Wirtschaftshof, wo Volkskultur und mittelalterliche Bodenfunde ausgestellt sind.

Das Weinlandmuseum zählt heute zu den besteingerichteten und größten Regionalmuseen des Landes, und wer sich mit der Geschichte des NÖ Weinviertels auseinandersetzen will, hat in diesem Museum dazu die Gelegenheit:

Kunst - Geschichte - Volkskultur:

- Landschaft und Kultur
- Gemäldegalerie
- Geschichtliche Ereignisse des 20. Jh.
- Ära Kaiser Franz Joseph I.
- Kriegerische Geschehnisse im Weinviertel
- Rechtsgeschichte
- Landkarten und Urkunden
- Ur- und frühgeschichtliche Bodenfunde
- Sakrale Kunst
- Volksreligiosität
- Vereinsleben und Gesellschaft
- Handwerk und Zunftwesen
- Volkskultur der Bauern und Weinhauer
- Uralte Pfarrkirche - Burgkirche
- Steindenkmale - mittelalterlicher Torturm
- Außenstelle Klostergutshof: Studiensammlungen zum Thema: „Bauernarbeit, Landhandwerk und Ackerbürger“

Weinlandmuseum

Museum für Urgeschichte

Das im Schloß Asparn beheimatete Museum für Urgeschichte bietet die Möglichkeit zu einer Reise in die Vergangenheit. Hier erfährt man in 19 Schauräumen Wesentliches über die älteste Geschichte der Menschheit von ihren Anfängen vor circa 2 Millionen Jahren bis zur Zeit um Christi Geburt. Eine Fülle von archäologischen Funden gibt Zeugnis von den kulturellen Leistungen unserer Vorfahren, die noch keine Schrift kannten. Gezeigt werden Werkzeuge, Geräte, Waffen, Schmuck, Geschirr und Kultgegenstände. Aus der Palette von über 1000 Exponaten verdienen ein altsteinzeitlicher Grillplatz mit einem ganz modern anmutenden Steingrill, das Grab eines bronzezeitlichen Priesters, die kunstvollen Diademe bronzezeitlicher Fürstinnen und der Schädel eines keltischen Kriegers, an dem ein chirurgischer Eingriff vorgenommen wurde, besondere Beachtung. Auch dem bronzezeitlichen Kupferbergbau ist ein Raum gewidmet. Eine ausführliche Dokumentation erleichtert den Zugang zu den Exponaten.

Im Schloßpark geben Modelle von Wohn- und Wirtschaftsbauten einen Einblick in das Leben der Urzeit. Vom einfachen Windschirm, über das Mammutjägerzelt, ein Langhaus früher Bauern bis zum Grubenhaus der Kelten und einer Eisenschmiede ist vieles vertreten. Auch wichtige Pflanzen, die zur Nahrung oder zum Färben von Stoffen dienten, werden gezeigt. Es finden regelmäßig Führungen statt, aber wer Lust dazu hat, kann auch selbst ausprobieren, wie man in der Urzeit getöpfert oder gesponnen und gewebt hat. Dazu kann man Fladenbrot kosten, wie es in der Jungsteinzeit gebacken wurde. Mit einem Ausflug in die Leiserberge, wo auch einige wichtige urzeitliche Fundstätten liegen, kann man den Besuch im Urgeschichtsmuseum abrunden.

Bad Großpertholz

Heimat-museum

im Gemeindeamt
3972 Bad Großpertholz
Tel. 02857 - 2253
Fax 02857 - 27103

Bauernhaus-museum

in Scheiben
Bad Großpertholz
Verein Naturpark Nordwald

Holz-lehrschau

Holzhackerdokumentation
„Vom Faustkeil
bis zur Motorsäge"
Stierhübleich in Karlstift

Anreise

B 38, B 41, B119
B83, B41, B119

Franz Josefs-Bahn Wien - Gmünd und weiter mit Bundesbus Gmünd - Karlstift

Linienbusse

Heimatmuseum

Öffnungszeiten

MO - FR 7.30 - 12.00 und 13.00 - 16.30 Uhr
für Gruppen auch außerhalb dieser Zeit gegen Voranmeldung

Eintritt

Freie Spenden

Führungen

Gegen Voranmeldung

Fotografieren

Erlaubt

Sonderausstellungen

Größte Flechtensammlung Österreichs

Schwerpunkte

Flachsverarbeitung

Bauernhausmuseum

Öffnungszeiten

SA und SO 14.00 - 18.00 Uhr
Wochentag gegen Voranmeldung

Eintritt

Erwachsene 10,- ; Gruppen ab 10 Personen mit Führung 20,-/Pers., Kinder frei

Führungen

Gegen Voranmeldung

Fotografieren

Erlaubt

Allgemeines

Dieses Bauernhaus befindet sich im Landschaftsschutzgebiet und Naturparkgebiet Nordwald Bad Großpertholz. Das Erholungsgebiet Nordwald bietet Info-Blockhaus mit Schwammerlausstellung, Kapelle, Grillanlage, Tiergehege, Aussichtsturm sowie Wanderwege mit Lern- und Erlebnisplätzen und einer Erlebniswelt für Kinder.

Holzlehrschau

Öffnungszeiten

Juni bis September bei Schönwetter täglich, sonst gegen Voranmeldung

Eintritt

Freie Spenden

Führungen

Gegen Voranmeldung

Fotografieren

Erlaubt

Fachgebiete

Holzsorten des Waldviertels im Stamm sowie Längs- und Querschnitt mit Blatt und Samen

Allgemeines

Diese Dokumentation befindet sich bei einem frei zugänglichen Waldbadeteich in Karlstift. In 15 minütiger Entfernung befindet sich das Naturschutzgebiet der Karlstifter Moore.

Die Kurgemeinde mit seinem anerkannten Heilmoorbad liegt an den Ausläufern des Böhmerwaldes in wunderschöner Lage. Riesige Granitblöcke, interessante Opfersteine, herrliche Nadelwälder und Bergrücken, die über 1000 m ansteigen, geben der Gegend das Gepräge.

Viele Freizeit-, Sport-, Erholungs- und Kultureinrichtungen erwarten den Besucher in der Gemeinde. Interessante Zusatzmöglichkeiten (Fitneß- und Gesundheitstreff, Erlebnis- und Gesundheitswochen, Kuranstalt Moorbad Großpertholz, Original Großpertholzer Heilmoor, u.a.) mit vielen Betätigungsmöglichkeiten im Sommer und Winter, für Singles und Familien, für Alt und Jung ergänzen das Angebot.

Ein kleines Naturparadies zum Entdecken, Spielen, Lernen und Erleben für die ganze Familie ist der **NATURPARK NORDWALD GROSSPERTHOLZ** (mit Aussichtsturm, Info-Blockhaus mit Buffet und Schwammerlausstellung, Kapelle, Kinderspielplatz, Grillstellen, Tiergehege, Waldbadeteich Karlstift, Holzhackermuseum und Holzlehrschau, Hochmoor „Große Haide“, Bauernhausmuseum sowie Abenteuerpfad mit Lern- und Erlebnisplätzen).

Bad Vöslau

Stadtmuseum

mit Weinmuseum und Sektmuseum

Kurverwaltung
Schloßplatz 1
2540 Bad Vöslau

Tel. 02252 - 70 7 43
Fax 02252 - 77 1 90

Anreise

A21 Ausfahrt Alland weiter durch das Helenental nach Baden und Bad Vöslau
A2 Ausfahrt Leobersdorf oder Baden

Ab Wien Südbahnhof S-Bahn im Taktverkehr, ab Wien Westbahnhof Parkplatz Felberstraße mit dem Autobus der Wiener Lokalbahnen

Wiener Lokalbahnbus oder ÖBB Bus

Flugplatz Vöslau-Kottingbrunn mit Zoll- und Paßabfertigung, Flughafen Schwechat 36 km

Öffnungszeiten

DO 14.00 - 17.00 Uhr, SO 9.00 - 12.00 Uhr
nach tel. Anmeldung 02252 - 76 1 61-52

Eintritt

Erwachsene 20,-; Gruppen 10,-/Person

Führungen

Jederzeit nach Voranmeldung

Fachgebiete

Geschichte der Großgemeinde
Pecherei, Wein, Sekt

Fotografieren

Erlaubt

Sonderausstellungen

„1000 Jahre österr. Geschichte Vöslau - Gainfarn - Großau"

Schwerpunkte

Lokalgeschichte, Weinbau
traditionelle Sekterzeugung

Sehenswürdigkeiten

Sektmuseum, Weinmuseum, Höhlenbär

Publikationen/Kataloge

Broschüren zu Fachthemen

Allgemeines

Zahlreiche Schloßkonzerte im Rahmen von „Kultur im Schloß"

Bad Vöslau

Wie zahlreiche Funde beweisen, war die Gegend am östlichen Wienerwaldabhang uraltes Siedlungsgebiet. Während der Römerzeit führte hier eine Straße von Aquileia über Vindobona nach Carnuntum. Es steht zu erwarten, daß schon damals eine Siedlung hier bestand.

Bad Vöslau erlebte ähnlich wie die Stadt Baden vom Ende des 18. Jahrhunderts bis zur Jahrhundertwende eine Blütezeit. Ein Kulturspaziergang durch den weitläufigen Ort ist gleichsam ein Lehrpfad über die verschiedenen Stilrichtungen des vorigen Jahrhunderts, beginnend beim Klassizismus bis zur späthistorischen Bauepoche.

Viele alte Bauwerke wurden in den letzten Jahren restauriert, darunter das wunderschöne Bad, das Schloß, das als Baudenkmal des frühen Klassizismus gelten kann, oder die Kirche von Franz Sitte mit den bedeutenden Altargemälden von Josef von Führich.

So ist Bad Vöslau heute einer der bedeutendsten Orte des Weinbaugebietes Thermenregion wo Kultur und Vergangenheit aus vielen Ecken der Stadt hervorblicken.

Historischer Spaziergang durch Bad Vöslau

Ehemaliges Schulhaus - heute Heimatmuseum - Das 1852 errichtete Gebäude enthält bedeutende Sammlungen zur Geschichte von Bad Vöslau mit seinen Katastralgemeinden Gainfarn und Großau, zur Familiengeschichte der Grafen Fries, zu Weinbau und Pecherhandwerk.

Vor dem Museum befindet sich eine Sammlung von Steindenkmälern. Das Erdgeschoß zeigt Sammlungen über Harzgewinnung und Faßbinderei - ebenfalls hier kann man verschiedenste Sonderausstellungen besuchen. Im Stiegenaufgang sind Radierungen von Siegfried Krupbauer ausgestellt. Die Themen des ersten Stockwerkes sind: Thermalbad, Herrschaft Vöslau, Merkenstein, Wohnkultur des 19.

Jahrhunderts, Kammgarnfabrik Vöslau, Geologie und Paläontologie.

Pfarrkirche

1860 - 1870 von Franz Sitte erbaut, die Hochaltarbilder stammen von Josef von Führich

Schloß Vöslau

Der heutige Sitz der Stadtgemeinde ist ein viergeschoßiges klassizistisches von Ferdinand von Hetzendorf von Hohenberg umgebautes Schloß in einer romantischen Parkanlage. Das ehemalige Wasserschloß wurde bereits im 12. Jahrhundert urkundlich erwähnt. Erwähnenswert sind ein zweigeschoßiger Saal sowie die 1955 abgebrochene Verkaufshalle (Bazar) von Theophil Hansen. Das nach dem 2. Weltkrieg arg in Mitleidenschaft gezogene Schloß wurde in den letzten Jahren vollständig restauriert - heute ist dort das Rathaus untergebracht.

Der ***Schloßpark*** wurde nach 1773 von den Grafen Fries zu einem der berühmtesten seiner Zeit umgestaltet und der Öffentlichkeit zugänglich gemacht. Verschiedene Steinvasen im Schloßpark schuf Franz Anton Zauner 1783/84 für das Palais Fries (heute Pallavicini) in Wien.

Im ehemaligen ***Hotel Zwierschütz*** wohnte 1852 der Erbauer der Semmeringbahn, Karl Ritter von Ghega.

Die seit 1822 bestehende ***„gräflich Fries'sche Badeanstalt“*** baute 1868 - 1873 Theophil Hansen aus und 1926 ersetzten Peter Paul Brang und Wilhelm Luksch diese durch die jetzt noch bestehende.

In der zweiten Hälfte des 19. Jahrhunderts legte man den Kurpark an; das Denkmal Kaiser Josephs II. aus dem Eisengußwerk Blansko bei Brünn wurde 1901 sowie das Denkmal Kaiser Franz Josephs von Theodor Kuen wurde hier 1913 errichtet.

Kleines Schweitzerhaus

Unter dem Gebäude im Felsenkeller wurde 1843 durch Robert Schlumberger der erste nach der Champagnermethode hergestellte österreichische Schaumwein erzeugt.

Zahlreiche weitere ***Villen*** und Gutshäuser erinnern unter anderem an Fanny Elßler, Theodor Gomperz, Hugo von Hofmanns-

Thermalbad

Schloß Vöslau

thal, Luis Schnitzler mit ihrem damals noch jugendlichen Sohn Arthur, Großherzog Leopold II. von Toskana, Theodor Hertl, Peter Altenberg, Bertha von Suttner, Lotte Lehmann, Gustav Freytag, Gustav Lewy und "Walzerkönig" Johann Strauß Sohn.

Schloß Gainfarn

Der klassizistische zweigeschoßige Bau mit einem überdachten Balkon in der Mitte wird bereits 1136 erwähnt. 1816 ließ Joseph Karl Graf Dietrichstein den Haupttrakt erbauen. Das damals in seine heutige Form gebrachte Schloß war 1864 - 1911 im Besitz der Freiherrn von Brenner Felsch. Der Dichter Hugo von Hofmannsthal hielt sich hier 1897 und 1901 als Gast auf.

Der ***Friedmannpark,*** 1871 als Sanatorium von Dr. Sigmund Friedmann gegründet. Sein Sohn und Nachfolger Dr. Theodor Friedmann war später das Vorbild für die Figur des Dr. Friedrich Witte in Arthur Schnitzlers Theaterstück „Das Märchen".

Das ***Jagdschloß Großau*** oder auch Ohmann-Villa ist heute ein einfaches einstöckiges Gebäude, das nach 1866 villenartig neu erbaut wurde. 1136 wird Ludewiede Grazow als Besitzer genannt.

Auf dem Harzberg erbaute 1898 Anton Kainrath die ***Kaiser Franz Joseph Jubiläumswarte.***

Burgruine Merkenstein

Sie besteht aus einer dreifachen Vorburg mit zwei Toren, zwei kleinen Höfen und Außenmauern der Hochburg. An den Toren und im Inneren der Burgkapelle erkennt man spätgotische Formen. Die heutige Ruine wurde bereits vor 1141 genannt, 1486 von König Matthias Corvinus von

Ungarn erobert und ist ab 1675 im Besitz der Dietrichstein.

1529 wurde die Burg von den Türken erfolglos belagert, hingegen 1683 eingenommen und zerstört. Auch Ludwig van Beethoven hielt sich einst hier auf und vertonte ein Gedicht auf Merkenstein (Opus 100).

Stadtmuseum

Schloß Merkenstein

Den neugotischen zweigeschoßigen Bau errichteten 1843/44 die Architekten Julius Romano und August Schwendenwein für Joachim Eduard Grafen Münch-Bellinghausen. Sie gilt heute als eine der bedeutendsten Villen ihrer Zeit.

Haidlhof

Der Meierhof der Herrschaft Merkenstein wurde 1898 von Anton Kainrath erbaut.

Quelle: Stadtgemeinde Bad Vöslau

Ruine Merkenstein

Brunn am Gebirge

Gliedererhof Heimathaus

Gattringerstraße 34
2345 Brunn/Gebirge

Tel. 02236 - 31601-15
Fax 02236 - 31601-39

Anreise
A21 Ausfahrt Brunn/Gebirge
A2 Ausfahrt Brunn/Gebirge

Südbahn: Station Brunn - Maria Enzersdorf

Busse aus Richtung Wien und Mödling

Öffnungszeiten
Nach telefonischer Anfrage

Eintritt
Freier Eintritt

Führungen
Nach Anfrage

Fachgebiete
Neolithisches Museum, Römermuseum
Rudolf Steiner Gedenkstätte
Brauereimuseum

Fotografieren
Erlaubt

Publikationen/Kataloge
Vorhanden

Allgemeines
Pfarrkirche St. Kunigunde
Jugendstilhäuser, Bürgerhäuser

Brunner Geschichte

Sensationelle Funde bei Ausgrabungen ab dem Jahr 1989 beweisen es: Brunn war bereits vor 8000 Jahren besiedelt und zählt zu den ältesten bäuerlichen Siedlungen Österreichs. Keramikfragmente, Steinöfen, Backöfen, Gräber, Überreste von Hausgrundrissen und Baugruben, aus denen Lehm gewonnen wurde und die später als „Abfallgruben" benützt wurden, wurden gefunden. All diese Funde beweisen, daß Menschen bereits im Neolithikum in Brunn siedelten.

Auch die Römer ließen sich in Brunn nieder. Ein Gräberfeld aus der Römerzeit wurde freigelegt, die in den Gräbern gefundenen Beigaben stellen wichtige Aussagen über die Zeit der Römer in Brunn (ca. 2. - 5. Jh. n. Chr.) dar.

Wahrscheinlich um die älteste urkundliche Erwähnung von Brunn am Gebirge handelt es sich bei einer Niederschrift, in der eine Frau Gertrud von Perchtoldsdorf der Kirche zu Klosterneuburg zu Handen des Propstes Wernher zwei Lehenhöfe („beneficia Prunni ...") vermachte. Da Propst Wernher dem Stift Klosterneuburg 1168 bis 1186 vorstand, ist diese Urkunde für diese Zeit zu datieren. Man nimmt aufgrund der Siedlungsform des Ortskernes und aufgrund der Art der Besiedelung dieser Region an, daß Brunn in der ersten Hälfte des 11. Jhs. gegründet worden ist. Da diese Siedlung zur Herrschaft Mödling gehörte, kann man auch mit Sicherheit annehmen, daß sie im Eigentum babenbergischer und später habsburgischer Landesfürsten stand.

Schon im 13. und 14. Jh. ist der Weinbau für den Ort sehr bedeutend. Im 15. Jh. errichteten die Brunner eine eigene Ortsbefestigung und die prächtige Kirche, woraus sich die wirtschaftliche Prosperität und das Selbstwertgefühl der Brunner erschließen läßt.

1529 verwüsteten die Türken einen Großteil des Ortes, viele Bewohner wurden getötet oder in die Sklaverei verschleppt. Infolge der wirtschaftlich günstigen Situation durch den Weinbau konnte sich der Ort schnell erholen, nicht so leicht war es nach dem zweiten Türkeneinfall 1683, denn nur ein Drittel der Bevölkerung überlebte dieses schreckliche Ereignis. Ab 1754 führt Brunn offiziell die Bezeichnung „Markt".

Zu Ende des 18. Jh. ändert sich das Ortsbild sehr stark, indem die drei Tore und die Ummauerung abgetragen wurden. In dieser Zeit hielt die Industrie ihren Einzug in Brunn; 1790 wird die Brunner Brauerei gegründet, die zu den größten im Wiener Raum zählte, die Ziegeleibetriebe wurden wesentlich erweitert.

Barockzimmer mit Deckenfresko; hl. Cäcilie mit sieben musizierenden Engeln

Gliedererhof - Heimathaus

Dieses prächtige gotische Haus stammt aus dem 15. Jh. und wurde - fast schon verfallen - durch die Gemeinde vom letzten Besitzer, Rudolf Gliederer, angekauft und in den Jahren 1965 - 1969 restauriert. Das Haus ist an sich mit seiner alten Einrichtung und seiner baulichen Struktur ein bedeutendes historisches Denkmal. Aus dem Brunner Kulturleben ist es nicht mehr wegzudenken; es dient als Sitz einiger kulturell tätiger Vereine, der Musikschule, der Bibliothek und einiger interessanter Sammlungen zur Brunner Ortsgeschichte.

Brunn - älteste bäuerliche Siedlung

Ein kleines Museum zeigt einige Funde der Grabungen, die in den Jahren 1989 bis 1993 durchgeführt wurden. Spuren einer jungsteinzeitlichen Siedlung wurden beim Bau des Autobahnzubringers im Gebiet Wolfholz gefunden.

Die erste Fundstelle datiert in die Zeit der Linearbandkeramik (ca. 5400 v. Chr.), die zweite ist wahrscheinlich älter und dürfte den Beginn jungsteinzeitlicher Besiedlung in Mitteleuropa markieren.

Bereits vor 8000 Jahren gab es in Brunn eine bäuerliche Kultur, demnach ist Brunn die älteste steinzeitliche bäuerliche Siedlung Österreichs.

Römer in Brunn

Funde, die auf Brunner Gebiet bei Grabungen in den Jahren 1963 und 1972 (beim Bau der Julius Raab Siedlung) entdeckt wurden und jetzt im Römer - Museum im Heimathaus aufbewahrt werden, beweisen, daß zur Zeit der Römer Brunn besiedelt war. Beigaben, die den Toten in die Gräber mitgegeben wurden, stellen wichtige Aussagen über die Zeit der Römer, die in der Zeit vom 2. bis 5. Jh. nach Christus hier siedelten, dar.

Berühmtester Bewohner des Heimathauses

Für den berühmten Goetheforscher und Begründer der Anthroposophie, Rudolf Steiner, der in den Jahren 1882 bis 1887 im Gliedererhof mit seinen Eltern wohnte, ist im Heimathaus eine Gedenkstätte eingerichtet.

Brauereimuseum

Mauerreste in der Hanuschgasse und ein kleines Museum im Heimathaus erinnern heute noch an die Brunner Brauerei, die 1790 gegründet wurde und sich zu einer der größten Brauereien in der Monarchie entwickelte.

Röm. Grabplatte - mit Bildnis einer Frauengestalt in roter und gelber Farbe gemalt - seltener Fund.

Carnuntum

Archäologischer Park Carnuntum

Archäologischer Park Carnuntum Betriebsgesellschaft m. b. H.
Hauptstraße 296
2404 Petronell-Carnuntum

Tel. 02163 - 3377-0
Fax 02163 - 3377-3

http: //www.carnuntum.co.at
e-Mail: info @ carnuntum.co.at

Ausgrabungen und Informationszentrum
Hauptstraße 465
2404 Petronell-Carnuntum

Tel. 02163 - 2882
Fax 02163 - 2884

Anreise

Von Wien A4 Ausfahrt Fischamend/ B9 Richtung Petronell-Carnuntum oder von Osten A4 Ausfahrt Bruck a.d. Leitha West/B211 Richtung Petronell-Carnuntum

Schnellbahn S7 ab Wien-Nord oder Wien-Mitte bis zur Haltestelle Petronell-Carnuntum (Zivilstadt)
oder Bad Deutsch-Altenburg (Militärstadt und Archäologisches Museum).

Schiffsverbindungen von Mai bis Oktober zwischen Wien Handelskai und B. D. Altenb.

Öffnungszeiten

Kernzone I „Museumsbezirk"
Archäologisches Museum Carnuntinum
Badgasse 40 - 46, 2405 B. D. Altenburg
Täglich außer MO 10.00 - 17.00 Uhr

Kernzone II „Legionslager u. Lagerstadt"
Ganzjährig, frei zugänglich

Kernzone III „Zivilstadt Carnuntum"
Ausgrabungen und Informationszentrum
Hauptstraße 465, 2404 Petronell-Carnuntum
März - 31. Oktober 1997,
täglich
MO - FR 9.00 - 17.00 Uhr
SA, SO 9.00 - 18.00 Uhr

Informationen:
Tel. 02163 - 33 77-0
Fax 02163 - 33 77-5

Eintritt

	Petronell	B.D.Altenb.	Kombi
Eintritt	35,-	60,-	80,-
erm. Eintritt [1]	25,-	40,-	55,-
Familien [2]	80,-	140,-	170,-
Gruppen ab 20 Pax	30,-	50,-	70,-
Schülergr. bis 30 Pax	300,-	500,-	600,-
Führungspreise/Person	35,-	35,-	
Schülergr. bis 30 Pax	400,-	400,-	

Kinder bis 6 Jahre freier Eintritt

[1] Schüler, Senioren, Studenten, Behinderte Personen, Präsenzdiener (gegen Vorlage eines Ausweises)

[2] Maximal zwei Erwachsene und vier Kinder

Führungen

Einzelführungen jederzeit - Gruppen nur gegen Voranmeldung pro Person 35,-; Schülergruppen bis 30 Personen 400,-; Führungen auch in englischer und französischer Sprache
Der Medienraum des Informationszentrums bietet Videofilme zu archäologischen Themen

Fachgebiete

Römische Kultur

Fotografieren

Für privaten Gebrauch ohne Stativ und ohne Blitz erlaubt

Veranstaltungen

April:	Antiker Fünfkampf
Mai:	Römerfest
Juni - Sept.:	Open Air -Theater, -Kino, -Konzerte

Sehenswürdigkeiten

Ausgrabungen, Archäologisches Museum

Publikationen/Kataloge

Katalog der Ausstellung des Archäologischen Museums Carnuntinum
Ansichtskarten, Dias, Führungsblätter sowie zahlreiche Bücher, Kalender, Kopien, Jahrbücher und andere Publikationen, sowie Souvenirs

Allgemeines

Sie können den Archäologischen Park auf vielen ***Fuß- und Radwegen*** erschließen - ***Fahrradverleih*** in beiden Orten.
Carnuntum ist als Zentrum österreichischer Archäologie seit langem ein beliebtes Ziel für ***Schulveranstaltungen und Exkursionen.***
Neben der Archäologie bietet Carnuntum interessante Veranstaltungen:
Im Garten des Archäologischen Museums in den Monaten Juli und August ***Konzerte*** unter dem Motto ***„Joseph Haydn und die anderen Niederösterreicher".***
Theateraufführungen im Rahmen von ***„Art Carnuntum"*** - bedeutende Ensembles aus aller Welt führen Werke antiker Dichter in moderner Inszenierung auf.

Inmitten der reizvollen Donaulandschaft liegen 40 km östlich von Wien, dem antiken Vindobona, die Ruinen der Römerstadt Carnuntum. Diese Metropole des Donaulimes verdankte ihre herausragende Bedeutung der Lage am Schnittpunkt wichtiger Militär- und Handelswege. So entwickelte sich über 400 Jahre ein wirtschaftliches und militärisches Zentrum, in dem Weltpolitik gemacht und Geschichte geschrieben wurde.

Beginnen sollte man den Rundgang im Archäologischen Museum, einem Kernstück des Parks. Am Beispiel der neugestalteten Sammlung wird Ihnen das Erbe Roms an der Donau zugänglich gemacht. Auf dem Weg in Richtung Westen befinden sich die offengehaltenen Ausgrabungen der Militärstadt, das Amphitheater und das rechte Lagertor, während man in Petronell-Carnuntum die Zivilstadt erreicht.

Petronell
Heidentor

Archäologisches Museum: Statue des Jupiter Optimus Maximus Dolichenus (zwischen 181 und 185 n. Chr.)

Archäologisches Museum: Kopf der Athena Parthenos (2. Hälfte 2. Jh. n. Chr.)

Ausflugserlebnis Archäologie Archäologisches Museum Carnuntinum (Kernzone I)

Carnuntum hat sich im Laufe von 2000 Jahren in eine archäologische Landschaft verwandelt. Vieles von dem, was hier von den Römern geschaffen wurde, liegt heute noch im Verborgenen. Archäologen decken unsere Vergangenheit wieder auf und erforschen ihre Quellen. Dieses reiche kulturgeschichtliche Erbe wird im „Archäologischen Park Carnuntum" gesichert, erhalten, erforscht, rekonstruiert und museologisch präsentiert. Als Geschichte zum Erleben und Anfassen.

Antike Zivilstadt in Petronell-Carnuntum (Kernzone III)

Im Antiken Stadtviertel wird Ihnen die in Österreich einzigartige Rekonstruktion eines römischen Tempels und einer Straßenhalle präsentiert. Der Tempel dient als Grabungsmuseum für Sonderausstellungen.

Die Limesstraße zeigt das Bild einer römischen Pflasterstraße und das aufwendige Entwässerungssystem einer antiken Großstadt. Die Dokumentation „Verkehr und Reisen auf römischen Straßen" führt Sie in die Thematik des antiken Verkehrswesens ein.

Wenig davon entfernt liegen eine Thermenanlage (sog. Palastruine), das Amphitheater der Zivilstadt und das berühmte Heidentor.

Archäologisches Museum Carnuntinum

Legionslager und Lagerstadt in Bad Deutsch-Altenburg (Kernzone II)

Die Anlage des Amphitheaters der Lagerstadt war der Exerzier- und Spielplatz des Heeres. Es ist das einzige sichtbare Gebäude der Militärstadt.

Ein Kernstück des Archäologischen Parks ist das restaurierte und technisch auf den neuesten Stand gebrachte Archäologische Museum Carnuntinum. Hier zeigt man in der Ausstellung: „Orientalische Religionen und Kulte, Kaiser und Provinzen, Kaiser und Heer, ziviles Leben in römischer Zeit - Wirtschaft und Alltag".

Quelle: Archäologischer Park Carnuntum

Sonstige Attraktionen des Parks

- Münzen selbst prägen
- Pferdekutschenfahrten
- Spezielle Kinderführungen
- Römisches Spielzelt für Kinder
- „Probegraben" im Rahmen einer Führung
- Römertruhe mit der Möglichkeit, sich mit einer Toga als Römer zu verkleiden
- Römischer Kräutergarten

ARCHÄOLOGISCHER PARK
CARNVNTVM

Deutsch Wagram

Heimatmuseum Eisenbahn-Museum

1 Heimatmuseum
im Erzherzog-Carl-Haus
2232 Deutsch Wagram

Tel. 02247 - 3790

2 Eisenbahn-Museum
Am Bahnhof
2232 Deutsch Wagram

Tel. 02247 - 2303
(Hr. Wach)

Anreise

B8 oder S-Bahn von Wien/Gänserndorf
Busse Dr. Richard

Öffnungszeiten

1, 2 Mitte März - November
SO, Feiertag 10.00 - 16.00 Uhr

Eintritt

1, 2 Erwachsene 20,-;
Gruppen ab 10 Personen 10,- / Pers.

Führungen

1, 2 Nach Vereinbarung und Bedarf
Sonderführungen nach Vereinbarung
Gruppenführungen nur nach Anmeldung

Fachgebiete

1 1809 Schlacht bei Wagram
Orden, Heimatgeschichte
2 Eisenbahn

Fotografieren

1, 2 Erlaubt

Sonderausstellungen

1 Feuerwehr in Österreich, Bilder, Eier
2 Uniformen „Vom Diener zum Minister"

Schwerpunkte

1 Napoleon, Erzherzog Carl
2 Erste Dampfeisenbahn in Österreich

Sehenswürdigkeiten

1 Denkmal, Wehrkirche
2 Älteste Wasserstation

Publikationen/Kataloge

1, 2 Diverses Material vorhanden

Allgemeines

1, 2 Auskünfte:

Stadtamt	Tel. 02247 - 2209-14
Werner Wach	Tel. 02247 - 22303
Rupert Derbic	Tel. 02247 - 4282

Eisenbahnmuseum

Am 23. November 1937 wurde die erste dampfbetriebene Eisenbahn in Österreich - die Kaiser Ferdinand-Nordbahn - zwischen Floridsdorf und Deutsch Wagram in Betrieb genommen. Der Bau dieser Eisenbahn wurde von Baron Rotschild finanziert.

Schon im Jahr 1838 wurde die Strecke von Floridsdorf über die Donau zum heutigen Praterstern verlängert. Ebenso wurde der Ausbau in Richtung Polen zu den Kohlebergwerken sehr rasch vorangetrieben.

Das derzeitige Bahnhofsgebäude wurde 1952 erbaut und ist der älteste Bahnhof Österreichs. Im Jahre 1987 - anläßlich der 150 Jahre-Feier wurde das Gebäude nach dem ursprünglichen Erscheinungsbild restauriert und der 1908 errichtete „Arbeiterwartesaal" als Museum von der Stadtgemeinde eingerichtet.

In diesem Museum finden Sie nicht nur den ältesten Fahrplan sondern auch viele Schaustücke aus vergangenen Zeiten. Jährlich gibt es eine Sonderausstellung zum Thema „Eisenbahn".

Das Museum ist von Mitte März bis November jeden Sonn- und Feiertag zwischen 10 Uhr und 16 Uhr geöffnet.

Sonderführungen gibt es nach Vereinbarung.

Heimat - Museum im Erzherzog-Carl-Haus

Das im Jahre 1958 von Prof. Otto Schilder gegründete Heimatmuseum befindet sich seit Herbst 1993 im Erzherzog-Carl-Haus, in dem das Napoleon- und Heimatmuseum sowie das Österreichische Ordensmuseum der Österreichischen Gesellschaft für Ordenskunde untergebracht ist. Das Erzherzog-Carl-Haus ist das älteste Gebäude von Deutsch Wagram und wurde ungefähr im Jahr 1740 erbaut.

Bei der Schlacht von Wagram am 5. und 6. Juli 1809, bei der sich das österreichische Heer unter Erzherzog Carl und das französische Heer unter Kaiser Napoleon gegenüberstanden, hatte Erzherzog Carl in diesem Haus sein Hauptquartier. An diese denkwürdige Schlacht erinnern viele Ex-

Historische Nachrichtenübermittlung

ponate, wie Briefe von Kaiser Napoleon und Erzherzog Carl sowie Waffen, Kürasse, Büsten, Schlachtpläne, Kleingefunde und vieles mehr.

Ebenso kann man viele Exponate aus dem bäuerlichen, bürgerlichen und handwerklichen Bereich besichtigen.

Das Museum ist von Mitte März bis November jeden Sonn- und Feiertag zwischen 10 Uhr und 16 Uhr geöffnet.

Sonderführungen gibt es nach Vereinbarung.

Quelle: Stadtamt Deutsch Wagram

Eisenbahnmuseum

Dobersberg

Bäuerliches Museum im „Theyrerhaus"

Hauptplatz 23
3843 Dobersberg

Tel. 02843 - 23 32-0
Tel. 02843 - 26 161

Anreise

Von Schrems B30
Waidhofen a.d. Thaya B36, Retz B30

Linienbusse

Öffnungszeiten

April - November
SA, SO/Feiertag 10.00 - 12.00 Uhr
und 14.00 - 17.00 Uhr

Eintritt

Erwachsene 20,-; Kinder 10,-

Führungen

Voranmeldung erbeten bei
Konrad Wettstein 02843 - 26 0 12

Fachgebiete

Alter Bauernhof aus der Zeit der Jahrhundertwende mit altem Hausrat, bäuerlichem Gerät und Werkzeug in Hof, Stall und Scheune

Fotografieren

Erlaubt

Sehenswürdigkeiten

Thayatal-Naturpark
Naturkundemuseum im Schloß
Dobersberg

Publikationen/ Kataloge

Prospektmaterial vorhanden

Allgemeines

Naturpark: Grillstation für Gäste und Besucher

Der alte Markt Dobersberg wird erstmals 1112 erwähnt und ist seit 1230 Markt. Der Ort, der nahe der tschechischen Grenze liegt, hatte im 15. Jahrhundert viel unter den Hussiten zu leiden.

Das Schloß der Puchheimer (1572) mit seinen markanten Türmen und die Pfarrkirche überragen heute den Ort.

Thayatal-Naturpark

Der Thayatal-Naturpark liegt am nördlichen Thayabogen. Ab hier ändert der Fluß seinen Süd-Nord-Lauf und wendet sich nach Osten.

Das Waldviertler Hochland, in dem sich dieser Park befindet, entstand durch Abtrag des uralten Böhmisch-Herzynischen Gebirgszuges und ist zugleich die Granit-Gneis-Grenze.

Die mäandrierende Thaya durchläuft naturnahe Auwaldlandschaft und Kulturlandschaft in einer kontrastreichen Gemenglage von Wald, Wiese und Acker. Dieser Teil des Waldviertels bietet dem Besucher eine Fülle stets neu zu entdekkender landschaftlicher Reize. Dabei wird diese Landschaft geprägt durch Ausläufer der Montanen Zone, der Mitteleuropäischen Tieflandzone und durch die Pannonische Zone. Dies bewirkt eine Vielfalt von Flora und Fauna.

Mit seinen Einrichtungen und ganzjährig leicht begehbaren Wegen und Steigen ist der Thayatal-Naturpark ein echtes Fenster zur Natur und zusammen mit den örtlichen Einrichtungen ein touristisches Angebot.

Schloß Dobersberg
Fotoarchiv Csallány

Wohnstube im „Theyrerhaus“ Fotoarchiv Csallány

Bäuerliches Museum „Theyrerhaus“

Das bäuerliche Museum besteht seit 1989 am Hauptplatz 23. Dieses Anwesen befindet sich im Eigentum des Herrn Martin Wenzl, der es dem Museumsträger „Verein Thayatal-Naturpark Dobersberg“ vermietet.

Der Name „Theyrerhaus“ ist abgeleitet von den Brüdern Franz und Adolf Theyrer, die den Bauernhof bis in die Achtzigerjahre bewirtschaftet haben. Erscheinungsbild und Zustand des Anwesens sind seit dem großen Brand im Jahre 1876 geblieben.

Das Museum besteht aus einem Wohnhaus mit Einrichtung und Hausrat aus der Jahrhundertwende, aus Stall, Schweinekobel, Hühnersteige, Werkzeugschuppen und Scheune mit allen entsprechenden Gerätschaften aus Hof und Garten.

Schloß Dobersberg

Im 13. Und 14. Jahrhundert erhob sich hier ein großer Wirtschaftshof. Eine urkundliche Erwähnung geht auf Freiherr Friedrich von Topransperg ins Jahr 1305 zurück. Um 1570 erfolgte ein Neubau des Schlosses durch Sigmund von Puchheim in der typischen Form der Puchheim´schen Schlösser. Nach verschiedenen Eigentümern befindet es sich ab 1802 im Besitz der Grafen Grünne und später bis 1948 der Grafen Szárpáry. Der Bau hat 1945 und während der Folgejahre schwer gelitten. Heute beherbergt dieses Schloß Gemeindeamt und Wohnungen.

Naturkundemuseum im Schloß

Hier findet man eine umfangreiche Sammlung heimischer Mineralien, Insekten, Tier- und Vogelwelt sowie Geologische Übersichten, verschiedene Holzarten und Übersichtstafeln über die Ortsgeschichte.

Quelle: Verein Thayatal-Naturpark Dobersberg

Drosendorf

Museum im Bürgerspital

2095 Drosendorf

Tel. 02915 - 2213
Fax 02915 - 290074
Gemeindeamt
Tel. 02915 - 22190
Drosendorf Aktiv

Anreise

A1 Ausfahrt Melk oder St. Pölten
bis Krems/B218/B34 bis Horn/B30
A22 bis Stockerau/B303 bis Guntersdorf/
B30 Zellerndorf/B45 bis Pulkau/LH41

Bahnhof Wien Nord - Retz - Drosendorf

Linienbusse

Öffnungszeiten

Sehenswürdigkeiten jederzeit frei zugänglich
Heimatmuseum nach Anfrage

Eintritt

Frei

Führungen

Nach vorheriger Anmeldung 02915-2456

Fotografieren

Erlaubt

Sehenswürdigkeiten

Pfarrkirche, historischer Stadtplatz, Schloß,
Stadtmauern mit 1 intern. Wappenweg

Allgemeines

Wander- und Radwege
geheiztes Freibad, Golfplatz, Tennisplätze
Reithalle mit Reitgelände

Drosendorf

Die Stadt Drosendorf liegt in der nordöstlichen Ecke des Waldviertels, in einer sanfthügeligen, waldreichen Gegend. Sie wurde um 1100 auf einem felsigen Bergrücken, der an drei Seiten von der Thaya umflossen wird, gegründet.

1188 wurde Drosendorf erstmals urkundlich erwähnt, und zwar in einem Schirmbrief des Bischofs von Passau. Die vergangenen 800 Jahre brachten der Stadt ein wechselhaftes Geschick, immer geprägt durch die Grenznähe zu Mähren.

Ursprünglich im Besitz der Babenberger fiel das Gebiet um Drosendorf nach deren Aussterben an Przemysl Ottokar von Böhmen. Als Ottokar 1278 zur Schlacht nach Dürnkrut ins Marchfeld zog, mußte er zur Belagerung Drosendorfs einen beträchtlichen Teil seines Heeres zurücklassen. Diese Soldaten fehlten ihm in der entscheidenden Auseinandersetzung mit Rudolf von Habsburg. Ottokar verlor die Schlacht und auch sein Leben, von da an regierten die Habsburger Österreich.

Zum Dank erhielt Drosendorf immer wieder verschiedene Rechte und Privilegien - Rudolf IV. nannte sich sogar „Markgraf von Drosendorf".

Aus dieser Zeit stammt auch das Schloß, ein Renaissancebau an der östlichen Seite der Stadt. Es ist ebenso sehenswert wie das Städtische Museum mit historischen und volkskundlichen Ausstellungsstücken sowie einer reichhaltigen urgeschichtlichen Sammlung. Es ist neben einer Galerie im alten Bürgerspital aus dem Jahr 1536 untergebracht.

Ebenfalls nicht unbeachtet sollte man die 1461 erbaute Martinskirche lassen. Ihre gotische Grundform ist trotz der im 18. Jahrhundert erfolgten Barockisierung noch gut erkennbar.

Bei einem Rundgang auf dem stimmungsvollen Hauptplatz findet man stilvolle Bürgerhäuser verschiedenster Epochen, die jüngsten Fassaden der alten Gebäude stammen aus dem 19. Jahrhundert. Diese typischen Bürgerhäuser sind noch heute Zeugnis von einer vergangenen Hand-

werker- und Bürgerkultur, die die Stadt Drosendorf für Jahrhunderte geprägt hat. Besonders sehenswert sind das Rathaus, 1542 vom Rat erworben und 1933 mit Sgraffitoschmuck versehen, die barocke Pestsäule aus dem Jahr 1714, der in den Felsen gehauene Stadtbrunnen und der gotische Pranger.

Die Stadt wird von alten Mauern in einer Länge von 1,7 km umschlossen. Ursprünglich waren die Mauern in drei Ringen angelegt. Die innerste Stadtmauer ist noch vollkommen erhalten und mit Türmen und Zinnen versehen. Um die Stadtmauern führt ein Promenadenweg mit herrlicher Aussicht ins Thayatal.

Kurzer Führer durch das Museum in Drosendorf

Das Gebäude, in dem sich das Museum und auch die Kunstgalerie befinden, ist das ehemalige Bürgerspital der Stadt Drosendorf. 1567 hat Johann Mrakesch, Freiherr von Litschau, der zu dieser Zeit Pfandinhaber der Herrschaft Drosendorf war, eine Stiftung errichtet. Diese Stiftung bestand aus Äckern, Wäldern, einer Mühle an der Thaya und diesem Spitalsgebäude. In der Bürgerspitalskapelle, heute ein Teil der Galerie, weisen ausgestellte Bilder auf die Geschichte des Bürgerspitals hin.

Das **Heimatmuseum** der Stadt Drosendorf, auch **„Städtisches Kießlingmuseum"** genannt, wurde schon 1925 gegründet. Ing. Franz Kießling zog 1884, nachdem er seinen Beruf wegen eines Augenleidens aufgeben mußte, nach Drosendorf. Sein Interesse galt dann der Urgeschichte, Mineralogie und Geologie und der historischen Heimatkunde. So trug er im Laufe der Zeit eine beachtliche Sammlung zusammen. Einen Großteil der zahlreichen Objekte volkstümlicher, religiöser und stadtgeschichtlicher Art verkaufte man wegen Platzmangel an das Naturhistorische Museum in Wien sowie die Museen in Krems und Baden. 1925 wurde dann hier im Bürgerspital das Museum untergebracht.

Im **ersten Ausstellungsraum** hängt ein sogenannter Bauerhalterplan von Adalbert Klaar, der die Entwicklung der „Burgstadt" aufzeigt. Nach dem die Pernegger 1153 das

Bürgerspital

Prämonstratenserstift Geras gegründet hatten, wurde Drosendorf das Zentrum der Grafschaft Pernegg und der Sitz der Grafschaft wurde in das Schloß Drosendorf verlegt. Nach dem Aussterben des Grafengeschlechts der Pernegger wurde die Stadt 1200 zur landesfürstlichen Stadt der Babenberger ernannt. Nach erfolgreichen Auseinandersetzungen mit dem Böhmenkönig Ottokar wurde Drosendorf sogar für kurze Zeit kaiserliche Stadt.

Die Urkunde, die Drosendorf das Stadtrecht erteilt, ist bei einem Brand vernichtet worden - sie dürfte aber im 13. Jahrhundert ausgestellt worden sein. Für die Stadt bedeutete dies eine wirtschaftliche Stärkung. Im Laufe des 15. und 16. Jahrhunderts erfolgten seitens des Landesfürsten immer wieder Privilegien und Bestätigungen alter Rechte, wie aus den ausgestellten Urkunden ersichtlich ist.

Eine wichtige Periode setzte mit Johann Mrakesch, Freiherr von Litschau, ein. Er gilt als besonderer Förderer der Stadt, vor allem wegen der reichen Bürgerspitalstiftung, die er 1567 für arme und alte Bürger errichtete.

Im **2. Raum** sind unterschiedliche Bereiche der Stadtgeschichte angeschnitten. Zunächst ist die Schützengesellschaft präsentiert. Drosendorf besaß im 19. Jahrhundert eine Kapselschützengesellschaft. Dieser Verein übte den Schießsport aus, und die dafür benötigten Utensilien sind in einer Vitrine ausgestellt. Der Schießstand befand sich im Schloßgraben beim „Hexenhaus", an der Sommerpromenade gelegen.

Die Anfänge des „Niederösterreichischen Zunftwesens" gehen auf die sogenannten „Heiligenbruderschaften" zurück. Diese waren für die Verwaltung des Kirchenvermögens und die Betreuung des Kultes verantwortlich. So sind auch die ältesten Handwerksordnungen aus Drosendorf, die der Peterszeche aus 1405 und die der Gottesleichnamszeche, aus 1486. Die erste berufsbezeichnende Zeche war die, der damals mit den Müllern vereinten, Bäkker. Es folgten Ordnungen für Bierbrauer (1514), Schmiede (1565), Binder (1593). Im 18. Jahrhundert gab es in Drosendorf Zünfte der Schneider, Schuhmacher, Müller. Handwerker, von denen nur einzelne im Ort waren, wie Kürschner, Glaser, Lebzelter, schlossen sich berufsverwandten Zünften an.

Von den zahlreichen Werkzeugen und Arbeitsgeräten der Handwerker ist leider wenig erhalten. Das Berufsschild des Hafners Karl Karlberger, die Blaudruckmodel (auch

Färberdruckstöcke genannt) des Färbers und die geschnitzten Lebzeltmodel sind Zeugnisse der Kunstfertigkeit mancher Handwerker.

Die Religion und der Glaube waren in früheren Jahrhunderten fest in der Lebenswelt der Bevölkerung verankert. Dies äußerte sich vor allem in einer starken Volksfrömmigkeit. Die ausgestellten Heiligenbilder, Votivgaben, Andachtsbilder und Gebetsbücher sind Ausdruck dieser Frömmigkeit.

Die Möbel der Bauernstube sind aus den umliegenden Dörfern zusammengetragen. In den Stuben, oft waren es die einzig beheizbaren Räume, wurde geschlafen, gegessen und - vor allem in den Wintermonaten - gearbeitet. In den elterlichen Betten schliefen meist einige Kleinkinder, auch größere Kinder hatten selten eigene Betten. An der groben Leinenbettwäsche und dem eingelegten Stroh statt einer Matratze würden wir heute keinen Gefallen finden, auch nicht am „Himmel“ über dem Bett, der vornehmlich vor herabfallendem Ungeziefer schützen sollte.

Der „Herrgottswinkel“, ein Kruzifix, dahinter ein paar geweihte Palmzweige, ein Rosenkranz und einige kleine Bildchen, fehlte in keiner Bauernstube. Dieser befand sich über dem Eßtisch, der üblicherweise im Eck aufgestellt war.

Im Keller des Bürgerspitals befindet sich eine urgeschichtliche Sammlung, die Fundstücke und deren Fundorte rund um Drosendorf zeigt. Ein Vitrinenkasten (Glaskasten) zeigt Objekte aus dem Lebensbereich Kießlings - auch manches Kuriose - die aber die Persönlichkeit dieses Forschers hervorheben sollen. Der zweite Vitrinenkasten ist dem sehr umfangreichen Schrifttum Kießlings gewidmet.

Eine Photoausstellung zeigt Marterln und Wegkreuze aus allen Katastralgemeinden der Stadtgemeinde Drosendorf-Zissersdorf.

Quelle: Stadtgemeinde Drosendorf

Dürnstein

Anreise
A1 Knoten St. Pölten/S33/B3 oder B33

Bahnhaltestelle

Linienbusse

Öffnungszeiten
1. April - 31. Oktober von 9.00 - 18.00 Uhr

Eintritt
Besichtigung ohne Führung:
Donauterrasse, Kirche,
Dokumentation der Renovierung 20,-
Besichtigung mit Führung:
Donauterrasse, Kirche, Dokumentation der Renovierung und barocker Kreuzgang 35,-
Gruppen/pro Person 30.-
Senioren und Kinder bis 14 Jahre 30,-

Führungen
Telefonische Voranmeldung erbeten
1. April - 31. Oktober Tel. 02711 - 375
1. November - 31. März Tel. 02711 - 227

Fotografieren
Erlaubt

Sonderausstellungen
Jährlich verschieden

Sehenswürdigkeiten
Donauterrasse
Kirche, barocker Kreuzgang

Publikationen/Kataloge
Kirchenführer vorhanden

Allgemeines
Fallweise Kirchenkonzerte

Stift Dürnstein in der Wachau - direkt an der Donau gelegen - ist eines der schönsten Barockbauwerke Niederösterreichs. Schon von weitem fällt der für Dürnstein charakteristische blau-weiße Kirchturm ins Auge, der erst vor wenigen Jahren seine frühere Originalfarbe wiedererhalten hat.

Urkundlich 1002 erwähnt, später im Besitz der Kuenringer, hat Dürnstein auch deshalb Berühmtheit erlangt, weil König Richard Löwenherz 1192/93 in der Burg gefangengehalten wurde, ehe er sich um eine erhebliche Summe loskaufen konnte.

Das Stift - mit der prächtigen Naturkulisse in eindrucksvoller Symbiose - 1410 als Augustiner Chorherrenstift gegründet,

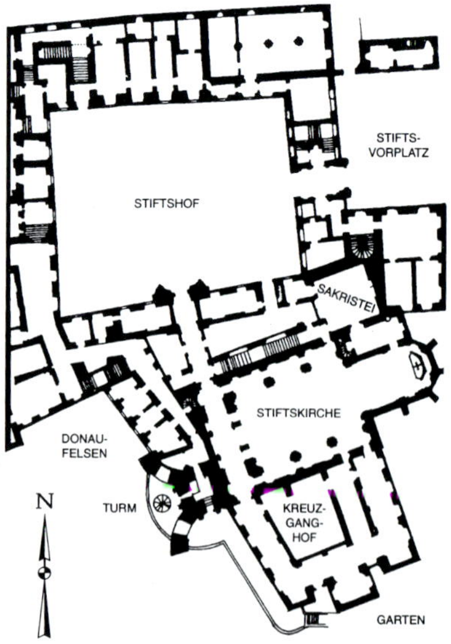

Stift Dürnstein

Ehemaliges Augustiner
Chorherrenstift
3601 Dürnstein

Tel. 02711 - 375, 227
Fax 02711 - 432

durch Joseph II aufgehoben, wurde 1721 bis 1725 von Josef Munggenast nach Plänen Jakob Prandtauers zu einem Juwel des österreichischen Barock umgebaut. Kirche und Stift sind zu harmonischer Einheit verschmolzen; ein Glanzstück ist das äußere Prunkportal an der Südseite des Stiftes.

Am wenigsten bekannt ist der Kreuzgang. Er ist Ausdruck und Dokument barocker Gestaltungskraft, mit einer guten Portion von Theatralik bereichert - das Heilige Grab zum Beispiel stammt wirklich von einem italienischen Theatermaler. Es hat, wie die Bühne eines Theaters, prächtig bemalte Kulissen und viele bunte Glaskugeln. Zwei schöne Altäre stehen in kleinen, überkuppelten Kapellen, die den hll. Nepomuk und Dorothea, der Patronin des Stiftes, geweiht sind.

Der Kreuzgang von Dürnstein weist noch eine weitere kunsthistorische Kostbarkeit auf: die größte und wohl schönste barocke Krippe Österreichs. Es ist eigentlich ein Krippenaltar.

Die 20 Figuren in halber Lebensgröße schuf der Kremser Bildhauer Johann Schmidt, der Vater des berühmten „Kremser Schmidt". Die Figuren sind in eine Marmorarchitektur hineingestellt. Die Wandnischen sind zur Gänze ausgemalt und dem Altartisch sind drei Ölgemälde vorgesetzt. Der Dürnsteiner Krippenaltar enthält die wichtigsten Stationen der Weihnachtsgeschichte - im Zentrum steht natürlich die Anbetung des Christuskindes. Der ganze Altar ist ein meisterhaftes Kunstwerk von immenser Ausdrucksstärke.

Quelle: Augustiner Chorherrenstift Dürnstein

Stift Dürnstein

Eggenburg

Anreise
A22/B4 ab Maissau B 35
über Krems B 35
A1 ab St. Pölten S 33/B35

Franz Josefsbahn Bahnhof Eggenburg

Linienbusse

Öffnungszeiten
Täglich 9.00 - 17.00 Uhr

Eintritt
Ermäßigungen für Kinder und Gruppen
Familien mit Familienpaß

Führungen
Voranmeldung notwendig

Fotografieren
Für private Zwecke erlaubt

Schwerpunkte
Mineralienschau
Tertiär, Ur- und Frühgeschichte
Volkskunde
Museumspädagogik

Publikationen/Kataloge
Zu Sonderausstellungen

Allgemeines
Jährliche Sonderausstellungen

Stadtführungen

„Kulturrundgang durch Eggenburg"

Erdgeschichtliche Wanderungen mit fachkundiger Führung

Wanderweg: „Erdgeschichte selbst erleben"

Grenzsteinwanderweg:
„Eggenburger Freiheit"

Krahuletz Museum

Krahuletz Platz 1
3730 Eggenburg

Tel. 02984 - 34 00
Fax 02984 - 34 00 - 5

Amethyst aus Maissau

Krahuletz Museum ein vielseitiges Museum

Das Krahuletz Museum bietet dem Besucher mit seinen Schausammlungen ein vielseitiges Spektrum an interessanten Themen.

Eine Mineralienschau beweist mit glitzernden Kristallen (Amethyst, Turmalin, Bergkristall, Granat) den „Steinreichtum" des Waldviertels.

Pflanzenreste aus der Steinkohlezeit, ein Krokodilschädel, Haifischzähne, Seekuhskelette und Muscheln und Schnecken eines tropischen Meeres und Mammut-, Höhlenbären- und Wollhaarnashornknochen aus der Eiszeit belegen die wechselhafte Entwicklung des Wald- und Weinviertels in den letzten 1.000 Millionen Jahren.

International beachtete Funde zeigen die Entwicklung der 40.000 Jahre andauernden menschlichen Besiedlung der Gegend von der Altsteinzeit bis ins Mittelalter.

Eine reichhaltige Volkskunde - die „Röschitzer Bauernstube", Trachten, Waffen, Glas und Porzellan und funktionierende Uhren aus fünf Jahrhunderten ergeben ein Lebensbild vom Mittelalter bis ins frühe 20. Jahrhundert.

Jährliche Sonderausstellungen und eine persönliche Betreuung (Museumspädagogik) laden zu einem Besuch in das Krahuletz Museum ein.

Stadtführungen oder geführte Wanderungen (selbst 20 Millionen Jahre alte Versteinerungen sammeln) lassen den Besuch im Museum und in Eggenburg zu einem besonderen Erlebnis werden.

Quelle: Stadtgemeinde Eggenburg

Eggenburg

Schloß Stoitzendorf Klavier-museum

3730 Eggenburg

Tel. 02984 - 27 33
(8.00 - 9.00 Uhr)

Anreise
Von Krems oder Retz B35/B303 (3 km)
von Horn B303

Franz Josefs Bahn Bahnhof Eggenburg

Linienbusse

Öffnungszeiten
Nach Voranmeldung

Führungen
Nach Voranmeldung

Fachgebiete
Sammlung historischer Tasteninstrumente

Fotografieren
Für private Zwecke erlaubt

Sonderausstellungen
Klavierkonzerte im Leopoldsaal
jeden SO im August, Matinee 11.30 Uhr

Schwerpunkte
Klavierwerkstätte
Klaviersalon mit Verkauf: spezialisiert auf Weltmarken wie Bösendorfer, Steinway, Blüthner, Bechstein und Förster

Schwerpunkte
Klaviermuseum

Allgemeines
Waldlehrpfad Eggenburg

Eggenburg

Vor 28 Millionen Jahren brandete an der Stelle der heutigen Stadt ein tropisches Meer. Zahlreiche Funde von seinen einstigen Bewohnern, vom Eggenburger Forscher Johann Krahuletz (1848 - 1928) aufgesammelt, bilden das Herzstück des Krahuletzmuseums, das auch viele Gegenstände aus urgeschichtlicher Zeit beherbergt.

1126 wird der Name der Stadt erstmals urkundlich genannt. Der Ausbau zu einer Burgstadt wird mit dem Bau einer mächtigen, dem hl. Stephanus geweihten, romanischen Kirche um 1180 abgeschlossen. 1277 erhält Eggenburg von König Rudolf von Habsburg die gleichen Rechte, Freiheiten und Gnaden wie die Stadt Wien.

Trotz der Hussiteneinfälle 1427 und 1429 erlebte die Stadt zu Beginn des 16. Jahrhunderts eine Hochblüte, der sie die Gestalt des Hauptplatzes und das Sgraffito Haus verdanken.

1645 belagerten und eroberten die Schweden Eggenburg. In der Barockzeit war aber dann ein neuer Höhepunkt zu verzeichnen. Ein verheerender Brand verwüstete 1808 große Teile der Stadt. Der Bau der Franz Josefs-Bahn 1869 stellt den Beginn eines neuen Aufschwungs in der Gegenwart dar, der in kultureller Hinsicht 1901 mit dem Bau des Krahuletzmuseums besonders markiert ist.

Aus dem alten Eggenburg ist mittlerweile das Eggenburg von heute geworden - eine Stadt mit einem überaus großen kulturellen Erbe an wichtigen historischen Bauten.

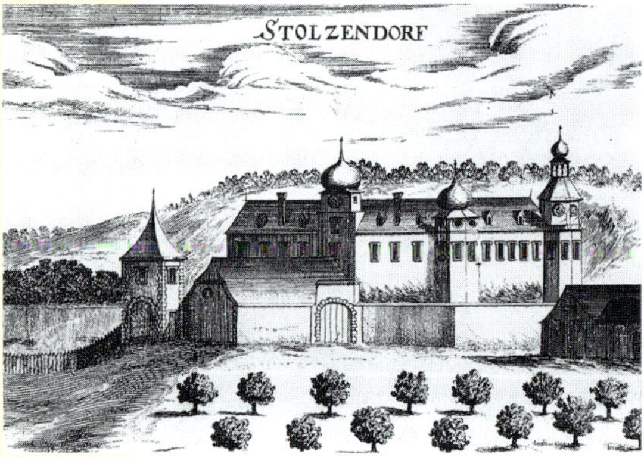

Abriß aus der Geschichte von Schloß Stoitzendorf

Aus den Wirren der Grenznebel, im Osten des Heiligen Römischen Reiches, als Bollwerk gegen Mongolen, Böhmen und Ungarn taucht im 12. Jahrhundert die *„FESTE STOITZENDORF“* auf.

Die stolze Burg der Babenbergerzeit fällt dann im 16. Jh. einem Großbrand zum Opfer. Zerstörung durch die Feinde des Reiches aus dem Südosten, oder vielleicht durch meuternde leibeigene Bauern?

Stoitzendorf war zu unbedeutend, als daß sich die Historiker genauer damit beschäftigt hätten. Das Stift Klosterneuburg kauft die niedergebrannte Ruine samt Wirtschaftsgut und errichtet auf ihren Grundmauern den heutigen Bau, den Sommersitz seiner Äbte. Rundum Weinberge und fleißige Bauern - Land der Äcker, Land der Dome.

1626 ist der Höhepunkt der Bautätigkeit, mitten im 30-jährigen Krieg. Das Schloß erhält seine heutige Gestalt: Ein italienischer Architekt entwirft den Arkadenhof mit den symmetrischen Balustraden, in der Mitte die Freitreppe, die zum Festsaal führt.

1973 kauft der Klavierbauer und Musiker, Dr. Hermann Buchner, das schon vom Verfall bedrohte Gebäude, welches zuletzt nur noch als Pfarrhof von Stoitzendorf gedient hatte. Heutige Nutzung des Objektes als „Klavierschloß“. Im einzelnen: Ein Klaviermuseum (Sammlung historischer Tasteninstrumente), Klavierkonzerte im Leopoldsaal, Klavierwerkstätte, Klaviersalon mit Verkauf, spezialisiert auf Weltmarken wie Bösendorfer, Steinway, Blüthner, Bechstein und Förster.

Dr. Hermann Buchner

Dr. Buchner bringt den guten Ton

Erlauf

Friedens-gedenk-stätte Denkmäler Erlauf 1945

Malende Fährmann
F. Knapp Ausstellung
Denkmäler Oleg Komov,
Jenny Holzer

3253 Erlauf
Tel. 02757 - 62 21

Anreise
A1 Ausfahrt Pöchlarn oder Ybbs / B1

Westbahn bis Pöchlarn/Erlauftalbahn
Bahnhaltestelle Erlauf

Linienbusse

Öffnungszeiten
MO - FR 9.00 - 12.00 Uhr
und gegen Voranmeldung

Eintritt
Freiwillige Spenden

Führungen
Nach Voranmeldung

Fotografieren
Erlaubt

Sonderausstellungen
Malende Fährmann, Franz Knapp

Schwerpunkte
Friedensschluß, Krisenherde heute

Publikationen/Kataloge
Videos, Farbpostkarten, Sonderkuverts

Allgemeines
Denkmäler: Oleg Komov, Jenny Holzer

Sehenswerte Pfarrkirche

Dampflok-Nostalgiefahrten

Ötscherlandradweg

Als jener Ort, wo amerikanische und sowjetische Truppen als Alliierte des 2. Weltkrieges am 25. April 1945 das erste Mal aufeinandertrafen, ist die Stadt Torgau an der Elbe, in Sachsen, in die Weltgeschichte eingegangen.

Anfang Mai 1945 kam es in Niederösterreich zu den ersten Berührungen der beiden Frontlinien auf österreichischem Boden. Anläßlich der bedingungslosen Kapitulation Deutschlands am 8. Mai 1945 wurde Erlauf zum **Schauplatz des ersten gemeinsamen Treffens** der Vertreter der sowjetischen und der amerikanischen Armee, wobei die Demarkationslinie gemeinsam festgelegt und der Sieg gefeiert wurde.

Erst zwei Jahrzehnte später konnte Erlauf - teils durch einen Zufall, teils durch Recherchen in Archiven und bei Augenzeugen - als jener Ort anerkannt werden, wo Amerikaner und Sowjets auf österreichischem Boden das erste Mal zusammentrafen. Seit der ersten Feier im Jahre 1965 erinnert an dieses zeitgeschichtliche Ereignis eine Gedenktafel, die an jenem Haus angebracht wurde, wo dieses Treffen zustande kam. Das Haus selbst ist in jüngster Zeit von der Gemeinde erworben und komplett umgebaut worden. Im 1. Stock befindet sich nun auf dem Originalschauplatz eine **Friedensgedenkstätte,** wo dieses Treffen samt dem geschichtlichen Hintergrund anschaulich dokumentiert wird. Im zweiten Raum vermitteln Zeichnungen von Franz Knapp, einem Schüler und Freund Oskar Kokoschkas, die Stimmung des Landes und der Menschen in der Sowjetunion während der Kriegsjahre. Im dritten Raum wurde anhand von Aufnahmen aus dem Besitz Erlaufer Familien die Entwicklung der Gemeinde im Laufe der letzten hundert Jahre festgehalten.

Friedens-gedenkstätte

Als **Friedensgemeinde** präsentiert sich Erlauf auch durch die Errichtung eines Friedensdenkmals auf dem Marktplatz. Zwei völlig verschiedene Werke stehen hier einander gegenüber: **Oleg Komow,** ehemaliges Mitglied der sowjetischen Akademie, schuf hier eine klassizistisch-realistische Skulpturengruppe. Drei junge Menschen - ein sowjetischer und ein amerikanischer Soldat, zwischen ihnen ein junges Mädchen - als Symbol der Versöhnung und des Friedens. Völlig anders das Kunstwerk von **Jenny Holzer:** modern, schlicht, aus weißem Granit eine oktogonale Stele, aus der jeden Abend mit Einbruch der Dunkelheit ein von weitem sichtbarer Lichtstrahl - das Friedenslicht - hoch in den Himmel leuchtet, eine Botschaft ganz im Sinne der international bekannten Künstlerin aus den USA. Auch hier vermittelt Jenny Holzer ihre verbalen Botschaften - knappe, um so mehr die Emotionen berührende Sprüche, die in die Zugangswege zur Säule eingraviert sind.

Feistritz am Wechsel

Jagd- und Forstmuseum

Gemeindeamt
Tourismusbüro
2873 Feistritz

Tel. 02641 - 2163

Anreise

A2 Ausfahrt Aspang/Wechselbundesstraße
Abzweigung Wanghof
Fahrzeit von Wien ca. 50 Minuten

Wien Süd-Bahnhof - Wr. Neustadt - Aspangbahn
bis Bahnhof Aspang Markt - Autobusanschluß Feistritz

Öffnungszeiten

Jagd- und Forstmuseum befindet sich in den Räumen des Gemeindeamtes
Öffnungszeit: täglich MO - FR 8.00 - 17.00
SA, SO, Feiertag 9.00 - 17.00 Uhr

Eintritt

Frei zugänglich

Fachgebiete

Heimische Holzarten und Forstwerkzeuge
Jagd und Jagdgeräte (Kleinwild und Vögel)

Fotografieren

Erlaubt

Sehenswürdigkeiten

Mausoleum am Friedhof
Mariensäule am Kirchenplatz
k & k Fahrpostamt

Allgemeines

Waldlehrpfad mit Schautafeln über heimische Fauna und Flora
Minigolf-Anlage, Schwimmbad
Sommermonate:
regelmäßig Frühschoppenkonzerte
Juni und September großer Dorfheuriger

Burg Feistritz

Schon um die erste Jahrtausendwende dürfte in Feistritz die erste Befestigungsanlage errichtet worden sein. Jedenfalls wird 1136 ein gewisser Adelbertus von Viustritze urkundlich erwähnt. Nicht lange danach, 1170, widmet Gerhard von Glitzefeld (damit ist das heutige Gleißenfeld gemeint) dem Kloster Admont in der Steiermark ein Baugut unter dem Namen "Vustritz".

Der Ortsname änderte sich in der Folge über Faistritcz, Fewstritcz und Veistritz zum heutigen.

Burg Feistritz ist eine umfangreiche Vorhof-Anlage mit niedriger Ringmauer, Burgtor mit Wippzugbrücke, Hungerturm mit Verlies und dreistöckige Wohngebäude, die den Hof umschließen.

Im Inneren befinden sich eine Burgkapelle mit Glasmalereien, eine volkskundliche Sammlung, Rittersaal, Bibliothek, Rüstkammer, Gerichtsstube sowie einige Decken mit Gotik- und Renaissancevertäfelungen.

Die Burg wechselte häufig die Besitzer, heute veranstaltet das Kunst- und Kulturzentrum Stift Geras auf der **nicht öffentlich zugänglichen Burg** Kunst- und Hobbykurse.

Auskünfte/Anmeldungen/Prospekte:
Kunst- und Bildungszentrum
Stift Geras
Tel. 02912 - 345DW289
Fax 02912 - 243DW299

Feistritz am Wechsel mit Schloß Feistritz aus dem 12. Jh.

Feistritz

Am Platz vor der Kirche findet man die Mariensäule, die ihr ursprüngliches Aussehen erst vor kurzem wieder zurückerhalten hat.

Auf dem Weg zur Burg kommt man an der Statue des 1725 heiliggesprochenen Johannes von Nepomuk vorbei. Antonius Josephus Graf Pergen (1723 - 66) ließ diese Statue errichten.

Gegenüber der Kirche liegt das Gemeindehaus, in dem sich ab 1869 bis zum Ende der Monarchie ein kaiserliches Fahrpostamt befunden hat. Einziges Überbleibsel ist das dazugehörige Wappen, das im Erdgeschoß zu sehen ist. Im 1. Stockwerk befindet sich das Forst- und Jagdmuseum, das die Bedeutung des Waldes für diese Region dokumentieren soll.

Folgt man dem Dorfbach, kommt man zuerst an der alten Schule vorbei, die bis 1912 zweiklassig in Verwendung stand. An der Außenmauer stellt ein Sgraffito traditionelle einheimische Tracht dar.

Nach einigen hundert Metern kommt man zum Friedhof, der 1840 von Fürst Josef Maria Ludwig Sukovsky hierher verlegt wurde. 1892 wurde in seinem Auftrag die Grabkapelle errichtet, um die sich heute Gräber gruppieren.

Kirche

Am Hauptplatz steht die dem hl. Ulrich geweihte Pfarrkirche. An der Stelle, an der sie heute steht, hat sich schon zuvor eine Holzkirche befunden: 1098 wurde ein romanisches Gotteshaus erbaut, das 1477 im spätgotischen Stil umgestaltet wurde.

Im Kircheninneren befinden sich die von Kothgassner gestalteten Fenster sowie Reste alter Fresken.

An der Kirchenaußenwand, dort, wo sich bis 1840 der Friedhof des Ortes befunden hat, sind Epitaphe, Grabmäler mit Inschriften und Figurenschmuck zu sehen.

Quelle: Gemeindeamt Feistritz

Fels am Wagram

Heimatmuseum

Schulplatz 1
3481 Fels am Wagram

Tel. 02738 - 2381
Fax 02738 - 2381-22

Anreise
B3 bis Kollersdorf/B34

Franz-Josefs-Bahn Haltestelle Fels a. W.

Öffnungszeiten
Nach vorheriger Terminvereinbarung

Eintritt
Freiwillige Spenden

Führungen
Nach vorheriger Terminvereinbarung

Fachgebiete
Paläontologie
Landwirtschaft, Weinbau
Handwerk zu Beginn dieses Jahrhunderts

Fotografieren
Erlaubt

Sonderausstellungen
September 1996 - „Binderhandwerk in Fels"
Jährlich wechselnde Sonderausstellungen

Schwerpunkte
Dorfstruktur zu Beginn dieses Jahrhunderts

Sehenswürdigkeiten
Paläontologie

Publikationen/Kataloge
In Ausarbeitung

Fels am Wagram

Die Marktgemeinde Fels am Wagram besteht aus den Katastralgemeinden Fels am Wagram, Thürnthal, Gösing/Wagram und Stettenhof.

Mit über 500 ha Weingartenfläche ist sie eine der ältesten und bedeutendsten Weinbaugemeinden in Niederösterreich.

Besonders sehenswert sind die vielen romantischen Kellergassen, die zum Teil von hohen Lößwänden umgeben sind.

Der Wein bildet natürlich einen wesentlichen Erwerbszweig der Menschen, die hier wohnen. Mit seiner Qualität hat er dazu beigetragen, die „Wagram-Gegend" berühmt zu machen. Vor allem der Grüne Veltliner erreicht auf den leichten Lößböden besondere Güte. Qualitätsweine können bei den Weinproduzenten jederzeit verkostet und mitgenommen werden

Auch die Veranstaltungen in Fels am Wagram drehen sich natürlich in erster Linie um den Wein, wie z.B. die Kellergassenfeste in Fels und Stettenhof, der Bauernmarkt in Fels und das Dorffest in Gösing.

In Fels stellt man Ihnen gerne ein individuelles Programm zusammen. Von der Besichtigung und Führung durch das Heimatmuseum, einer Wanderung durch die Kellergassen, Pferdekutschenfahrten und der Besichtigung eines Weinkellers mit Verkostung und Hauerjause bis hin zur Reitstunde, einem Tennismatch oder Saunabesuch.

Heimatmuseum

Das Felser Heimatmuseum wurde 1984 gegründet und ist im neu renovierten Schloß untergebracht.

Das Museum verfügt über sechs Schauräume, die einen umfassenden Überblick über Handwerk und Gewerbe, Weinbau, Landwirtschaft und Haushalt geben.

Im Zuge der Auflassung einzelner Handwerks- und Gewerbebetriebe wurden die Gerätschaften dem Museum zur Verfügung gestellt.

Nicht mehr in Verwendung stehende Objekte aus Landwirtschaft, Weinbau und Haushalt ergänzen das Gesamtbild der ländlichen Dorfstruktur von Fels in der Zeit vor der Technisierung.

Eine Besonderheit des Museums stellt die paläontologische Ausstellung über die Funde des Dornergrabens dar. Die Einzigartigkeit dieser Funde liegt darin, daß Fossilien dieser Art in Österreich bisher nicht entdeckt wurden.

Für den interessierten Besucher sind Schautafeln über Geschichte und Ereignisse von Fels angebracht.

Weiters gibt es eine umfangreiche Chronik, welche einen geschichtlichen Überblick bietet.

Nähere Informationen:
Gemeindeamt Fels am Wagram
Wiener Straße 15
3481 Fels am Wagram
Tel. 02738 - 2381, 2383
Fax 02738 - 2381-22

Fischamend

Heimatmuseum

2401 Fischamend

Tel. 02232 - 77300

Anreise
A4 Ausfahrt Fischamend
B9 Preßburgerbundesstraße

S Bahn von Wien-Mitte S7

Öffnungszeiten
Mai - Oktober: SO 10.00 - 12.00 Uhr

Eintritt
Erwachsene 20,- ; Kinder 5,-

Führungen
Sonderführungen gegen telefonische Absprache auf Wunsch möglich

Fachgebiete
Heimatkunde

Fotografieren
Gestattet

Schwerpunkte
Ur- und frühgeschichtl. Bodenfunde
römische Funde
Ortsgeschichte, Volkskunde

Publikationen/Kataloge
Heimatbuch

Allgemeines
Als Ausstellungsort dient der im 11. Jh. errichtete Fischaturm, der dem Besucher einen wunderbaren Rundblick über die Stadt bietet.

Im frühen Mittelalter kam es zur Anlage der Doppelsiedlung VISKAHAGEMUNDE an beiden Seiten der Fischamündung, was dem Ort den Namen gab. Die Entstehung der heutigen Siedlungsform geht bis in das beginnende 11. Jh. zurück. Der Dreiecksanger in Fischamend Dorf mit seiner Feldkirche St. Quirin, welche im Besitz des bayrischen Stiftes Tegernsee war, bildete den Ursprung dieser Siedlung. Am rechten Fischaufer kam es vor 1074 auf einer Erdbefestigung über den Donauauen zur Errichtung der St. Michaelskirche. Mit dem zeilenartigen Anbau war der Urfahrort gegründet worden. Die Doppelgemeinde „Fischamend" war entstanden. Zu dieser Zeit bildete die Fischa die Grenze der Ostmark.

Die verkehrsgünstige Lage des Ortes mit seinen Verbindungen nach Ungarn, ins Marchfeld und an die Leitha war Anlaß zur mittelalterlichen Marktentwicklung. Große Bedeutung erhielt Fischamend als „Mühlenort". Die erste urkundliche Erwähnung einer Mühle fällt in das Jahr 1224. Neben 8 Mühlen an den Fischaarmen gab es 7 Schiffsmühlen an der Donau.

Fischamend lag an der Kaiserstraße. Nicht zuletzt deshalb wurde es durch Kriege arg in Mitleidenschaft genommen, wie etwa 1683 durch die Türkenbelagerung Wiens und zu Beginn des 19. Jh. durch die Franzosenkriege. Im Zuge der Revolution von 1848 lagerten Truppen unter Jellacic in Fischamend. Im Zeitalter der Industrialisierung kam es auch in Fischamend zu mehreren Textilfabriksgründungen an der Fischa. In ihnen kann man die Nachfolge der zahlreichen Mühlen sehen.

Der durch die Donauregulierung verlängerte Lauf der Fischa diente von 1868-1902 als Winterhafen der k.u.k. Schiffe. Bis zu 250 Dampf- und Schleppschiffe überwinterten hier jährlich, wodurch Fischamend großen wirtschaftlichen Aufschwung genoß.

Ein wichtiges und bedeutendes Kapitel unserer Ortsgeschichte war die Gründung der 1. Militär-Aeronautischen Anstalt im Jahre 1909. Innerhalb weniger Jahre gelang ein rasanter Fortschritt in der Entwicklung der Luftfahrt. Fesselballone, Luftschiffe, Motorflugzeuge, Hubschrauber wurden in Fischamend gebaut, wodurch diese militärische Flugstation zur ersten und bedeutendsten der österr.-ungar. Monarchie wurde. Im Zuge dessen kam es nicht nur zur Errichtung von Hangars und Fabrikshallen, sondern auch von Wohnbauten für Offiziere und Mannschaften, sowie zum Bau einer Wasserleitung. Nach Ende des 1. Weltkrieges wurde ein Großteil der Anlagen durch die Siegermächte demontiert.

Nach dem Anschluß an Deutschland wurde in den verbliebenen Hallen eine Filiale der Wr. Neustädter Flugzeugwerke angesiedelt. Nachdem der Feldflughafen Fischamend nicht mehr den neuen Ansprüchen genüge tat, wurde im Westen von Fischamend der Grundstein für einen neuen Flugplatz gelegt - Heidfeld, der heutige Flughafen Wien-Schwechat. Der Ausbau der Kriegsproduktion in Fischamend führte im April 1944 zu schweren Luftangriffen. Ein Großteil des Flugzeugwerkes wurde dabei zerstört. 1970 kam es zur Zusammenlegung der Doppelgemeinde Fischamend Dorf und Fischamend Markt. 1987 wurde die Marktgemeinde Fischamend zur Stadt erhoben.

Fischaturm

Heimatmuseum im Fischaturm

Um 1050 wurde der Fischaturm als Grenz- und Wachturm unter Heinrich III. errichtet. Im Laufe der Jahrhunderte änderten sich das Aussehen und der Verwendungszweck des Turmes. Ursprünglich diente das dreigeschossige Gebäude als Auslug, da der Ort an der Grenze des Heiligen Römischen Reiches lag. Erst im 17. Jahrhundert erhielt der Turm weitere Stockwerke. 1728 wurde im Zuge der Straßenregulierung nach Un garn unter Karl VI. ein Torbogen errichtet. Nach einem Brand 1834 wurde das Wahrzeichen renoviert und erhielt sein heutiges Erscheinungsbild. Bis 1927 diente der Turm als Gemeindestube und Nachtwächterwohnung. Seitdem ist in diesen Räumen das Heimatmuseum untergebracht. In den fünf Stockwerken des Museums wird die bewegte Vergangenheit der Stadt widergespiegelt. Zur Zeit der AUSTRIA ROMANA lag auf dem Boden von Fischamend das römische Kastell AEQUINOCTIUM, was durch archäologische Funde belegt ist.

Neben einem Abriß der Kirchengeschichte beweisen die seit 1673 erteilten Privilegien zur Abhaltung von Jahr- und Wochenmärkten die große wirtschaftliche Bedeutung Fischamends für diese Region. Fotos über das sich wandelnde Ortsbild, das Vereinsleben, sowie die Anfänge der Luftfahrt gewähren einen guten Einblick in die Geschichte.

Weitere Schwerpunkte der Dauerausstellung bilden Handwerk und bäuerliches Leben. Die Sammlung der volkskundlichen Gegenstände zeigt die Berufsvielfalt der Bevölkerung. Eine Besonderheit stellt die seit 1834 in Betrieb befindliche Turmuhr dar.

Quelle: Christa Eggendorfer, Franz Lorenz

Gars am Kamp

Heimatmuseum Handelsmuseum Franz von Suppè Gedenkstätte

Gars am Kamp
Gästeinformation
3571 Gars am Kamp

Tel. 02985 - 2680
02985 - 2225
Fax 02985 - 2225-24

Anreise
A1 ab St. Pölten S 33/B 34
A22 / B 4

Bahnhof Gars/Thunau

Linienbusse

Öffnungszeiten

Mai - September	SA	10.00 - 12.00 Uhr
		14.00 - 16.00 Uhr
SO und Feiertag		10.00 - 12.00 Uhr

Eintritt
Ermäßigung für Kinder
Lehrer und Begleitpersonen frei

Führungen
Nach telefonischer Vereinbarung

Fotografieren
Erlaubt

Sonderausstellungen
Alljährliche Sonderausstellung

Schwerpunkte
Franz von Suppè
Handel und. Handwerk

Sehenswürdigkeiten
Babenberger Burgruine
romanisch - gotische Gertrudskirche
Fischerkanzel in Tautendorf

Publikationen/Kataloge
Vorhanden

Allgemeines
Garser Kulturrundgang
Marterlwanderwege
OPERN AIR auf der Burgruine Gars
1. Österreichische Weingalerie
„VINUM & ARS" in Gars

Franz von Suppé
✶ 18.04.1819 ✝ 21. 05. 1895

FRANZ VON SUPPÉ - GEDENKSTÄTTE

Einzige Gedenkstätte in Österreich. Erinnerungsstücke an Franz von Suppé. Der große Operettenkomponist verbrachte in Gars viele Sommer und schuf hier sein berühmtestes Werk „Boccaccio".

HEIMATMUSEUM

In einer alten Schulklasse aus der Zeit der Jahrhundertwende steht die Zeit still. Exponate der Burg- und Marktgeschichte, eine Dokumentation über das Handwerk und Bürgertum sowie Fotos und Pläne über die Villenarchitektur um 1900 von Gars am Kamp.

HANDELSMUSEUM

Dokumentation des Handels im Laufe der Jahrhunderte. Ein „Alter Laden" mit Originaleinrichtung, übersichtliche Schautafeln und liebevoll zusammengetragene Exponate und Fotos lassen eine beschauliche Zeit wieder lebendig werden.

GARS AM KAMP
Die Perle des Kamptales

Das Gebiet um Gars ist uralter Siedlungsboden seit der Jungsteinzeit. In der Urnenfelderzeit entstand auf der Holzwiese in Thunau eine große mit einem Wall befestigte Siedlung der Illyrer. Auch Kelten und Germanen siedelten in den weiteren Jahrhunderten dort.

Um 800 n. Ch. errichteten die Slawen ein Burgwallzentrum mit stadtähnlicher Siedlung, dort stand auch die erste karolingische Kirche.

Bei der Landnahme durch die Babenberger wurde 1041 diese Stadt zerstört. Als Ersatz errichteten die Babenberger auf dem Schloßberg ein Festes Haus, die Burg Gars.

Leopold II. der Schöne, verlegte seine Residenz von Melk nach Gars. Sein Sohn, Leopold III. der Heilige, ist wahrscheinlich in Gars geboren und verlegte seinen Markgrafensitz nach Klosterneuburg.

In dieser Zeit wurde auch die kunsthistorisch wertvolle Gertrudskirche - Gars ist eine der Urpfarren des Waldviertels - erbaut.

Als Markt tritt uns Gars auf Grund einer Urkunde bereits 1279 entgegen, 1403 erhielt es dieses Marktrecht urkundlich bestätigt.

Zeugen aus der Vergangenheit sind eine Fülle von Bauwerken und Fassaden aus der Renaissance, Barock und Historismus im denkmalgeschützten Ortskern.

Quelle: Marktgemeindeamt Gars

Gars am Kamp

Atelier Sieglinde LAYR

Weisergasse 117
3571 Gars am Kamp

Tel. 02985 - 2021
Fax 02985 - 20214

Mitten in Gars am Kamp, einem 1700 Einwohnerort im inspirierenden Waldviertel gelegen, befindet sich das Domizil der mittlerweile international bekannten und geschätzten Malerin

Sieglinde Layr

Nicht nur das Atelier verrät, daß es sich bei dem ehemaligen Gasthof um das Haus einer Künstlerin handelt; jeder einzelne Raum wurde von ihr in liebevoller Kleinarbeit gestaltet. So sind die Wände bemalt, die Fenster mit Glasmalerei versehen, Teppiche und Lampen selbst gestaltet, und sogar vor Reliefarbeiten an den Wänden hat sie nicht Halt gemacht. Ihre Anwesenheit trägt sehr zum Kulturreichtum der Gemeinde bei. Auch großformatige Kulissenarbeit für Veranstaltungen und Theaterszenen gestaltet sie immer wieder.

Ihre Malerei ist phantasiereich und vielseitig: sie umfaßt sämtliche Techniken vom Aquarell bis zum Öl, ihre Sujets sind Tanz, Landschaften, Stadtszenen und Karnevalimpressionen, aber auch pointierte Karikaturen und Tierszenen fehlen in ihrem Repertoire keineswegs.

Musik spielt in dem Leben der Künstlerin eine große Rolle, tanzt sie doch selbst leidenschaftlich gerne und schafft ausschließlich nach bewußt ausgewählten Liedern.

Zu ihren künstlerischen Höhepunkten zählen die großen Wandmalereien des Restaurants Rosenkavalier am Wiener Südbahnhof, ein Wandbild in der Eingangshalle des Krankenhauses Horn, sowie die Präsentation ihrer Werke im Palais Hohenfels im Mai 1995, wo über 1000 Besucher die Bilder bewunderten. Ebenfalls 1995 stiftete Sieglinde Layr für ein vom Biopapst Willi Dungl ins Leben gerufenes Emergencykonto für notleidende Kinder einen Flügelaltar. Als Koordinatorin fungiert hierfür die Gattin des UNO-Generalsekretärs Frau Boutrous-Ghali, die sich bei der feierlichen Übergabe des beachtlichen Bilderlöses bei der Künstlerin für deren Engagement bedankte.

Anreise

Krems/B218 bis Langenlois/B34
Krems/B35 bis Hadersdorf/B34
von Horn B34

Bahnhof Gars am Kamp/Thunau

Linienbusse

Öffnungszeiten

nach telefonischer Vereinbarung

Publikationen/Kataloge

Verschiedenste Publikationen

Einen Querschnitt ihrer Werke zeigen ihre zahlreichen Publikationen:

- Waldviertler G´schichten
- Waldviertler Leut
- Kölner Karneval
- Nagoya
- Faszination

Sowohl im Buch Nagoya, als auch in ihrem 1995 erschienenen Katalog Faszination, kann man zusätzlich zu den Bildern auch handgeschriebene Lyrik der Künstlerin finden.

Bemerkenswert ist das von ihr illustrierte Buch „Mach´s Dir nicht so schwer, genieße Dein Leben", ein Werk, das Kraft in schwierigen Situationen gibt, aber gleichzeitig zum Schmunzeln anregt.

Zur Zeit ist Sieglinde Layr in etlichen namhaften Galerien in Österreich, Deutschland und der Schweiz vertreten, der Schritt nach Amerika ist geplant .....

Woran man ihre Bilder erkennt: Alles dreht sich, alles bewegt sich, Farbenfrohheit, Licht und Schwerelosigkeit fehlen nie. Ihre Werke strahlen positiv, sind ausdrucksstark und fröhlich; eine Beschreibung, die auch auf die Künstlerin zutrifft!

Gföhl

Bauernhof-museum

Gföhleramt
Ök.-Rat Franz Fux
Gföhleramt 23
3542 Gföhl

Tel. 02716 - 6470

Anreise
Von Krems über B37 / B32 (Kremstal)
Abzweigung „Steinspengweg" 1 km

Bahnhof Krems

Linienbusse

Öffnungszeiten
SA vormittags und nach Vereinbarung

Eintritt
Freiwillige Spenden erbeten

Führungen
Nach Voranmeldung

Fachgebiete
Dinge des täglichen Bedarfs
bäuerliches Gerät und Mobiliar
alte Türen und Tore
wertvolle Büchersammlung

Fotografieren
Erlaubt

Sehenswürdigkeiten
Museumskapelle

„Gföhler Wald"

Gföhleramt ist eines der 14 Waldämter des landesfürstlichen „Gföhlerwaldes" deren Besiedlung erst vor der Wende des 16. zum 17. Jahrhundert durch Holzhacker erfolgte.

Das Wachsen der Städte und der Industrie verschafften in dieser Zeit dem Holz einen Marktwert und veranlaßte den Besitzer des Gföhler Waldes, den Grafen Sinzendorf, die in seinen Forsten vorhandenen Holzreserven auf den Markt zu bringen.

Zwecks Schlägerung des Holzes wurden Holzhacker aus den südlichen und westlichen Bundesländern (vor allem aus Salzburg) herbeigeschafft und in Holzhackerhütten angesiedelt.

So entstanden hier etwa 650 Holzhackerhütten. Bald stellte sich heraus, daß diese zuviel waren und die Herrschaft Gföhl wollte diese wieder absiedeln, wobei bei der Herrschaft die Überlegung vorherrschte, falls keine Holzarbeit an die Siedler abgegeben würde, müßten diese sowieso das Gebiet verlassen.

Die ehemaligen Holzhacker waren aber klüger und sicherten sich durch die Leinenweberei ihre wirtschaftliche Existenz und entwickelten sich in weiterer Folge zu ansehnlichen Bauernwirtschaften.

Dieses einst geschlossene Gebiet des „Gföhler Waldes" mit seinen 14 Waldämtern (Forstämtern) ist heute den Gemeinden Gföhl, Jaidhof, Senftenberg, Rastenfeld, St. Leonhard und Droß zugeteilt.

Waldviertler Bauernhofmuseum Gföhleramt

Das Museum wurde im Jahre 1975 vom Eigentümer Ök.-Rat Franz Fux, Gföhleramt 23 auf seinem bewirtschafteten Bauernhof gegründet. Ziel der Gründung war die Erhaltung des einstens hier verwendeten bäuerlichen Geräts und Mobiliars.

Ein Schwerpunkt wurde auch auf die Sammlung und Ausstellung der früher gebrauchten Geräte zur Bearbeitung des Flachs und seiner Verarbeitung zu Leinen gelegt.

Die Leinenweberei bildete hier eine Zeitlang die Lebensexistenz der Bewohner und dadurch wurde das Gebiet der Siedlung erhalten. Neben der Ausstellung der Gerätschaften zur Bestellung der Felder und Verarbeitung des Erntegutes wurde eine bäuerliche Stube mit Tisch und Sitzecke, bemalten Kästen und Truhen und ein Kachelofen eingerichtet. In ihr ist ein Schüsselkorb mit anderem Geschirr, bemalten Schüsseln sowie steinernen Rumpeln unter anderem eingerichtet.

Prunkstück ist die Museumskapelle, die Wiedererrichtung einer hier erbauten Pestkapelle nach den Maßen des Katastralplanes von 1824 und dem renovierten Original Altar, einer hölzernen reich mit Ornamenten versehenen Ampel und dem Gestühl.

Was einst als Freude an der Sache begonnen wurde umfaßt heute über 1.000 Ausstellungsstücke und ist sowohl für Museumsliebhaber aber auch für Eltern interessant, die ihren Kindern zeigen möchten, wie die Bauern dieser Region früher gearbeitet und gelebt haben.

Ök.-Rat. Franz Fux

Stube im Bauernhofmuseum Gföhleramt

Gmünd

Glas-Stein-Stadtmuseum

Tourismusbüro
der Stadt Gmünd
Stadtplatz 34
3950 Gmünd

Tel. 02852 - 52 506-18
52 506-38
Fax 02852 - 54 514

Anreise

B 41 Abfahrt Gmünd Mitte

Bahnhof Gmünd

Linienbusse

Öffnungszeiten

Glas- und Steinmuseum - Stadtplatz 34
Mai - September
MO - FR 9.00 - 12.00, 13.00 - 17.00 Uhr
SA, SO/Feiertag 9.00 - 12.00 Uhr

Stadtmuseum - Stadtplatz 26
„Altes Rathaus"
Mai - September
SO/Feiertag 9.00 - 12.00 Uhr

Eintritt

Erwachsene 20,-
Kinder u. Jugendliche bis zum 15. Lebensjahr,
Studenten, Lehrlinge und Militär 10,-
Schulpflichtige Kinder in Begleitung der Eltern frei = Familienermäßigung
Kosten der Führung 250,- pro Gruppe

Führungen

Gegen Voranmeldung im Tourismusbüro

Fotografieren

Erlaubt

Schwerpunkte

Glas- und Stein, Stadtgeschichte

Publikationen/Kataloge

Vorhanden

Allgemeines

Rundwanderwege und Granitbearbeitungslehrpfad im Naturpark Blockheide Eibenstein - Gmünd

Nostalgiefahrten mit der Waldviertler Schmalspurbahn

Sgraffitohäuser, Schloßpark, Aßangteich

Öffnungszeiten des Tourismusbüros:
Mai bis September
MO - FR 9.00 - 12.00 und 13.00 - 17.00 Uhr
SA, SO/Feiertag 9.00 - 12.00 Uhr

Gmünd ist, am Zusammenfluß der Lainsitz und der Braunau gelegen, eine alte Kuenringersiedlung. Die Gründung der Stadt läßt sich nicht mit Sicherheit festlegen. Die erste schriftliche Quelle findet sich im Stiftungsbuch des Klosters Zwettl und weist auf das Jahr 1208 hin.

Das Stadtmuseum, untergebracht in einem besonders auffallenden und kulturhistorisch bedeutenden Bau, dem Alten Rathaus, dokumentiert die Besiedlung des nordwestlichen Waldviertels und die Geschichte der Stadt, vor allem das Zunftwesen.

Das Glasmuseum, untergebracht in einem ehemaligen Bürgerhaus, umfaßt die Entstehungsgeschichte der Glashütten im niederösterreichisch-böhmischen Raum und zeigt Handwerksgeräte der Glasmacher und formschönes, kunstvoll bearbeitetes Glas vom 17. Jahrhundert bis in die Gegenwart.

Auch einige absolute Raritäten des Gutenbrunner Glasmachers Johann Josef Mildner - Zwischenwandmedaillongläser - sind zu sehen, sowie Einzelanfertigungen aus der Biedermeierzeit.

Daneben findet man ebenso Kuriositäten wie z. B. Butterrührglas, Bauernbarometer und Fliegenfalle.

Das Steinmuseum gibt unter dem Leitgedanken „saxa loquuntur“ (Steine sprechen) dem Betrachter einen umfassenden Überblick über die mehr als zweitausendjährige Geschichte der Steinbearbeitung im Waldviertel - von der Jungsteinzeit bis zur Gegenwart.

Die Grenzstadt Gmünd erlebt seit dem Verschwinden des „Eisernen Vorhanges“ einen ungeheuren Aufschwung und Besucherstrom.

Quelle: Stadtamt Gmünd

Gmünd NÖ - Groß Gerungs

Anreise:
Anreise vom Wiener Franz Josefs Bahnhof bis Gmünd NÖ (siehe ÖBB Kursbuch, Fahrplanbild 8).

Ausflugsfahrten:
Ausflugsfahrten in das Waldviertel sind zu jeder Jahreszeit ein heißer Tip.

Dampfzugbetrieb:
In den Sommermonaten Mai - Oktober werden auf der Waldviertler Schmalspurbahn Nostalgiefahrten durchgeführt.

Anschlußprogramme:
Nützen Sie die zahlreichen kulturellen Angebote sowie Radfahr- und Wandermöglichkeiten entlang der Waldviertler Schmalspurbahn.

Sonderzugfahrten:
Wir organisieren geme für Sie Ihren eigenen Betriebsausflug, Hochzeitszug, Foto-, Schmankerl- oder Bierzug.

Information und Buchung
Bahnhof Gmünd NÖ
Bahnhofplatz 3
A-3953 Gmünd NÖ
Tel. 02852 - 52588-382 bzw. 330
Fax 02852 - 52588-315
oder beim
Bahn-Totalservice Tel. 1717

Nostalgieprogramm

Einsteigen bitte!
Reisen im Wandel der Zeit

Das **Nostalgieprogramm** umfaßt ein Mehrtagesangebot (2 Tagespauschale), Tagestouren und Einzelfahrten.

Das **Mehrtagesangebot** beinhaltet die Anreise von Wien bis Gmünd NÖ, eine Dampfsonderfahrt auf der Waldviertler Schmalspurbahn, Nächtigung im 4 Sterne Hotel, ein umfangreiches Touristikangebot in Weitra, Bahnfahrt auf dem Nordast der Waldviertler Schmalspurbahn nach Alt Nagelberg mit Besuch einer Glasschleiferei und Töpferei sowie Rückfahrt nach Wien.

Die **Tagesprogramme** können individuell gestaltet werden. Es werden zahlreiche kulturelle, mystische und sportliche Anschlußprogramme angeboten. Weiters sind die Waldviertler Schmalspurbahnen auch **für Busreisegruppen** ein interessanter Ausflugstip.

Waldviertler Schmalspurbahn

Gmünd - Groß Gerungs
Bahnhof Gmünd

Tel. 02852 - 52 5 88-330
52 5 88-382
Fax 02852 - 52 5 88-315

Waldviertler Schmalspurbahnen

Genießen Sie die reizvolle Wald- und Hügellandschaft von Gmünd NÖ bis Groß Gerungs mit einer der schönsten Ausflugsbahnen Österreichs, der Waldviertler Schmalspurbahn:

Der Ausgangspunkt der 43 km langen Erlebnisfahrt mit unserer „Waldviertler Schmalspurbahn" (Spurweite 760 mm, Eröffnung 1902) ist die reizvolle Grenzstadt **Gmünd.** Durch das Hügelland und entlang von Teichen geht es gemütlich bergauf bis zur 600 m hoch gelegenen alten Kuenringerstadt **Weitra** mit prachtvoller Altstadt und mächtigem Renaissanceschloß.

Kurz nach Weitra überquert die Bahn ein sehenswertes Steinviadukt mit sieben Bogenöffnungen und fährt weiter an **St. Martin** vorbei nach **Steinbach Groß Pertholz** (Wasserstation für Dampfzüge).

Waldviertler Schmalspurbahn

Nun geht es durch den Nadelwald steil bergauf in das Naturschutzgebiet „Nordwald" bis nach Bruderndorf, der „Berg-Wasserstation" für die Dampfzüge.

Nach der Durchfahrt durch die beiden Bruderndorfer Tunnel erreicht die Bahn in 806 Meter Höhe ihren höchsten Punkt: Die europäische Wasserscheide zwischen Donau und Elbe. Dann geht es wieder talwärts an **Langschlag** vorbei bis nach **Groß Gerungs,** dem Endpunkt unserer idyllischen Bahnreise.

Die Züge werden mit modernen **Schienenbussen** der Baureihe 5090 geführt. Den Fahrplan entnehmen Sie bitte dem ÖBB-Kursbuch, Fahrplanbild 84.

In den Sommermonaten (Mai bis Oktober) wird an bestimmten Wochenenden der **Dampfzug** im Nostalgieverkehr geführt. Mit dabei natürlich das gemütliche Speisewagerl und die urige „Kuenringer Taverne", wo mit Waldviertler Appetithappen, einem kühlen Pils aus Weitra oder einem kräftigen Obstler für Ihr leibliches Wohl gesorgt wird.

Gobelsburg

Anreise
A1 / S 33 Ausfahrt Krems weiter über B34

Bahnhof Kammern

Linienbusse

Öffnungszeiten
1. Mai - 31. Oktober

Eintritt
30,- Erwachsene
25,- für Gruppen ab 12 Personen

Führungen
Im Museum keine Führungen
nur im Weinkeller

Fachgebiete
Bauernmöbel, Waldviertler Volkskunst, altösterreichische Majolika

Fotografieren
Erlaubt

Sehenswürdigkeiten
Historische Räume, Kapelle, Weinkeller

Schwerpunkte
Volkskunde

Sonderausstellungen
Alle 2 Jahre

Publikationen/Kataloge
Vorhanden

Allgemeines
Weinverkostung (Meßwein)
Heuriger im Mai - Oktober
Gegen Voranmeldung Familien- und Firmenfeiern möglich

Kellerei des Stiftes Zwettl
SCHLOSS GOBELSBURG

Zwettl, das Zisterzienser Stift, wurde im Jahr 1137 vom Kuenringer Hadmar II gegründet. Er vermachte dem Kloster die Weingärten um Schloß Gogelsburg. Eingebettet zwischen sanften Hügeln liegt es in einem ausgezeichneten Weinbaugebiet. Seit 1138 reift hier auf den fruchtbaren Löß- und Urgesteinsböden der traditionsreiche Gobelsburger Meßwein. Kultiviert und gekeltert von den Zisterzienser Mönchen des Stiftes Zwettl.

Meßwein darf, traditionsgemäß, nur mit Erlaubnis des Bischofs produziert werden. Seit 1138 ist das Stift Zwettl autorisiert, diesen besonderen Wein zu kultivieren und zu keltern. Von der modernen, ökologisch überlegten Bodenbearbeitung, die nur mit Naturdünger auskommt, bis zur Lagerung, hält man sich strikt an das kirchliche ***Reinheitsgebot:*** Meßwein muß absolut naturbelassen und unaufgebessert bleiben. Er ist naturrein und ohne chemische oder geschmacksverändernde Zusätze. Um Qualität und bouquetschonende Flaschenfüllung zu gewährleisten, bedient man sich moderner Kellertechnik.

Steigen Sie hinab zum Wein

In den Kellern aus der Kuenringerzeit lagert der Wein. Sie können ihn hier unten probieren. Und wenn er ganz nach Ihrem Gaumen ist, gleich kaufen.

Sortenspiegel

Wein: Grüner Veltliner, Messwein, Rheinriesling, Grüner Sylvaner, Rivaner, Weißer Burgunder, Rosé, Blauburgunder, Zweigelt, Blaufränkischer

Sekt: verschiedene Sonderflaschen.

Besuchen Sie uns und verbringen Sie gemütliche Stunden im romantischen Innenhof des Schlosses.

Wir bewirten Sie von Mai bis Oktober täglich ab 11 Uhr

Schloß Gobelsburg

Kellerei des Stiftes Zwettl
3550 Gobelsburg

Tel. 02734 - 24 22
Fax 24 22 - 20

Schloß Gobelsburg

Schloß Gobelsburg liegt an der Pforte zum Kamptal im Weinbaugebiet Kamptal - Donauland, eingebettet von sanften Hügeln.

Das auf dem Boden der alten Kuenringerburg Gobatsburg stehende barocke Schloß, gleichzeitig Witschaftshof des Zisterzienserstiftes Zwettl, stellt einen stattlichen, festen Bau dar, der zusammen mit der gotischen Kirche eine vorzügliche Baugruppe auf dem Burghügel über dem Kamp bildet.

Dieser Hügel hat offenbar schon immer zur Besiedlung verlockt. Und so ist es angesichts der Tatsache, daß ein Teil des hier beheimateten Österreichischen Museums für Volkskunde im Schloß vor allem Keramik ausstellt, doch sehr erfreulich, daß Funde im Erdreich aus der frühen Bronzezeit auch hier im Schloßmuseum einen hervorragenden Ausstellungsplatz gefunden haben.

Im Schloß, das für die Einrichtung und Ausgestaltung als Schloßmuseum innen und teilweise auch außen gründlich restauriert wurde, ist über eine bequeme breite Stiege der Repräsentationstrakt im ersten Stock zu erreichen, der einen breiten Gang, sechs Ausstellungsräume und die Schloßkapelle umfaßt. Die meisten Räume weisen schöne barocke Decken auf, zum Teil mit Deckengemälden, zum Teil mit Stuckreliefs ausgestattet.

Zu dieser Ausgestaltung der Säle paßt also vielleicht am ehesten eine Sammlung alten Volkskunstgutes aus dem Bereich des Handwerks. Der Fülle des dem Österreichischen Museum für Volkskunde zur Verfügung stehenden Stoffes nach bot sich vor allem die Volksmajolika an. Das durch das Porzellan allmählich verdrängte Majolikageschirr bedeutet eine besondere Blüte der handwerklichen Volkskunst zwischen dem 16. und dem frühen 19. Jahrhundert. Auf dem Boden der alten Donaumonarchie hat es viele gute Werkstätten gegeben, heute ist nur mehr Gmunden davon wirklich geläufig.

Die beiden Verbindungsgänge, vom Stiegenhaus einerseits und über das Bergzimmer anderseits, weisen bereits auf die zweite Hauptabteilung des Schloßmuseums, auf die Möbelsammlung hin. Diese Räume an der Nordseite des Schlosses weisen nur teilweise solchen Stuckdekor auf wie die Räume an der Südseite. Die anderthalbgeschossige Sala, welche nach innen, also nach dem Schloßhof zu, den Eindruck des Gesamtgebäudes so maßgebend mitprägt, ist überhaupt nicht mehr in barocker Zeit fertiggestellt worden. Nur das dunkle Zimmer in der Nordwestecke des Schlosses, das heute die dunklen, unbemalten Möbel des 17. Jahrhunderts enthält, besitzt auch ein prächtiges Deckenrelief, das erst vor wenigen Jahren gesichert und restauriert werden konnte.

Das Österreichische Museum für Volkskunde hat diese seine Außenstelle, das Schloßmuseum Gobelsburg, auf Wunsch des Stiftes Zwettl und im Auftrag des Bundesministeriums für Wissenschaft und Forschung erstellt.

Seit 1966 finden hier laufend jährliche Sonderausstellungen statt.

Das Schloß Gobelsburg, heute am Beginn der „Waldviertler Kulturstraße“ gelegen, steht für eine neue Art der Darbietung des musealen Sammelgutes unserer Volkskunde in Österreich.

Quelle: Schloßmuseum Gobelsburg

Liber fundatorum, „Bärenhaut".
Stammbaum der wichtigsten Vertreter der ersten vier Generationen der Kuenringer, Herrscher auf Schloß Gobelsburg, Gründer des Stiftes Zwettl.

Golling an der Erlauf

Dokumentationszentrum Sepp Mayerhuber

3381 Golling an der Erlauf
Tel. 02757 - 22 40

Anreise
A1 Ausfahrt Pöchlarn/B1

Öffnungszeiten
Nach Vereinbarung

Eintritt
Frei

Führungen
Anton Mühlbacher Tel. 02757 - 34 58

Fotografieren
Erlaubt

Sonderausstellungen
Fallweise Sonderausstellungen

Sehenswürdigkeiten
Pfarrkirche
Gollinger Marterl

Publikationen/Kataloge
Chronik der Marktgemeinde
Ausstellungskatalog

Wandbildtechniken

Plastische und flächenhafte Wandgestaltung waren seit jeher ein zentrales künstlerisches Anliegen, aber auch ein technologisches Problem für Maler, Bildhauer und Architekten.

Von den zahlreichen Wandbildtechniken, die uns seit altersher überliefert sind, zählen die Varianten des „echten" Frescos - das Buon Fresco und das Stuccolustro - zu den technisch schwierigsten Malwesen.

Dabei wird auf den nassen, frisch aufgezogenen Putz gemalt, der, soll das Werk haltbar sein, sehr sorgfältig mehrschichtig aufgebaut sein muß. Ein sicheres Auge und eine sichere Hand sind notwendig, denn Korrekturen sind praktisch nur durch Abschlagen des Putzes möglich. Die Bindung der Malfarben erfolgt durch eine chemische Reaktion des austretenden Kalkwassers, eine Kalksinterhaut entsteht. Die große handwerkliche Mühe macht sich allerdings bezahlt: der Schmelz, die farbliche Feinheit und die Oberflächenästhetik sind mit keiner anderen Technik auch nur annähernd erreichbar.

Eine besondere Variante ist das glänzende (pompejanische) Fresco, auch Stuccolustro genannt. Bei dieser interessanten und auch ästhetisch äußerst reizvollen Technik wird die fertige Frescomalerei noch mit dem heißen Stuccolustroeisen geglättet. Wer je die spiegelglatten, hochglänzenden Wandbilder der 79 n. Chr. vom Vesuv verschütteten Häuser gesehen und taktil erfahren hat, wird kaum seine Begeisterung über diesen Höhepunkt antiker Wandmalerei unterdrücken können.

Das Stuccolustro war lange Zeit vergessen und ist erst durch neue Forschungen und Versuche wiederentdeckt worden. Häufig wird es selbst von Fachleuten mit der Scagliola-Technik (Stuckmarmor) verwechselt. Das letzte Wort über die tatsächlichen historischen Arbeitsvorgänge ist allerdings trotz aller Analysen noch nicht gesprochen.

Quelle: Prof. Dr. Franz Mairinger, Akademie der Bildenden Künste Wien

Stuccolustro; Bellevue Public Library; Bellevue, Washington, USA

Thema: Alte und neue Welt; 1969

Der Maler SEPP MAYRHUBER

Sepp Mayrhuber wurde am 16. Mai 1904 in Obeltsham, einer kleinen oberösterreichischen Ortschaft am Fuße des Hausruckwaldes geboren. Mit zwei Jahren kam das Kind zum Bruder der Mutter, nachdem der Vater Monate vor der Geburt gestorben war, nach Golling an der Erlauf.

Die bildnerische Begabung des Kindes, vor allem aber das Zeichentalent, erregte schon früh die Aufmerksamkeit des Lehrers der Schule in Krummnußbaum, Rudolf Bilzer. Auch dieser war es, der den damals 13-jährigen Mayrhuber anläßlich einer Exkursion im Stift Melk auf die bewundernswerte Leuchtkraft und Frische der Farben eines fast 200 Jahre alten Werkes aufmerksam machte. Der Zuspruch dieses Lehrers hat entscheidend dazu beigetragen, daß ihm der Onkel die Ausbildung an der Graphischen Lehr- und Versuchsanstalt in Wien ermöglicht hat. Nach Beendigung seiner Lehrzeit begann der Künstler dann ein Studium bei Professor Ferdinand Andri an der Akademie der Bildenden Künste in Wien und ging dann 1925 für längere Zeit nach Paris.

Als der Onkel 1925 starb, kehrte Mayrhuber zurück nach Wien und richtete in den Jahren 1927/29 im Augarten die Freskoschule Professor Andris ein. 1931 beendete er sein Studium. Längerdauernde Romaufenthalte folgten bis der Zweite Weltkrieg auch nicht vor Mayrhuber halt machte. 1947 kehrte er aus dem Krieg nach Wien zurück. Seit dieser Zeit lebte er als freischaffender Künstler in Wien und Golling. Er gilt als Wiederentdecker der antiken Stuccolustrotechnik.

Seine Reisen nach Südtirol, Griechenland und die Vereinigten Staaten, wo er 1968/69 für die Bellevue Public Library in Washington ein Stuccolustrowerk schaffen konnte, beeindruckten Sepp Mayrhuber sehr und haben in seinen Werken ihren vielfältigen Niederschlag gefunden.

Sepp Mayrhuber, der zu jenen Künstlern gehörte, die fernab von Sensationen, Publicity und lärmenden Ruhms fast unbemerkt sich vertrauensvoll in Wahrheit und Natur versenken, arbeitete bis zu seinem Tod im Jahr 1989 an seinen großen Werken.

Mit dem Professor Sepp Mayrhuber Dokumentationszentrum wurde dem verstorbenen Künstler eine würdige Gedenkstätte geschaffen.

Quelle: Dir. Theo Fischer, Heinz Altmann

Grafenegg

Anreise

A1 Ausfahrt St. Pölten / S33 / B3
A22 Stockerau / B3
B1 Krems / B3

Franz Josefs Bahn Bahnstation
Wagram-Grafenegg (ca. 2 km)

Linienbusse

Öffnungszeiten

April - Ende Oktober
täglich außer MO 10.00 - 17.00 Uhr
Gruppen gegen Voranmeldung ganzjährig

Eintritt

Erwachsene 60,-
Schüler, Senioren, Studenten 40,-
Gruppen 50,-

Führungen

Schloßführungen jederzeit gegen Voranmeldung für Gruppen ab 20 Personen

Fotografieren

Erlaubt, Ansichtskarten erhältlich

Sonderausstellungen

Jährliche Schwerpunkte

Publikationen/Kataloge

Schloßführer, Ausstellungskataloge

Schwerpunkte

Konzerte, Lesungen, Ausstellungen

Sehenswürdigkeiten

Schloß ist in Privatbesitz
Schloßpark

Allgemeines

Bedeutendstes Bauwerk der Romantik
Historischer Baustil

METTERNICH'SCHES
SCHLOSS GRAFENEGG

Das Metternich'sche Schloß Grafenegg und die nahegelegenen Schloßweingüter Metternich-Sándor laden zum Kultur erleben!

Beides ist Familienbesitz der Familie Metternich-Sándor.
Ausstellungen, Konzerte, Firmenmessen, Schloßfeste, Incentives, Veranstaltungen
(von Kleingruppen bis zu über 800 Personen)

Der Schloßherr bietet

- Räume
- kulturelle Veranstaltungen wie Konzerte, Ausstellungen, Lesungen
- Weine
- Gastronomie

Erleben Sie die „Metternich-Kultur" selbst !

Infos unter:
Metternich'sches Schloß Grafenegg
Kulturmanagement
A-3485 Haitzendorf
Tel. 02735 - 2205 DW 13 bzw. 14
Fax 02735 - 2205-10

Metternich'sches Schloß Grafenegg

Kulturmanagement
3485 Grafenegg/
Haitzendorf

Tel. 02735 - 2205-13, -14
Fax 02735 - 2205-10

Ein „Märchenschloß“ in der Ebene des Tullner Feldes, das als das bedeutendste Gesamtkunstwerk der Romantik im heutigen Österreich gilt.

Das Schloß und seine Nebengebäude, wie sie sich dem Besucher heute präsentieren, sind Mitte des 19. Jahrhunderts auf Anregung des Bauherrn Graf Breuner vom Wiener Dombaumeister Leopold Ernst auf historischem Grund errichtet worden - denn schon 1294 existierten ein Wirtschaftshof und eine Mühle an dieser Stelle. Um 1500 müssen bereits Teile des Ost- und des Südflügels sowie das schlanke Türmchen im Osttrakt bestanden haben. Um 1630 schließlich war eine erste vierflügelige Anlage mit zwei hohen Zwiebeltürmen, Mauern und Wassergraben fertiggestellt, die nach 1645 für einige Zeit von eingefallenen schwedischen Truppen besetztgehalten wurde. Als Grafenegg nach zehnjähriger russischer Besatzungszeit 1956 wieder seinem Eigentümer Franz Albrecht Metternich-Sándor zurückgegeben wurde, war es nahezu eine Ruine. Durch umfassende Revitalisierungsarbeiten gelang aber die Rettung. Neben den zahlreichen kulturellen Veranstaltungen sind vor allem die Prunkräume des Schlosses einen Besuch wert.

Die Beletage mit Bibliothek und Gartensaal, Großer Salon und Speisezimmer, Gelber Salon sowie Schreib- und Schlafzimmer. Alle Räume sind mit prachtvollen Kachelöfen und kunstvoll hervorragenden Decken ausgestattet und zählen somit zu den kunsthandwerklichen Höchstleistungen des Historismus in Österreich.

Ein weiteres Juwel sind der Innenhof des Schlosses mit seinem mächtigen Turm, das Hauptstiegenhaus, der Rittersaal, die Wappenstube und die Schloßkapelle. Die Außenansicht besticht durch viele feine Arkaden, Erker, Konsolfiguren und groteske Wasserspeier - filigrane Maßwerke, die das Schloß insgesamt leicht und schwerelos erscheinen lassen. Neben dem Schloß sind freilich auch die Nebengebäude sehenswert: Die Alte Reitschule mit Foyer, Marstall und Sattelkammer sowie die Schloßtaverne.

Quelle: Metternich'sches Schloß Grafenegg

Schloß Grafenegg

Greillenstein

Anreise
Von Wien über Horn B303 oder B38/ Richtung Zwettl Abzweigung Röhrenbach-Greillenstein
von Linz über Freistadt/ B38/Zwettl Richtung Horn

Bahn bis Horn und weiter mit Bus

Busse ab/nach Horn dreimal täglich

Öffnungszeiten
1. April - 31. Oktober:
9.30 - 17.00 Uhr (Juli und August verlängert bis 18.00 Uhr)
1. November - 31. März
nur Gruppen gegen Voranmeldung

Führungen
Nach Bedarf ab 2 Personen
(im Winter ab 10 Personen)

Fotografieren
Während der Führungen nicht erlaubt

Sonderausstellungen
Ständig Sonderausstellungen

Sehenswürdigkeiten
Originaleinrichtungen in Gerichtssaal, Kapelle und Bibliotheken

Publikationen/Kataloge
Museumsführer

Allgemeines
Hauskonzerte bei Kerzenlicht im Türkensaal
Vernissagen moderner Künstler
Vermietung der Räume für Veranstaltungen

Museum Schloß Greillenstein

3592 Greillenstein

Tel. 02989 - 8216-0
02989 - 8200-0
Fax 02989 - 8216-23

Greillenstein ist eines der interessantesten Renaissanceschlösser des Waldviertels, das seit 1534 bis zum heutigen Tag im Besitz der selben Familie geblieben ist. In den Jahren zwischen 1570 - 1590 ließ Hans Georg III. Freiherr von Kuefstein an Stelle der alten Wehrburg ein Schloß im Stil der italienischen Renaissance errichten, das fast unverändert erhalten geblieben ist. Elf reich geschmückte Kamine, von denen jeder eine andere Fasson hat, eine Arkadenfront und eine barocke Sandsteinbalustrade mit Vasen nach Entwürfen von Fischer von Erlach dem Älteren, schmücken den Innenhof.

Um das Jahr 1720 haben Hans Leopold Graf von Kuefstein und seine Gattin, eine geborene Gräfin Kollonitsch, die ehemals bedeutende barocke Gartenanlage dem Schloß beigefügt. Prächtige Sandsteinbalustraden mit Löwen, Sphinxe und spielenden Putti vor der Südfront des Schlosses, ein Florianibrunnen und schmiedeeiserne Gitter sind noch zu sehen. Ein seltener Fall, wo reine Renaissance und reiner Barock ein harmonisches Ganzes bilden.

Reste einer großen Wasserspielanlage mit barocken Sandsteinfiguren sind im unteren Hof zu sehen. Ein gewaltiger Drache, neun groteske Zwerge und lebensgroße Jägerfiguren konnten restauriert und vor weiterer Zerstörung bewahrt werden.

Greillenstein wurde nicht als Wohnsitz, sondern als Amtsgebäude der Grundherrschaft - die niederste Verwaltungseinheit im Lehenssystem - gebaut und bietet mit seinen Originalen Einrichtungen ein lebendiges Bild der Funktionen und Lebensweisen des Adels am Land in der damaligen Zeit.

■ Registratur und Gerichtssaal sind einfach gehaltene Amtsräume mit Originaleinrichtungen, einschließlich dem Aktenmaterial von 1634 bis 1848, welche die Funktion der Grundherrschaft als Notariat, Finanzamt, Gericht und politischer Bezirk veranschaulichen.

■ In der Kapelle mit schönem Renaissancestuck ist nicht nur der Altaraufsatz, sondern auch der protestantische Altartisch

und die Predigerkanzel aus der Zeit der Reformation.

■ Auch Bibliotheken und Prunksäle haben schöne Stuckdecken, geschnitzte Kassettendecken - besonders hervorzuheben ist die bemalte Holzdecke in der kleinen Bibliothek (1590) - und Einrichtungsgegenstände aus der Renaissancezeit.

■ Eine Sammlung türkischer Bilder im Türkensaal von der diplomatischen Mission Hans Ludwigs Freiherr von Kuefstein, an den türkischen Hof (1628/29) gab Anlaß im Türkenkabinett eine ständige Ausstellung über die diplomatischen Beziehungen zwischen habsburgischen Kaisern und dem Osmanischen Reich in der Zeit der Türkenkriege von 1526 - 1720 zusammenzustellen.

■ Die historische Badeanlage aus dem frühen 17. Jahrhundert ist die einzige weitgehend noch erhaltene Einrichtung dieser Art in Österreich.

Trotz aller Kriegswirren und mehrmaliger Besetzung, französische Truppen (Anfang des 19. Jahrhunderts) und die Russen nach 1945, blieb Greillenstein von Zerstörungen verschont, so daß heute noch die vielen alten Einrichtungsgegenstände erhalten sind.

1959 wurde das Haus als Museum geöffnet, um so zumindest einen Teil der ständig notwendigen Erhaltungs- und Restaurierungskosten aufbringen zu können. Neben dem Museumsbetrieb finden auch Hauskonzerte bei Kerzenlicht und verschiedene Vernissagen moderner Künstler statt.

Quelle: Museumsverwaltung im Schloß Greillenstein

Schloß Greillenstein

Gresten

Heimatmuseum

Badgasse 1
3264 Gresten

Tel. 07487 - 23 10
Fax 07487 - 23 10-20

Anreise

A1 Ausfahrt Ybbs/B25 Richtung Scheibbs/
B22 Abfahrt Gresten

Westbahn bis Amstetten weiter mit Bus ab Bahnhof Amstetten:
13.30, 17.00 Uhr (nur an Schultagen)
12.30 Uhr (SA wenn Schultag)
7.25 Uhr (SA, SO/Feiertag)
Schmalspurbahn Wieselburg - Gresten

Linienbusse

Öffnungszeiten

Jederzeit gegen Voranmeldung

Eintritt

Erwachsene 10,-; Kinder 5,-

Führungen

Jederzeit gegen Voranmeldung
Frau Sophie Teufel Tel. 07487 - 23 08

Fachgebiete

Allgemeine Heimatgeschichte

Fotografieren

Erlaubt

Allgemeines

Gresten: Seehöhe 406 m, Größe 3,38 km^2
1.900 Einwohner, 95 Gästebetten, gepflegtes Ortsbild in idyllischer Landschaft, als Markt erstmals erwähnt 1232
Veranstaltungen: Pfingst- und Katrinikirtage, Silvesterlauf
Int. Radrennen Wien - Gresten - Wien
Sport- und Freizeiteinrichtungen:
Ausgangspunkt von 100 km markierten Wanderwegen, liegt am Voralpenweg 204 und am Ötscherland-Rundwanderweg, an der NÖ Eisenstraße und am Meridian-Radwanderweg, vorgewärmtes Erlebnisbad, Tennisplätze, Minigolf, Asphaltstockschießen, Beachboccia

Im südwestlichen Niederösterreich breitet sich zwischen den Flüssen Enns, Salza, Ybbs und Erlauf eine wunderbare Gebirgswelt aus. Diese Gegend wurde in der Blütezeit des steirischen Eisens die „eherne Mark" genannt. Hier liegt am westlichen Rand des Bezirkes Scheibbs der uralte Markt Gresten.

Ob die Gegend in der Zeit vor Christi Geburt bereits fest besiedelt war, weiß man heute nicht; wohl aber kann man annehmen, daß sie zeitweilig von verschiedenen Volksstämmen der Illyrer, Kelten und Germanen durchzogen worden ist. Daß die Römer anwesend waren geht daraus hervor, daß in Gresten Münzen aus den Jahren 260 und 364 gefunden wurden. Auch Slawen haben sich in so manchen Namen der Umgebung verewigt, und das Awarenreich breitete sich in der zweiten Hälfte des ersten Jahrtausends nach Christi bis an die Enns aus, so daß wohl auch diese Volksstämme zeitweise die Landschaft von Gresten beherrschten.

Blühenden Reichtum ergaben Eisenverarbeitung und Handel für den Markt Gresten, und besonders großen Herren waren die sogenannten „Schwarzen Grafen", die Hammerherren. Um 1600 gab es daher im Markt Gresten und dem dazugehörigen Ybbsbach eine Menge Gewerbeleute, die mit Eisen zu tun hatten.

Unterdessen ist der Glanz der Hammerherrenzeit erloschen, denn die Vorherrschaft des steirischen Eisens erlosch infolge des Aufsteigens der englischen Vormachtstellung im Stahlmonopol.

Heute ist Gresten ein moderner Fremdenverkehrs- und Erholungsort.

Heimatmuseum

Das Heimatmuseum befindet sich im ehemaligen Karner neben der Pfarrkirche, dessen vermutliches Baujahr 1482 ist. Er dient früher in der Reformationszeit als katholische Kirche. Nach der Gegenreformation wurde das Gebäude zum „Mesnerhäusl". 1954 errichtete man darin ein Heimatmuse-

Heimatmuseum Gresten: Detail „Rauchkuchl“

Foto: F. Beer

um. Die Haupttür trägt das Sonnensystem und war ehemals die Pfarrhoftür. An den Außenwänden stehen alte schmiedeeiserne Grabkreuze.

Das Museum beinhaltet ebenerdig eine „Schwarze Küche“ und eine Bauernstube mit bemalten Möbeln, Geschirrsachen, Geräte zur Flachsbearbeitung, Blaudruckmodel aus der Zeit des Handwerks, Heiligenbilder und Hinterglasmalerei und anderes.

Im Stiegenaufgang hängen Stiche von Mathäus Vischer (1672), die verschiedene alte Burgen im Erlauftal darstellen.

In den oberen Räumen erinnern Funde an die abwechslungsreiche Geschichte von Gresten sowie an die einstige Eisenzeit und Handwerkszeit. Zudem befinden sich hier viele volkskundliche Gegenstände wie alte Waffen, Rechtsaltertümer, eine Zunfttruhe aus 1660 und ein Zunftkrug aus 1576, Gemälde, Wallfahrtsandenken, Bücher und Urkunden, Handarbeiten, Schnitzereien aus Holz und Knochen sowie eine Vielzahl an Schießscheiben.

Weitere Sehenswürdigkeiten in Gresten

Pfarrkirche - spätgotische Pfeilerbasilika (1482) mit Netzrippengewölben und gotischem Westturm

Rathaus - Ehemaliges Eisen- und Provianthändlerhaus aus dem 16. Jahrhundert

Gstettenhof - 1301, Schloßähnlicher Meierhof mit schönem Portal

Spörkenhof - Schloßartiges Hammerherrenhaus

Schloß Stiebar - einstige Burg Niederhausegg mit Burggraben, Mauern mit Wehrtürmen

Hammer in Ybbsbach - einfaches Herrenhaus, Hammer heute leider schon ohne Schornstein

Oberhausegg - einstige Burg, Oberhauskapelle aus letzten Mauerresten gebaut

Gartlmühle - schöner frühbarocker Bau (1598), leider dem Verfall preisgegeben.

Quelle: Marktgemeinde Gresten

Großkrut

Anreise
Von Mistelbach B40/B46, von Poysdorf LH20, von Gänserndorf B22/B7

Bahnhof Mistelbach

Linienbusse

Öffnungszeiten
Gegen vorherige Anmeldung

Führungen
Gegen vorherige Anmeldung bei OVSt Martin Bauer, Alt-Höflein 90, Tel. 02556 - 53 83

Fotografieren
Erlaubt

Sonderausstellungen
Ausstellung Kellerberg Alt-Höflein: Schlachtennachbildungen auf Dioramen ......

Sehenswürdigkeiten
Walterskirchen: dreischiffige gotische Kirche aus 14. Jh.
Großkrut: Pfarrkirche aus dem 11. Jh. Ölbergrelief aus 1500
Galgen (Gerichtssäule), Kellerberg, Biotop
Althöflein: Unter der Kirche Erdstallungen aus dem 12. und 13. Jh.
Schloß: einfacher, ebenerdiger Bau mit langgestrecktem Haupttrakt (15. Jh.) nördlich des Schlosses Meierhof
Ginzersdorf: Kirche hl. Elisabeth, Lichtsäule
Altlichtenwarth: Kirche aus 12. Jh. mit wunderbarem Freskenzyklus

Allgemeines
Florianifest
Kirtag
Kellerbergfest

Erdställe

Marktgemeindeamt
Poysdorferstraße 3a
2143 Großkrut

Tel. 02556 - 200

Erdställe von Althöflein

Tief in der Erde, an einer Seitenwand eines Kellerabganges, klafft ein dunkles Loch. Es handelt sich dabei um einen der Einstiege zum Erdstallsystem von Althöflein. Es eröffnet sich hier dem Besucher eine andere Welt. Zeugnisse einer längst vergangenen Zeit, der des Mittelalters, offenbaren sich dem Betrachter.

Es sind Gänge, Kammern, Lichtnischen, Frischluftstollen und Sitzbänke, die in den Sand geschnitten wurden. Im Großen Stollensystem findet man noch die Reste einer Stiege die ebenso wie alles andere aus dem Sand geschnitten wurde. Die wichtigsten Entdeckungen hier im Erdstallsystem von Althöflein sind die noch unzähligen Bergbauspuren. Diese sind in jeder Kammer und in jedem Gang nachweisbar. Bis jetzt konnten davon 82 verschiedene nachgewiesen werden, von denen wiederum 32 mittels einer Spezialsilikonmaske für die Wissenschaft und die Nachwelt erhalten werden konnten.

Hier in Althöflein ergeben diese Erdställe ein regelrechtes Labyrinth. Es gibt in vielen Orten des Wein-, Wald- und Mühlviertels solche Erdställe. Ebenso findet man sie in der Slowakei, Deutschland, Spanien und Frankreich. Aber hier in Althöflein befindet sich einer der größten. Wahrscheinlich ist es der größte noch erhaltene im gesamten deutschen Sprachraum. Eine vergleichbare Anlage befindet sich erst in Frankreich.

Das Konzept dieser Anlage war eine Aufgliederung der Stollen und Gänge auf mehreren Etagen. So stellt der Erdstall, ausgehend vom Weinkeller der Herrn Bauer, eine Oberetage dar. Durch einen nicht mehr begehbaren Abstieg erreichte man die tiefere Etage, die jetzt als Weinkeller dient (Schulz-Hipfinger). Am Ende dieses Weinkellers stieg man über eine Stiege in eine weitere Oberetage des Erdstalles. Von diesem Erdstall gingen mehrere Kriechstollen weg, die als Ausstiege in Notzeiten dienten. Einer dieser Ausstiege ging in die jetzige Kirche. Leider ist dieser aus dem Erdstall nicht mehr begehbar. Weiters hat sich in diesem langen Stollenbereich eine Nische erhalten, die eine weitere Verwendung als Kapelle fand.

Am Ende dieses Erdstalles fand man im Bodenniveau einen Beginn einer Luftaustauschröhre. Im Zuge der weiteren Forschung stellte es sich heraus, daß es sich dabei um eine Verbindung zwischen dem Erdstall 2 (großes System) und dem Erdstall 3 (ausgehend vom Weinkeller des Herrn Reindl) handelt. Diese horizontal angelegten Luftaustauschstollen konnte man in allen begangenen Erdställen nachweisen. Sie erreichen in ihrer größten Ausdehnung eine Entfernung von 520 cm. Wie diese angelegt wurden, wird noch lange zum großen Geheimnis des mittelalterlichen Stollenbaus gehören.

Gehen wir aber weiter in der Erforschung der Erdstallanlage von Althöflein. Die nächste Forschungsaufgabe war im Weinkeller von Herrn Reindl. Hier fand man gleich zwei Einstiege zu Erdstallresten. Der erste befindet sich im Abgang zum Weinkeller. Durch einen starken, aktiven Versturz gelangt man in ein vormals als Oberetage geplantes Stollensystem. Das Ende dieses Stollensystems blieb unvollendet. Dies war an einem angefangenen Stollenvortrieb ersichtlich. Eine Erforschung dieses Stollenvortriebes konnte noch nicht durchgeführt werden, da der Durchmesser dieses Stollens nur 30 x 45 cm groß ist. Seine gemessene Tiefe von 180 cm ließ den Schluß zu, daß nur eine mögliche Kinderarbeit dies zuwege gebracht hätte.

Der Weinkeller selbst muß somit wieder als eine tiefere Etage des Erdstallsystems angesehen werden. Durch ein Loch in der Decke zwängt man sich in eine weitere Oberetage. Diese erscheint, abgesehen von ihrer Verwendung in den Kriegsjahren, als nur sehr selten benutzt. Aus einer Seitenkammer kommt im Bodenniveau der Luftaustauschstollen, den man schon im Erdstall 2 feststellte. Die Wandstärke zwischen den beiden Erdstalloberetagen beträgt an dieser Stelle nur maximal 60 cm.

Betrachten wir nun einmal die Gesamtausdehnung der bisherigen erforschten vier Erdställe, berücksichtigt man alle Oberetagen mit Kammern, Stollen, Nischen, Steigluken und die jetzigen Weinkeller, die als Unteretagen angesprochen werden können, so erreicht man eine Ausdehnung von 200 m². Das entspricht einem Raumvolumen von annähernd 780 m³. Diese 780 m³ entsprechen nach heutigen Vorstellungen 110 LKW-Ladungen mit Sand und Erde.

Es gibt verschiedene Möglichkeiten einer Datierung der Erdstallanlage, man kann hier auf die Möglichkeit der Montanbauspuren (Bearbeitungsspuren), der Gangform und des Gesamtzusammenhanges des Hausberges zurückgreifen. Geht man davon aus, daß der Hausberg mit seinen Wallanlagen zwischen dem 11. und 13. Jh. entstanden und die Gesamtplanung der Erdställe mit den Verteidigungszwecken in Einklang zu bringen ist, so könnte eine Datierung im 12. oder 13. Jh. durchaus gerechtfertigt sein. Erst die weitere Forschung, die auch im Hinblick auf eine Gefährdung der Kapelle durchgeführt wird, wird weitere Aufschlüsse für eine exakte Entstehungszeit dieses Erdstallsystems bringen.

Quelle: Österreichischer Archäologenbund

Pfarrkirche St. Stephan

Groß-Siegharts

Lebendes Textilmuseum

Museumgasse 2
3812 Groß-Siegharts

Tel. 02847 - 23 71
Fax 02847 - 23 71-28

Anreise
Wien über Horn - Göpfritz - Groß-Siegharts
Linz - Freistadt - Gmünd - Waihhofen/T. - Groß-Siegharts

Bahn bis Göpfritz/Wild, weiter mit dem Bus

Linienbusse

Öffnungszeiten
1. März - 30. November SO/Feiertag
10.00 - 12.00 Uhr und 14.00 - 16.00 Uhr
sowie für Gruppen nach Vereinbarung
(Tel. 02847 - 23 71 0)

Eintritt
Ermäßigung für Gruppen, Jugendliche und Kinder

Führungen
Gruppenführungen nach Voranmeldung

Fotografieren
Erlaubt

Schwerpunkte
Bandweberei, funktionierende Maschinen
Lebens- und Arbeitsverhältnisse von 1700 bis in die Gegenwart

Sehenswürdigkeiten
Schloß Groß-Siegharts
„Waldviertler Textilstraße"
mit drei Textilmuseen
„Bandlkramer-Radwanderweg"
„Advent im Bandlkramerland"

Publikationen/Kataloge
Musemsführer vorhanden

Inmitten des hügeligen „Bandlkramerlandls", liegt das sehenswerte Städtchen Groß-Siegharts.

Die Entstehung der Schloßanlage geht auf das 12. Jahrhundert zurück als der adelige Cotsrelve von Siegharts im Auftrage der Grafen von Raabs (von wo aus die Gegend um Siegharts gerodet und besiedelt wurde) hier eine erste Befestigung errichten ließ. Sehr rasch entstand an dieser Stelle eine Siedlung, die schon um das Jahr 1230 die umliegenden Dörfer an Größe und Bedeutung übertroffen hatte. Seit Beginn des 16. Jahrhunderts gehörte Siegharts für 100 Jahre den evangelischen Welzern. Großen Aufschwung erlebten Schloß und Groß-Siegharts in der Zeit der adeligen Besitzer Mallenthein, Johann Christoph Ferdinand von Mallenthein führte die Industrie ein und ließ den Markt (seit 1727) um 159 Häuser vergrößern.

Immer stärker wurde das Schicksal des Schlosses mit der weiteren Entwicklung von Siegharts verknüpft: Auch die Napoleonischen Kriege konnten den kontinuierlichen wirtschaftlichen Aufschwung nicht nachhaltig bremsen. Es entstanden die ersten Fabriken, die (Textil-) Industrialisierung hatte auch den mittlerweile Groß-Siegharts genannten Ort voll erfaßt. 1879 wurde das Schloß von seinem letzten adeligen Besitzer an einen Fabrikanten verkauft, von dem es schließlich 1891 die Gemeinde übernahm. Seither ist es auch Sitz der Gemeindeverwaltung. 1928 wurde Groß-Siegharts das Stadtrecht zugesprochen. Heute ist Groß-Siegharts unter anderem Ausgangspunkt der „Waldviertler Textilstraße". Nennenswert ist die stilgerechte Renovierung des Schlosses in den achtziger Jahren.

Schloß Groß-Siegharts, wie erwähnt seit über 100 Jahren im Besitz der Gemeindeverwaltung kann trotz des funktionalen Charakters auf zahlreiche Attraktionen verweisen. Dazu zählen im besonderen der Arkadenhof mit einer sehenswerten Sonnenuhr, wertvolle barocke Stuckdecken und die ehemalige Schloßkapelle. Hier wurden erst vor einigen Jahren kostbare

Blick in den Maschinensaal mit Welle und Rädern der Transmission

Fresken von Carlo Carlone aus dem Jahre 1717 freigelegt. Parallel zum Schloß wurde im 18 Jahrhundert die Pfarrkirche zu einem prachtvollen Barockbau erweitert, 1723 bis 1727 nach Plänen des Mailänders Donato Felice d'Allio gebaut, beeindrukken hier vor allem die wertvollen Fresken Carlo Carlones und das frühklassizistische Grabmal des Edlen von Großer.

„Lebendes Textilmuseum" eine kulturelle Attraktion !

Im 18., 19. und frühen 20. Jahrhundert lebte ein Großteil der Waldviertler Bevölkerung von der Textilindustrie. Bodenständige Rohstoffe wie Flachs und Schafwolle lieferten anfangs die Grundlage. Das Spinnen und Weben in Heimarbeit für die frühen Manufakturen war Vorstufe einer großbetrieblichen Form der Spinnerei, Weberei- und Wirkwarenindustrie. Auf Schritt und tritt begegnet man im Waldviertel der Textilerzeugung - auch heute noch, in einer Zeit, in der nur mehr wenige Arbeitskräfte im Vergleich zu früher in einigen wenigen Betrieben Anstellung finden. An die große industrielle Vergangenheit erinnert die „Waldviertler Textilstraße", eine Rundreise durchs Waldviertel mit 40 Stationen, darunter drei Textilmuseen (Groß-Siegharts, Waidhofen/Thaya und Weitra), auch heute noch tätige Erzeugerbetriebe, Färbereien und Arbeitersiedlungen. Das „Lebende Textilmuseum" in Groß-Siegharts ist eine der wichtigsten Stationen und könnte als einziges Museum auch heute

Bänder aus heutiger Museums-produktion

voll in die Produktion einsteigen, wenn auch sicher nicht der heutigen Konkurrenz standhalten.

Das Museum ist in einem stillgelegten Teil der noch in Betrieb stehenden Fabrik Matthias Wagner untergebracht. Die Bezeichnung „Lebendes Textilmuseum" deutet darauf hin, daß als einzige museale Einrichtung voll funktionsfähige Maschinen vorhanden sind, die wie in alten Zeiten von einer „Transmission" betrieben werden. Der Blick in den Maschinensaal im ersten Stock zeigt ein verwirrendes System von eisernen Wellen, Schwungrädern und Bändern. Die Transmission setzt ein gutes Dutzend interessanter Maschinen, die fast durchwegs aus Holz gefertigt sind, in Betrieb.

Das Museum gibt aber auch einen eindrucksvollen Überblick über die soziale Entwicklung einer ganzen Region. Zahlreiche Inventare aus der Zeit, in der noch die „Herrschaft Sieghart" über Wohl und Wehe von Untertanen bestimmte, sind noch erhalten. Wenn ein Weber oder sonst in der Hausindustrie Tätiger starb, so wurde seine Habe bis zur letzten Kaffeetasse geschätzt und mit den Schulden, die er aus wirtschaftlicher Not bei der Herrschaft machen mußte, gegengerechnet. In der Regel blieb meist „Nihil", also nichts. In einigen Fällen zahlte die Witwe noch jahrelang Schulden zurück. Kinderarbeit war bis ins 18. Jahrhundert die Regel.

Von den Manufakturen und Industriebetrieben der Hochblüte sind noch einige übrig geblieben. Sie fertigen heute mit modernen Maschinen ein Vielfaches der einstigen Produktion und noch dazu in hervorragender Qualität. Die größte Fabrik war die Firma Adensamer, die um 1900 rund 500 Beschäftigte hatte. Bereits Mitte des vorigen Jahrhunderts verdienten allein in Groß-Siegharts über 1000 Menschen ihren Unterhalt durch Fabriksarbeit. Neben einer Dokumentation der sozialen Verhältnisse, sieht man auch wie die „Fabric-Häußl" um 1720 ausgesehen haben, von denen es rund 180 unter der Herrschaft des Grafen Mallenthein gab. Eines davon wurde im Museum selbst nachgebaut. Als Teil der Waldviertler Textilstraße gehört das „Lebende Textilmuseum" Groß-Siegharts heute nicht nur zu den attraktivsten, sonder auch zu den am besten dokumentierten Museen. Das Museum - in der Museumsgasse Nr. 2 situiert - ist vom 1. März bis 30. November an Sonn- und Feiertagen von 10 - 12 und 14 bis 16 Uhr geöffnet. Gruppenführungen und außerordentliche Besichtigungen sind nach Voranmeldung (Montag bis Freitag 8 - 12 Uhr, Tel. 02847/2371) zu vereinbaren.

Quelle: Prok. Widlroither

Die Drucklegung erfolgte mit freundlicher Unterstützung der ***Sparkasse Groß-Siegharts***

Einblick in eine Bandwebmaschine

Bild links: Beispiele aus dem Zierbänder-Musterbuch

Bild rechts: Große, noch intakte Bandwebmaschine aus den 20er Jahren

Guntramsdorf

Heimatmuseum Guntramsdorf Ernst Wurth

Schulgasse 2
2353 Guntramsdorf

Tel. 02236 - 53478
02236 - 54970

Anreise
A2 Ausfahrt Guntramsdorf oder über B17

Badnerbahn - von Wien Oper oder von Baden alle 15 Minuten

Busse von Mödling

Öffnungszeiten
März bis Dezember: SO 10.00 - 12.00 Uhr und nach Voranmeldung

Eintritt
Freier Eintritt

Führungen
Auf Wunsch

Fachgebiete
Ortsgeschichte

Fotografieren
Erlaubt

Sonderausstellungen
Fallweise

Schwerpunkte
Urgeschichte, Industrie, Weinbau
Ziegelerzeugung

Sehenswürdigkeiten
Gartenpavillon des ehem. Barockschlosses

Publikationen/Kataloge
Museumskatalog
„Guntramsdorf in alten Ansichten"
„Ziegelwerke in Guntramsdorf"
„Geschichte des Weinbaues in Guntramsdorf"
„Fürstenhof und Mittermühle"
„Alltag, Feste, Arbeitswelt"

Mit der Auffindung mehrerer Keltengräber in Guntramsdorf im Jahre 1927 durch den Vater des jetzigen Museumsgründers beginnt die Geschichte des Museums. Als besondere Kostbarkeit erwiesen sich dabei vier trepanierte Schädel. Guntramsdorf und Katzelsdorf bei Wr. Neustadt sind die in Mitteleuropa derzeit einzigen Fundstätten, wo derartige medizinische Eingriffe vor rund 3000 Jahren nachgewiesen werden können.

Der Ortskern von Guntramsdorf liegt auf einer breiten Schotterzunge, die vom Abhang des Wienerwaldes ins Wiener Becken reicht und etwa 3-4 Meter das übrige Umland überragt.

Daraus ergab sich ein günstiger Platz für Siedlungen, dessen Besiedelung seit der Jungsteinzeit kontinuierlich nachgewiesen werden kann.

Mit Ausnahme der Schädeltrepanationen, die allerdings im Urgeschichtsmuseum in Asparn/Zaya ausgestellt sind, ging diese kleine archäologische Sammlung in den Wirren des Jahres 1945 verloren. Nach dem Ende des 2. Weltkrieges begannen Vater und Sohn Ernst Wurth erneut zu forschen und sammeln, wobei sie insbesondere beim Bau der Ortskanalisation große Erfolge hatten. Funde aus der Steinzeit bis zur Römerzeit zählen zu einem der beiden Museumsschwerpunkte.

Der zweite Schwerpunkt des „Heimatmuseums Guntramsdorf, Ernst Wurth" ist die Ziegelerzeugung, die hier schon vom Stift Heiligenkreuz im 17. Jh. betrieben wurde und ab der Mitte des 19. Jhs., bedingt durch die

Anlage der Ringstraße in Wien, einen starken Aufschwung genommen hat.

Mangels geeigneter Räumlichkeiten konnten die Exponate vorerst jedoch nur kurzzeitig bei Sonderausstellungen gezeigt werden.

Erst als in Guntramsdorf eine neue Hauptschule gebaut wurde, war endlich in den Räumen der alten Schule ein geeigneter Standort gefunden und das Museum konnte hier am 26.10.1974 eröffnet werden. Später wurde auch noch der Dachboden für den Museumsbetrieb ausgebaut.

Alte Greißlerei im Ernst Wurth Heimatmuseum

Im Erdgeschoß wird das bäuerliche Leben der Jahrhundertwende gezeigt, wobei insbesondere der Weinbau eine dominierende Stellung einnimmt. Besaß doch fast jeder bäuerliche Betrieb auch Weingärten und mancher Guntramsdorfer Gewerbetreibende oder auch Arbeiter war im Nebenberuf Weinhauer. Volkskundlich wertvoll ist ein Heurigenanzeiger in Form eines sechszakkigen Sternes, wie er in keiner der umliegenden weinbautreibenden Gemeinden verwendet wird.

Das Stiegenhaus zeigt die Ortsentwicklung in historischen Aufnahmen, das alte Schloß mit dem noch bestehenden und in seinem Inneren ganz mit Fresken ausgeschmückten Gartenpavillon und den Wiener Neustädter Kanal, der hier in Guntramsdorf die einzige Dreifachschleuse besaß.

Im 1. Stock ist die umfangreiche archäologische Sammlung untergebracht, in der auch ein im Original erhaltener trepanierter Schädel wieder gezeigt werden kann.

Am Gang wird die Entwicklung des Wäschewaschens erläutert, und in einem kleinen Nebenraum ist eine Küche der Jahrhundertwende ausgestellt. Die Wiener Lokalbahnen als wichtigster öffentlicher Verkehrsträger, der größte Gutshof des Ortes und die Dokumentation über die Ziegelerzeugung seit der Mitte des 17. Jahrhunderts sind weitere Ausstellungsobjekte am Gang.

Der mittlere Ausstellungsraum ist dem Thema Haushalt, Geldwesen und Persönlichkeiten, die hier geboren, gelebt oder gestorben sind, gewidmet. Küchengeräte, Handarbeiten, Dinge der Schönheitspflege und Spielzeug sind hier ausgestellt.

Der letzte Raum dient der Kultur und Zeitgeschichte. Schule und Kirche, die Feuerwehr und das Vereinsleben, die Zeit des 1. und 2. Weltkrieges zählen dazu sowie eine Dokumentation über die beiden Museumsgründer, die beide als Lehrer und Schuldirektoren über Jahrzehnte die Guntramsdorfer Schuljugend geprägt haben.

Ein weiterer Nebenraum befaßt sich mit der seinerzeitigen Gestaltung der Volksfrömmigkeit. Im Dachgeschoß wird an das Gewerbe und die Industrie des Ortes erinnert. Hier sieht man einen alten Kaufmannsladen, den Bäcker, Schneider und Schuhmacher, Tischler, Schmied und Sattler sowie eine alte Schulklasse. Die ehemalige Druckfabrik erinnert an den größten Industriebetrieb des Ortes. Aber auch andere Betriebe sind hier dokumentiert, deren Namen man kaum noch kennt.

Das „Heimatmuseum Guntramsdorf, Ernst Wurth“ hat schon mehrmals als Leihgeber zu niederösterreichischen Landesausstellungen aber auch kleineren Ausstellungen im örtlichen Bereich beigetragen und erfreut immer wieder seine Besucher.

Quelle: Heimatmuseum Guntramsdorf

Haag

Mostviertel-museum

NÖ Freilicht-museum

Feuerwehr-museum

Stadtgemeinde
3350 Haag

Tel. 07434 - 42423

1 Mostviertelmuseum

Tel. 07434 - 42423, 44005

2 NÖ Freilichtmuseum

Tel. 07434 - 42423

3 Feuerwehrmuseum
Erholungsheimstraße 8

Tel. 07434 - 43550, 42423

Anreise

A1 Ausfahrt Stadt Haag/B42

Westbahn Eilzughaltestelle Stadt Haag
IC und Schnellzugbahnhof Amstetten

Linienbusse Haag - Steyr

Öffnungszeiten

1 Mai - Oktober
SO/Feiertag 14.00 - 16.00 Uhr
sowie gegen Voranmeldung
2 jederzeit frei zugänglich
3 nach vorheriger telefonischer Anmeldung

Eintritt

1 Ermäßigung für Gruppen und Schüler
3 freiwillige Spenden

Führungen

Nach Voranmeldung

Fachgebiete

1 Kultur- und Arbeitsgüter aus dem bäuerlichen Leben des Mostviertels
3 Geschichte der eigenen Feuerwehr sowie Sammlung interessanter Objekte aus aller Welt

Fotografieren

Erlaubt

Schwerpunkte

1 Mostwirtschaft, Viehwirtschaft
Winterarbeit der Bauern, Feldwirtschaft, Flachsbearbeitung, bäuerlicher Haushalt
2 20 Objekte (Holzblockbauten, Kleinobjekte, Maschinen, Fahrzeuge, Obstmühlen, Obstpressen)
Heilpflanzengarten
3 Große Sammlung von Feuerwehrhelmen, Feuerlöschern, Armaturen, Ehrenzeichen und Zeichnungen, Schriften seit der Gründung, Feuerwehrspritzen (die erste Haager Handspritze von 1880, Motorspritzen aus der Zwischenkriegszeit, etc.)

Sehenswürdigkeiten

Schloß Salaberg, Pfarrkirche, Tierpark, Mostviertelhalle, Erlebnisbad

Publikationen/Kataloge

1 Buch: „Das Mostviertel und sein Museum in Haag" von J. Hintermayr

Allgemeines

1. SO im Mai Mostkirtag im Gelände des Freilichtmuseums

In geraden Jahren Stadtfest letztes Juliwochenende

In ungeraden Jahren Haager Volksfest - Mostviertel Messe im September

Renaissanceschloß Salaberg

Der gegenwärtige Besitzer von Schloß Salaberg, Freiherr von Mylius, öffnet jährlich zu Pfingsten den Rittersaal für die Veranstaltungen ***„Musik und Gesang im Schloß"***.

Die Stadt Haag liegt inmitten des Hügellandes des niederösterreichischen Mostviertels. In dem schon von Kelten und Römern urbar gemachten und besiedelten Landstrich zwischen Donau und Voralpen errichteten die Bayern eine erste Wehrsiedlung.

Im Jahr 903 wurde Haag erstmals urkundlich erwähnt, hundert Jahre später eine 1032 geweihte Kirche erbaut. Um sie herum entwickelte sich sehr bald eine größere Ortschaft. Im 15. Jahrhundert wurde die Kirche zu einer stattlichen gotischen Wehrkirche erweitert.

1932 wurde Haag zur Stadt erhoben und nach dem Wiederaufbau Zentrum für Erholungssuchende.

Die Landschaft und Landwirtschaft ist für Haag ein wesentlicher Wirtschaftszweig. 35.000 Obstbäume und der fruchtbare Boden prägen die Mostviertler Hügellandschaft.

Das Landesgetränk Most, aus Äpfeln und Birnen hergestellt, wird von vielen geschätzt. So ist Haag auch der Ausgangspunkt der Moststraße.

Mostviertelmuseum

Das 1968 von der Stadtgemeinde Haag gegründete Museum befindet sich neben der Mostviertelhalle. Diese wirklich umfangreiche volkskundliche Sammlung bietet einen übersichtlichen Einblick in die bäuerliche Kultur- und Arbeitswelt vergangener Zeiten, insbesonders in die des ausgehenden 19. Jahrhunderts.

Im Mittelpunkt steht die Mostwirtschaft mit ihren zahlreichen kunstvoll gestalteten Pressen. Es handelt sich hier um die erstmalige Darstellung jenes Wirtschaftszwei-

Mostladewagen

ges, welcher dem Viertel seinen Namen gab.

Darüber hinaus sind Feld- und Erntearbeiten, bemaltes Mobiliar und Frauentrachten weitere Ausstellungsthemen.

Beschreibung des Museums
Mostwirtschaft
Kulturgeschichtlicher Überblick
Gebinde, Geräte, Ausbeute
Schnitzereien, Bemalung, Sprüche
Absatz in der Gegend

Feldwirtschaft
Getreidebau
Schnitt
Drescharbeit
Getreidelagerung
Auswertung des Roggenstrohs
Erdäpfelanbau
Vieh, Zug, Zeug

Flachsverarbeitung

Vorratswirtschaft bei Nahrungsmitteln
Käse und Fette
Fleisch, Brot, Eier
Gemüse und Obst

Bienenwirtschaft

Hausmühlen

Wohnkultur

Landschaft des Mostviertels
Vierkanthöfe
Landwirtschaftliche Nebengebäude
Gegenstände der Volkskunst

Stub´n des Ausnehmerhauses „Überländ“

NÖ Freilichtmuseum

Das im Zentrum der Stadt, nur 200 Meter vom Mostviertelmuseum entfernt gelegene Museum ist bequem begehbar. Das Museum wird von der Bevölkerung als Naherholungsraum sehr gerne angenommen. Man kann sich bequem auf Bänke setzen und in Ruhe die rund 20 Objekte unterschiedlicher Bauart und Größe besichtigen.

Auf relativ kleinem Raum ist hier eine Fülle von Objekten zu sehen, z.B. eine Hausmühle mit Wasserradantrieb, ein Ausnehmerhaus mit Rauchkuchl, mehrere schöne Troadkästen. All diese Gebäude sind in Blockbauweise errichtet.

Zwischen den Objekten liegt ein frei zugänglicher **Heilpflanzengarten.**

Das Gelände des NÖ Freilichtmuseums bildet auch die Kulisse für verschiedene Veranstaltungen, wie den großen Haager Mostkirtag, der am ersten Sonntag im Mai jährlich abgehalten wird.

Dabei kann man echte Mostviertler Spezialitäten genießen und die besten Möste der Gegend verkosten. Es ist dies eine Veranstaltung in der man mostviertler Gemütlichkeit erleben kann.

Auch während des Haager Volksfestes - Mostviertel Messe wird das Gelände des Freilichtmuseums als Ausstellungsfläche genützt.

Beschreibung des Freilichtmuseums

6 Holzblockbauten

Schüttkästen „Troadkast'n"
Hausmühle mit Wasserradantrieb
Ausnehmerhaus „Stübl" mit Rauchkuchl
Köhlerhütte

7 Kleinobjekte

Bienenhütte
Schwanzhammerwerk mit Schaufelwasserrad
Dörrhäusl mit Brechelstube
Marterl
Geräteschuppen für Fahrzeuge
Maschinen und Traktoren

4 Obstpressen

2 Obstmühlen „Stoareib´n"

1 Heilpflanzengarten

Mühle

Feuerwehrmuseum

Wie kommt man auf die Idee, ein Feuerwehrmuseum einzurichten? Leicht erklärt!

Gar viele Gebrauchsgegenstände aus der Gründerzeit im vorigen Jahrhundert, stehen ohne Funktion herum. Was liegt daher näher, als aus diesen Stücken eine Sammlung zu errichten. Gerade diese interessanten Stücke aus Bronze und Messing sind es, die einen „leidenschaftlichen" Sammler in ihren Bann ziehen.

Unglaublich, was schon unseren Vätern, Groß- und Urgroßvätern eingefallen ist, dem Feuer beizukommen. Faszinierend ist auch die Uniformierung und die dazugehörige Aufmachung. Vergleicht man die damalige Zeit mit der heutigen, so wäre es kein Wunder, wenn einem fast die Tränen kommen. Hatte man in einer Zeit ohne viel Geld alles „massiv und auf ewig" gemacht, so müssen die Feuerwehrmänner von heute vielfach mit Kunststoff und ähnlichem Material vorlieb nehmen.

In den Jahren 1980-83 bauten sich die Männer der FF Haag ein Feuerwehrhaus. Man wollte schon längst aus der viel zu klein gewordenen Gemeindegarage ausziehen. 10 Jahre nach der Fertigstellung war es auch mit dem Museum so weit.

Durch die Sammlerleidenschaft einiger Wehrmänner war eine beachtliche Anzahl „herzeigbarer" Schaustücke zustandegekommen. Was lag daher näher, diese Exponate auch der interessierten Öffentlichkeit zugänglich zu machen.

So konnte im Jahre 1993 ein ausgebauter Dachraum seiner Bestimmung als Museum übergeben werden. Darin ist es möglich, auf einer Fläche von über 60 m² wirkliche Kleinode des Feuerwehrwesens

auf einladende Art zu zeigen und die Besucher mit der Geschichte der Freiwilligen Feuerwehr Haag zu konfrontieren.

Das Feuerwehrmuseum Haag würde sich freuen, auch die LeserInnen dieses Kulturführers unter ihren Gästen zu finden. Unter der Devise: „Wir haben ein kleines Museum, dafür ist der Stolz darüber um so größer" !

Bitte besuchen Sie uns.

Quelle: Heinrich Martincsevics
FF Haag

„Erster Hydrophor" der Freiwilligen Feuerwehr Markt Haag aus dem Jahr 1880 (einachsig, ca. 600 l/min, zu bedienen von vier Mann)

Hafnerbach

DER FLUSS · DAS FELD · DAS DORF · DIE BURG · DER WALD

MARKTGEMEINDE HAFNERBACH

Ruine Hohenegg

Heimat-museum

3385 Hafnerbach

Tel. 02749 - 2278
Fax 02749 - 2278-9

Anreise

A1 Ausfahrt Melk oder St. Pölten/B1/ Bezirksstraße

Bahnhof St. Pölten / Linienbusse

Linienbusse

Öffnungszeiten

Ruine jederzeit frei zugänglich
Heimatmuseum nach Anfrage

Eintritt

Frei

Führungen

Nach vorheriger Anmeldung

Fotografieren

Erlaubt

Sehenswürdigkeiten

Pfarrkirche

Allgemeines

Wander- und Radwege

DER FLUSS

Vom Voralpenland kommend, stößt die Pielach in einem Bogen jäh an felsiges Ufer und wendet sich nach Westen. In ihrem urzeitlichen Flußbett durchquert sie in weiten Schlingen die Ebene der Mühlau, um im Durchbruchstal des Sophienhains das Gemeindegebiet wieder zu verlassen. Diese Strecke der Pielach ist einer der letzten unverbauten Flußabschnitte im niederösterreichischen Zentralraum, die in ihrer natürlichen Umgebung belassen wurden.

DAS FELD

Die hüglige, abwechslungsreiche Landschaft, unterbrochen von Austreifen und kleinen Wäldchen, wird überwiegend agrarisch genutzt. Nach Süden und Osten hin blickt man ins sich weit öffnende Land vom Schneeberg bis zum Massiv des Ötschers.

DAS DORF

Funde aus der Jungsteinzeit beweisen die über 7000-jährige Besiedlung in einem begünstigten Klima. An kleinen Bachläufen gelegen, laden die 18 Orte der Gemeinde zum Besuch ein. Eng nebeneinander gelegen bilden Hafnerbach und Wimpassing das kulturelle und wirtschaftliche Zentrum.

DIE BURG

Über allem thront die mächtige Burgruine Hohenegg als Wahrzeichen und lohnendes Ausflugsziel.

DER WALD

Das Gebiet des Dunkelsteinerwaldes ist das größte zusammenhängende Waldgebiet im Herzen Niederösterreichs und die grüne Lunge der Landeshauptstadt St. Pölten.

Ruine Hohenegg

Auf markierten Wanderwegen erreicht man den Dunkelstein, die höchste Erhebung der Gemeinde auf 625 m Seehöhe. Der Wald ist Garant für gute Luft in ökologisch gesunder Umgebung.

Die Gegend um Hafnerbach ist uraltes geschichtliches Siedlungsgebiet, im **Heimatmuseum** ist die 7000jährige Geschichte neben altem bäuerlichen Gerät zu sehen. Ebenso ist ein **„Raimund v. Montecuccoli - Gedenkraum"** eingerichtet.

Besonders aber begeistert durch ihre romantische Lage die **Ruine Hohenegg,** eine mächtige, wehrhafte Anlage. Auf einem steil abfallenden Felsen als frühmittelalterliches Kastell erbaut, wurde die Burg im 16. Jahrhundert großzügig ausgestattet und beherbergte über 37 Jahre den großen Feldherren und Türkensieger Fürst Raimund v. Montecuccoli.

An den Resten erkennt man heute noch, daß es sich einst um eine umfangreiche Anlage mit Vorburg, nördlichem Tor zwischen zwei Rundbastionen, einem zweiten Tor im fünfstöckigem Turm, einem dritten Tor mit Fußgängerpforte in den Palas, Befestigungstürmen mit Dacherkern und Gußlöchern, einer Burgkapelle, Batterieturm sowie Zwinger und geräumiger Aussichtskanzel gehandelt hat. Die Größe der Burg ist heute noch gut erkennbar.

Urkundlich erwähnt wurde sie im 12. Jahrhundert, sie hat sich damals im Besitz des Grafen Poigen befunden. Spätere Besitzer waren um 1350 Reinprecht von Wallsee, 1479 die Spaur, 1575 die Enenkl und von 1629 bis ins 20. Jahrhundert die Grafen Montecuccoli.

Als eine der größten Burgen Niederösterreichs ist sie im 18. Jahrhundert zur Ruine geworden. Seit Jahren jedoch bemüht sich ein Erhaltungsverein um eine umfassende Renovierung und veranstaltet verschiedene Feste, Theaterabende und musikalische Veranstaltungen und macht Hohenegg so zu einem kulturellen und touristischen Mittelpunkt.

Quelle: Gemeinde Hafnerbach

Haindorf

Erfolgreich tagen im stilvollen Rahmen

Schloß Haindorf

Insgesamt bietet das Schloß sieben Räume mit einer Kapazität von 5-175 Personen. Vom Overhead-Projektor bis zur Videoanlage stehen alle Einrichtungen für den technisch reibungslosen Tagungsablauf zur Verfügung.

Für den Erfolg einer Tagung ist die Wahl der Räume und das Klima in den Räumen von großer Bedeutung. In jedem Raum findet man die unvergleichliche Atmosphäre des Schlosses. Die Raumhöhe gewährleistet - auch bei rauchenden Köpfen - genug Sauerstoff.

Freizeitmöglichkeiten

Auch der Freizeitbereich kommt nicht zu kurz. Der 7.500 m² große Schloßpark mit seinem alten Baumbestand, Spazierwegen mit Sitzbänken, die 1.500 m² Liegewiese, Kegel- und Federballspiele, ein Kellerstüberl mit gemütlichen Sitznischen, ein Koststüberl, sowie ein Freizeitraum mit Tischtennis, Fußball- und Videospielen laden zur Erholung ein.

Ritteressen

Für Gruppen von 20-65 Personen bietet das „Haus" als Spezialität ein „Ritteressen". Nach der Einkleidungszeremonie kann man nach Herzenslust essen. Natürlich ohne Gabel!

Das Schloß Haindorf verfügt über 3 Einzel- und 33 Zweibettzimmer.

Vereinbaren Sie mit uns einen Besichtigungstermin

Schloß Haindorf
Krumpöckallee 21
3550 Langenlois

N W E S

Anreise

A1 Ausfahrt St. Pölten - S 33 Krems - B 35 oder B 218

Bahnhof Langenlois

Bundesbusse

Öffnungszeiten

Pensionsbetrieb ganzjährig geöffnet ausgenommen in der Zeit vom 20. Dezember bis 10. Jänner

Allgemeines

Die Gästeinformationsstelle Ursinhaus bietet neben Informationen mehr als 230 Spitzengewächse von 60 Winzern an.

Schloß Haindorf

Lehrbauhof
NÖ. Baumeisterverband
3550 Langenlois

Tel. 02734 - 26 93
Fax 26 93 - 50

Schloß Haindorf

Schloß Haindorf wurde als Feldmühle von Herrn Peter Hain 1387 im Gültenbuch erstmals erwähnt. Ab 1620 waren die Besitzer Adelige (Leopold Popper von Podraghi, Gräfin Elisabeth Hardegg). Nach mehrmaligem Besitzerwechsel wurde das Schloß im baufälligen Zustand 1973 von der Landesinnung der Baugewerbe NÖ angekauft. Seit 1982 dient es als Ausbildungs und Seminarstätte.

Die schloßartige Dreiflügelanlage, in ihrem Kern aus dem 17. Jahrhundert, präsentiert sich heute im Kleid des 18. Jahrhunderts: Aus dieser Zeit stammt die Gestaltung der Fassaden mit gebändertem Sokkel und Lisengliederung im oberen Geschoß; in diesem umziehen Putzrahmungen die hochrechteckigen Fenster, die geraden Verdachungen sind im garten- und hofseitig vorgezogenen Mittelrisalit der von einem Dreiecksgiebel mit Doppelwappen bekrönt wird. Auch finden wir hier einen schlanken, pilastergegliederten Dachreiter mit Uhrengiebeln und Glockenhelm.

Haindorf liegt umgeben von Weingärten unmittelbar am Kampfluß nahe der schönsten Donaulandschaft. Nur 75 km westlich von Wien finden Sie hier Ruhe für eine erfolgreiche Tagung und danach Abwechslung oder Entspannung - so ganz nach Wunsch.

Ein besonderer Tip: Langenlois ist der bedeutendste Weinort Österreichs. Die Wachau mit den bekannten Orten Krems, Dürnstein oder Melk ist nur wenige Kilometer entfernt.

Quelle: NÖ. Baumeisterverband

Hardegg

Anreise
B30 ca. 15 km von Retz

Bahnhof Retz und dann mit dem Bus

Öffnungszeiten
1. April - 15. November:
täglich von 9.00 - 17.00 Uhr Juli und August verlängert bis 18.00 Uhr (Kassaschluß)
Selbständige Besichtigung mit Eintrittskarte

Eintritt
Kinderkarte 6 - 14 Jahre
Gruppenermäßigung ab 20 Personen für Erwachsene, Pensionisten, Studenten und Kinder

Führungen
Führungen nach Bedarf ab 20 Personen
Führungen für Gruppen nach vorheriger Anmeldung auch in Englisch, Französisch, Italienisch, Spanisch und Tschechisch

Fotografieren
Für kommerzielle Zwecke nicht erlaubt

Sonderausstellungen
Gelegentlich Sonderausstellungen:
Fürst Johann Carl zu Khevenhüller-Metsch

Schwerpunkte
Burganlage
Kaiser Maximilian von Mexiko Museum
Romanische Kapelle und Pfarrgeschichte von Hardegg

Sehenswürdigkeiten
Rüstkammer und Verlies (nur mit Führung)

Publikationen/Kataloge
Museumsführer und allerlei Literatur über Kaiser Maximilian von Mexiko vorhanden

Allgemeines
Getränkeautomat und Eisverkauf an der Führerpforte, Vermietung von Hochzeitskapelle und von Räumlichkeiten für rustikale Veranstaltungen, Gemütlicher Cafèsalon mit Teichterrasse auf Barockschloß Riegersburg (8 km entfernt)

Burg Hardegg Museum

2082 Hardegg

Tel. 02949 - 82 25
02916 - 332
Fax 02916 - 425

Burg Hardegg

Eine der besterhaltenen Wehranlagen Niederösterreichs kann sehr stolz über ihre Geschichte sein, welche zurückreicht bis ins 10. Jh..

Durch archäologische Ausgrabungen im Burgbereich welche von 1977 - 1982 stattfanden, konnte man Objekte aus dieser Zeit freilegen. Etwa im 12. Jh. baute man eine kleine kreisförmige Anlage mit einem „festen Haus".

Von diesem ersten Bau sieht man auf dem Burgberg noch die Fundamente. Ausgebaut wurde dann ständig bis ins 14. Jh., als die Burg Hardegg ihren Höhepunkt erreichte.

Die Burg war im Besitz folgender Geschlechter:

- der Grafen von Plain (Grafen von Hardegg)
- der Grafen von Maigdeburg (Grafen von Hardegg)
- des Hauses Habsburg
- der Grafen von Frueschenk (Reichsgrafen von Hardegg)
- die Grafen von St. Julien-Wallsee
- der Grafen später Fürsten Khevenhüller
- und heute deren direkten Nachkommen der Grafen Pilati von Tassul zu Daxberg.

Nach der Zeit des Verfalls im 18. Jh. restaurierte im 19. Jh. Fürst Johann Carl zu Khevenhüller-Metsch die Burg. Jener kämpfte mit Kaiser Maximilian in Mexiko und errichtete nach seiner glücklichen Rückkehr eine Gedächtnisstätte über das mexikanische Abenteuer in der Burg.

Seit 1905 ist die Burg Hardegg Museum und der Öffentlichkeit zugänglich.

Zu sehen

Kaiser Maximilian von Mexiko-Museum, einzigartig in der Welt, die Burganlage; die schöne, geweihte, romanische Kapelle, die Ausstellung über Fürst Johann Carl zu Khevenhüller-Metsch; die Pfarrgeschichte von Hardegg; das Heimatmuseum und die Rüstkammer (diese zwei letzten nur im Zuge einer Führung zugänglich).

Die Burg ist 8 km vom Barockschloß Riegersburg mit dem Museum „Adeliges Landleben in der Barockzeit", Cafesalon und Teichterrasse entfernt.

Quelle: Francesca Gräfin Pilati

Burg Hardegg,

Foto: Dr. Christian Walderdorff (Salzburg)

Mexikanische Kaiserkrone

Foto: Günther Schön

Heidenreichstein

Anreise
B303 / B5 oder B30

Linienbusse

Öffnungszeiten
Mitte April - Mitte Oktober
täglich außer Montag
Besichtigung nur möglich bei Führungen
(ab 5 Personen)
um 9.00, 10.00, 11.00, 14.00, 15.00
und 16.00 Uhr

Eintritt (1997)
Einzelkarte 60,-; Kinder 30,-
Reisegruppen (ab 25 Personen) 50,-/Person

Führungen
Führungen ab 5 Personen
für Reisegruppen und Schulklassen
telefonische Voranmeldung

Fotografieren
Nicht erlaubt

Sehenswürdigkeiten
Zugbrücken, Bergfried
Tausendjährige Tischplatte

Schwerpunkte
Komplette Einrichtung aus den verschiedensten Epochen

Publikationen/Kataloge
Burgbeschreibung (illustriert) 15,-
beim Führer erhältlich

Allgemeines
Die Burg Heidenreichstein ist ein ganzjährig bewohnter Privatbesitz.
Theateraufführungen der Laienbühne - jedes zweite Jahr im Burghof. Burgsingen

Burg Heidenreichstein

Kinsky'sches Forstamt
3860 Heidenreichstein

Tel. 02862 - 52268
Fax 523725

Es gibt im Waldviertel kaum eine andere Burg, die einen so tiefen Eindruck hinterläßt wie Heidenreichstein. Zwar steht die Burg heute mitten im gleichnamigen Ort ohne markante Überhöhung oder weithin sichtbare Silhouette wodurch aber gerade Tradition und Geschichte ins Heute eingebunden sind. Man meint, dem Archetypus einer romanischen Wasserburg gegenüberzustehen, und alles steht heute hunderte Jahre nach dem Bau noch zur Funktion bereit: die Zugbrükken ebenso wie die Gänge und Gußerker an den fünf Meter dicken Mauern und Türmen.

Wer die Geschichte von Heidenreichstein erzählt, muß zugleich auch jene der Nachbarherrschaften Litschau und Raabs an der Thaya mit einschließen; denn die Burg Heidenreichstein gehörte ursprünglich zur Grafschaft Raabs-Litschau.

Der Name der Burg und des heutigen Ortes geht jedenfalls auf einen Hederich oder Heidenreich aus dem Geschlecht der Burggrafen von Gars-Eggenburg zurück (Ende des 12. Jahrhunderts); später spielten auch hier die Kuenringer eine wichtige Rolle, 1297 wurden Litschau und Heidenreichstein zu Passau an Herzog Albrecht I. von Österreich abgetreten. Aus dieser frühen Zeit stammen auch die ersten Teile der Burganlage, vor allem der gewaltige Bergfried: In seinen Fundamenten umgibt er einen Innenraum von 25 Quadratmetern Bodenfläche mit nicht weniger als 75 Quadratmetern Mauergrundfläche. Um 1160 schon dürfte er auf einem Granitfelsen errichtet worden sein. Der ein-zige Zugang zum Turm befand sich auf 14 Metern Höhe, die Stufen, die im Inneren der Turmmauern laufen, sind 60 Zentimeter hoch und konnten nur kriechend bewältigt werden .....

Vom 14. bis ins 17. Jh. befindet sich die Burg als Pfand in den Händen der Puechheim, ab dem 18. Jahrhundert sind die Grafen Palffy ab Erdöd Schloßherren und bleiben es bis zum Tod von Fürst Ladislaus im Jahr 1947. Durch Heirat ging Heidenreichstein schließlich in das Eigentum der Grafen Kinsky von Wchinitz und Tettau über.

Bemerkenswert ist die Tatsache, daß in der mehr als 800jährigen Geschichte die Burg kein einziges Mal von kriegerischen Ereignissen in Mitleidenschaft gezogen worden ist - heute Beweis zugleich auch für ihre mächtige und abschreckende Bauweise.

Heidenreichstein gilt insgesamt als großartigste Wasserburg Niederösterreichs und hat neben dem imposanten äußeren Erscheinungsbild auch viele sehenswerte Einrichtungsgegenstände und Schaustücke vorzuzeigen.

Interessante und vielfältige Formen an Stühlen, Schränken und anderem Mobiliar sowie zahlreiche Porträts, Stammtafeln und Erinnerungsstücke weisen die Burg als Wohnsitz einer langen Reihe verschiedener Besitzer aus. Einige Räume tragen handgeschnitzte Holzdecken mit gotischen Mustern; aus dieser Epoche stammt auch ein Schrank, der in der seltenen Form eines Hauses geschaffen wurde. Bemerkenswert ist auch eine große Tischplatte, die aus einem einzigen, tausend Jahre alten Ahornstamm geschnitten ist. Die Schloßkapelle, einst im Bergfried angesiedelt, wird heute durch einen Wandschrank ersetzt, der ein romanisches Kruzifix und rustikale Assistenzfiguren aus dem 14. Jh. enthält.

Bei einer Führung zwar nicht zu sehen, aber erwähnenswert ist der alte gotische Dachstuhl, der sich über den gesamten Südtrakt in dessen voller Länge von dreißig Metern hinwegzieht. Gehackte Balken, durch geschnitzte Holznägel rostfrei zusammengehalten, wölben sich wie Schiffsspanten über die ehemals zwölf Meter hohe - jetzt durch zwei Zwischendecken unterteilte - gewaltige fensterlose Halle.

Über dem äußersten der drei Burgtore schließlich weist eine noch sehr gut erhaltene Inschrift auf die Order der Landesfürsten hin, unter dem Eindruck der ersten Türkengreuel 1529 nun doch auch für Heidenreichstein zusätzliche Befestigungsanlagen zu bauen. Was auch geschah ..... aber, wie schon erwähnt, an diesem Ort nie benötigt wurde.

Quelle: Kinsky´sches Forstamt

Burg Heidenreichstein

Herzogenburg

Anreise
A1 Knoten St. Pölten/S33
Ausfahrt Herzogenburg Nord oder Süd

Bahnhof Herzogenburg

Linienbusse

Öffnungszeiten
1. April - 31. Oktober:
9.00 - 12.00 und 13.00 - 17.00 Uhr

Eintritt
Einzelkarte 40,-; Gruppe 30,-/Pers.
Schüler 10,-; Eintritt nur mit Führung

Führungen
Führungen zu jeder vollen Stunde oder nach telefonischer Voranmeldung

Fotografieren
Erlaubt

Veranstaltungen
Ständige Kunstausstellung
Internationale Kirchenmusiktage im September und Oktober
Kindersommerspiele Ende August bis Anfang September
Dorfstruktur zu Beginn dieses Jahrhunderts

Sehenswürdigkeiten
Kirche, Festsaal, Bibliothek, Schatzkammer
Kunstsammlung, Raritätenkabinett
Bildersaal, Prälatenstube

Allgemeines
NÖ Barockmuseum Heiligenkreuz-Gutenbrunn: Ca. 10 km entfernt, Barockschloß, heute als Barockmuseum eingerichtet. Das Schloß bietet mit seinem reich gezierten Stiegenaufgang und der Schloßkapelle, die ein Kuppelfresko von Paul Troger ziert, interessante Kunstwerke. Im Museum viele Bilder bekannter Maler aus der Barockzeit wie *Franz Anton Maulpertsch, Michael Rottmayer, Daniel Gran und besonders Kremser Schmidt.*

Augustiner Chorherrenstift

3130 Herzogenburg
Tel. 02782 - 3112
Fax 02782 - 3112-82

1112 gründete Bischof Ulrich von Passau an der Donau im Mündungsgebiet der Traisen das **Augustiner-Chorherrenstift Herzogenburg**. Bis heute erinnert das Stiftswappen, ein rotes Kreuz auf silbernem Grund (Georgskreuz), daran. Wegen der Verlagerung des Flußbettes und häufiger Überschwemmungen wurde das Stift 1244 an die bereits bestehende Pfarrkirche Herzogenburg übertragen. Die Klosteranlage mit Kirche und Wohngebäuden bildet ein geschlossenes Viereck, um das sich die Wirtschaftsgebäude gruppieren. Die Bauarbeiten dauerten auf Grund der bedrückenden wirtschaftlichen Lage bis weit ins 14. Jh.. Von diesem mittelalterlichen Kloster blieben nur das gotische Kirchenportal und ein Gebäudetrakt erhalten. Nach disziplinärer und wirtschaftlicher Konsolidierung wurde 1714 mit dem Bau der barocken Stiftsanlage begonnen.

Jakob Prandtauer und **Josef Munggenast** leiteten den Neubau der Konventgebäude. Den Entwurf für den Festsaal und vielleicht auch für den charakteristischen Kirchenturm - mit dem Herzogshut als Bekrönung - lieferte der kaiserliche Architekt **Johann Bernhard Fischer von Erlach**. Vollendet wurde das barocke Kloster mit dem Neubau der Stiftskirche, die 1785 geweiht wurde.

Sie ist das Werk des 24-jährigen **Franz Munggenast** und eine der großen Leistungen des österreichischen Spätbarock. Mit der Ausgestaltung der neuen Gebäude beauftragten die Chorherren u.a. **Daniel Gran** und **Bartholomeo Altomonte**.

Im Zuge der josephinischen Klosteraufhebungen erhielt das Stift die beiden aufgelassenen Klöster Dürnstein und St. Andrä/Traisen.

Das Stift besitzt bis heute große wirtschaftliche, kulturelle und religiöse Bedeutung für das untere Traisental.

Nach dem Vorbild der „Kunst- und Wunderkammern" der Renaissance wurde Anfang des 19. Jhs. ein „Antiken- und Raritätenkabinett" angelegt. Damit erhielt Herzogenburg nach Klosterneuburg und St. Florian die bedeutendste Sammlung kunst-

Bibliothek

historischer Schätze der Gotik und des Barock. Die umfangreiche Sammlung spätgotischer Tafelbilder umfaßt Spitzenwerke der Donauschule wie z.B. den Aggsbacher Altar von **Jörg Breu d. Ä.**. Als barocke Rarität blieb im Bildersaal die originale Bildaufhängung der Zeit erhalten.

Das Stift bietet ein reiches musikalisches Programm mit Konzerten auf der barocken Orgel, dessen Höhepunkt die „Internationalen Kirchenmusiktage in Niederösterreich" sind. Darüber hinaus bemühen sich die Bewohner des Stiftes, ihr Haus möglichst vielen Menschen zu öffnen. Jedes Jahr kommen tausende Kinder zum Niederösterreichischen Kindersommer. Es werden ökumenische Begegnungen ermöglicht, und das Stift steht auch für Einkehrtage und Bildungsveranstaltungen offen. Und mit den „Herzogenburger Gesprächen" wurde ein Forum geschaffen, in dem wirtschaftliche Entwicklungen und Perspektiven sowie deren gesellschaftliche Bedeutung zur Sprache kommen.

Quelle: Amt der NÖ Landesregierung Kulturabteilung

Jaidhof

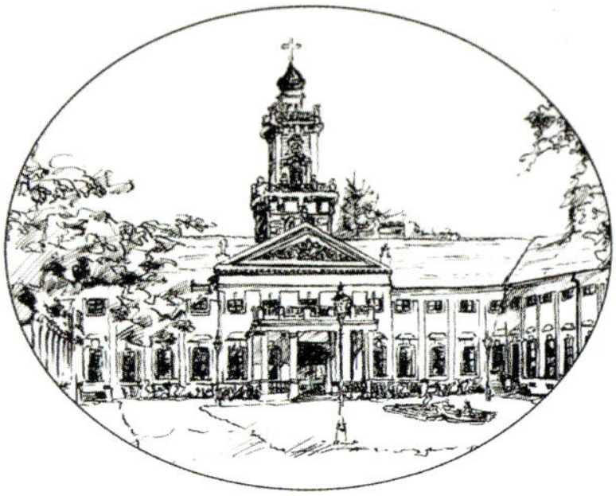

EXERZITIEN - LAGER - ERHOLUNG

Das katholische Bildungshaus Schloß Jaidhof lädt auch Sie ein zu geistlichen Übungen, zu Jugendlagern, Glaubenskursen..... Es wird in diesen entscheidungsträchtigen Jahren der Krise in der Kirche und in der öffentlichen Gesellschaft immer notwendiger, sich im Glauben und christlichen Leben zu festigen, wenn sowohl wir selbst als auch die Kinder und Jugendlichen diese Jahre der Prüfung unbeschadet durchleben wollen. Um dies zu tun, ist es unumgänglich, sich für einige Tage zurückzuziehen, um unser Augenmerk von den Dingen dieser Welt abzuwenden und auf die ewigen Realitäten zu richten.

Pater Franz Schmidberger

Anreise
A1 St. Pölten / S33 Krems B37 Richtung Zwettl und Gföhl (zweite Ausfahrt Gföhl)

Bahnhof Krems weiter mit Bus

Linienbusse

Öffnungszeiten
FR nachmittags und auf Anfrage

Eintritt
Spenden für die weitere Renovierung

Führungen
Nach Voranmeldung

Fotografieren
Erlaubt

Sonderausstellungen
Jährlich wechselnd

Sehenswürdigkeiten
Wintergarten, Turm, Schloßkeller

Allgemeines
Kapelle
Gottesdienste: SO 9.30, 18.00 Uhr
Wochentag 7.15 Uhr
Fronleichnamsprozession

Weinverkostung
Juli bis Mitte September:
jeden Sonntagabend

Schloß Jaidhof

Katholisches Bildungshaus
3542 Jaidhof 1

Tel. 02716 - 6515
Fax 02716 - 8426

Schloß Jaidhof

Klassizistische Ehrenhofanlage, mit dem westlichen Seitenflügel parallel zur Straße. Urkunde 1381, 1668 an Georg Ludwig Graf von Sinzendorf; Um- und Neubauten um 1800 sowie ab 1884 von Max Ferstel unter Wilhelm Ritter von Gutmann.

Außen. Dreigeschossige, hofseitig zweigeschossige Dreiflügelanlage, im Kern 2. Hälfte 17. Jh.. Schlichte Lisenengliederung und Fensterfaschen um 1800, zahlreiche Schornsteine 2. Hälfte 17. Jh. Haupttrakt im Norden, außen- und hofseitig über dem Mittelrisalit Dreieckgiebel, vorgestellte neoklassizistische Pfeileraltane mit Balu-

strade, zum Teil verglast, bzw. hofseitig im Erdgeschoß als Pfeilerhalle geöffnet, im Giebel Voluten- und Rankendekor, dreifach gestufter Turmaufsatz mit kleinem Zwiebelhelm in Neorenaissance-Formen nach 1884; zwei umlaufende Balkone auf Kranz von Volutenkonsolen. Den Schmalseiten im Süden vorgestellte Arkaden mit Platzlgewölben, sowie Kaminvorbau auf Konsolen und Steinwappen Sinzendorf.

Innen. Erdgeschoß. Im Nordflügel zentraler Saal mit Spiegelgewölbe, stuckierter Mittelrosette, Eckmedaillons mit Jagdtrophäen, Neobarock, 2. Hälfte 19. Jh., seitlich anschließend zwei Räume mit schlichten neobarockischem Stuck; zwei Steinkamine Ende 17. Jh., Marmorkamin 19. Jh.. In der Nordost-Ecke Rechteckraum mit neobarockischem Stuck, ehemalige Kapelle, trichterförmig herabgezogene Deckenöffnung für ehemalige Wendeltreppe. Kapelle im West-Flügel, zweiachsiger Raum mit Flachdecke, um 1800, restauriert 1985. Geschweifter Stuckschnittspiegel, Putzfelder- und Plattendekor. An dem in die Wand eingelassenen Altar mit Girlandendekor. - Ein Raum mit gekreuzten Gurten und Platzlgewölben, Ende 18. Jh. In der Nordost-Ecke zweiläufige Treppe mit Eisengeländer, um 1900. Täfelungen und Parkettböden, Ende 19. Jh.

Garten. Ausgedehnter Englischer Garten mit Teichen, östl. des Schlosses, nördl. in der Achse des Ostflügels Reste eines Gartenpavillons mit Pfeilerlaube, Ende 19. Jh. - Östlich unterhalb des Schlosses auf dem ehemaligem Parterre geschweiftes Brunnenbecken, Ende 19. Jh.

Seit dem 25. März 1985 dient das Schloß als Hauptsitz (Verwaltung, Exerzitien, Bildungswochen, Ostmission, Jugendlager, Erholung) für die Priesterbruderschaft St. Pius X. in Österreich, die sich der kirchlichen Tradition verpflichtet weiß.

Quelle: Schloß Jaidhof

Katholisches Bildungshaus Schloß Jaidhof bei Gföhl

Freig. v. BM f. LV 002028 - 001

Kirchbach/Waldviertel

Freilicht-museum Brettersäge

Fremdenverkehrsverband
3911 Kirchbach

Tel. 02828 - 251, 291

Anreise

Ca. 140 km von Wien, ca. 85 km von Linz ca. 65 km von Krems und ca. 15 km von Zwettl entfernt gelegen, erreichbar über B38 und B124

Linienbusse

Öffnungszeiten und Führungen

Ostern bis 30. April SA u. SO
Ab 1. Mai bis Allerheiligen täglich
von 9.00 - 11.30 und 13.00 - 17.00 Uhr

Eintritt

Familienkarte 50,-; Erwachsene 25,-
Senioren und Gruppen 20,- pro Pers.
Kinder 15,-; Schulklassen 10,- pro Kind

Fotografieren

Erlaubt

Schwerpunkte

Holz und Holzbearbeitung

Publikationen/Kataloge

Museumsführer und Ansichtskarten

Allgemeines

BAUSTEINAKTION:
Im Museum besteht die Möglichkeit, Originalholzschnitte numeriert und signiert des international bekannten Künstlers Professor Erich Steininger als Bausteine zu erwerben.

BENACHBARTE MUSEEN:
Burg Rapottenstein (9 km)
Dorfmuseum Roiten (8 km)
Hammerschmiede in Kamp (9 km)
Webereimuseum in Dietmanns (10 km)

Umsäumt von bewaldeten Hügeln und schmalen Feldern liegt der Ort Kirchbach eingebettet in einer malerischen Talmulde am gleichnamigen Bach.

Das Dorf wird urkundlich 1288 erstmalig genannt. Die dem hl. Michael geweihte Pfarrkirche geht auf einen Ursprungsbau des 12. - 13. Jh. (heute Marienkapelle) zurück, dem im 15. Jh. ein gotisches Langhaus angefügt wurde.

In Kirchbach und in den umliegenden Katastralgemeinden gibt es ein ausgedehntes Wanderwegenetz, das viele Naturschönheiten erfaßt (Teufelskirche, Gletschermühle, etc.). Wanderwege führen auch zu dem malerischen Kamptalabschnitt - „Paradies“ genannt - und zur „Burgleiten“. Auf der Burgleiten befand sich eine Befestigungsanlage mit Wachturm zum Schutz der nahegelegenen „Alten Heeresstraße“ nach Arbesbach.

Für Wintersportbegeisterte gibt es in Kirchbach einen Schilift und zwei gutgespurte Langlaufloipen, die die tiefverschneiten Hügel und Täler des Waldviertels dem Naturliebhaber näherbringt.

Brettersäge

Die alte Brettersäge in Kirchbach ist im Jahre 1898 an dieser Stelle von Grund auf neu erbaut worden. Sie war unter wechselnden Eigentümern bis 1962 in Betrieb und wurde dann stillgelegt. 1993 faßte der Fremdenverkehrsverein Kirchbach den Entschluß, die bereits teilweise verfallene Säge anzukaufen und als Freilichtmuseum instandzusetzen.

Der Bau, der in schöner landschaftlicher Umgebung den früher verbreiteten Typus des einfachen, wassergetriebenen Sägewerkes darstellt, soll als anschauliches und lebensnahes Zeugnis einer vergangenen Arbeitswelt späteren Generationen erhalten werden.

Ein großes oberschlächtiges Wasserrad mit einem Durchmesser von vier Metern und einer Felgenbreite von einem Meter betreibt ein Venetianergatter mit nur einem Sägeblatt, einen Blochaufzug und eine Kreissäge.

Die Sägewerkstechnik des Venetianergatters ist bereits im Mittelalter in Venedig entwickelt worden und wurde während der letzten 500 Jahre nahezu unverändert beibehalten, sodaß der Besucher eine im Grunde mittelalterliche Technik sehen und in vollem Betrieb erleben kann.

Im Obergeschoß wird anhand des Venetianergatters, des Blochaufzuges, der Kreissäge und des sogenannten „Sagstübls" ein möglichst lebensnaher Eindruck von der Arbeitswelt früherer Zeiten vermittelt.

Im Untergeschoß ist die Kraftübertragung vom oberschlächtigen Wasserrad auf den Sägemechanismus erlernbar.

Dort, wo früher die Sägespäne lagen, wurde ein Museumsraum mit Gegenständen, Werkzeugen und historischen Fotoaufnahmen zum Thema Sägewerk sowie Holzarbeit in früherer Zeit eingerichtet, um einen Einblick in die Holzbearbeitung der Vergangenheit zu bieten.

Besucher erhalten sowohl gegen Voranmeldung als auch durch ein im Museum installiertes Rufsystem eine fachkundige Vorführung der alten Venetianersäge.

Sollten Sie Ihren Urlaub bei uns planen, so stehen Ihnen unsere Beherbergungsbetriebe und Gaststätten zur Verfügung. Telefon 02828 - 290 / 238 / 235.

Quelle: Fremdenverkehrsverein Kirchbach

Brettersäge, Innenansicht - Obergeschoß

Klosterneuburg

Augustiner-Chorherrenstift Stiftsmuseum

3400 Klosterneuburg

Tel. 02243 - 411-212
Fax 02243 - 411-31

Anreise

A22 Ausfahrt Floridsdorfer Brücke/B221 oder über B14 von Tulln

S40 von Wien Franz-Josefsbahnhof

Öffnungszeiten

Stiftsführung:
Ganzjährig täglich ab 9.00 Uhr stündlich
Mittagspause 12.00 - 13.30 Uhr

Museum: 1. Mai - 15. November
Täglich außer MO 10.00 - 17.00 Uhr

Eintritt

Stiftsführung:
Erwachsene 50,-; Schüler 25,-
Senioren 40,-; Gruppe 30,-/Person

Führung/Museum kombiniert:
Erwachsene 70,-; Schüler 35,-
Senioren 60,-; Gruppe 50,-/Person

Führungen

Monatliches Spezialführungsprogramm anfordern

Fachgebiete

Gotische Tafelmalerei, religiöse Kunst

Stil, Gründungsjahr

Romanik, Gotik, Barock, 1114

Fotografieren

Ohne Blitz und ohne Stativ erlaubt

Publikationen/Kataloge

Ausstellungskataloge
„Das Stift und seine Kunstschätze"

Allgemeines

Führungen durch das Stift (zusätzlich zum Museum) ganzjährig täglich geöffnet
Stiftskirche und Kreuzgang
Leopoldskapelle mit Verduner Altar
Kaiserzimmer

Markgraf Leopold III. von Österreich verlegte 1113 seine Residenz an den Platz eines römischen Kastells an der Donau, die im Gegensatz zu den alten Römermauern nun **„Neuburg"** hieß. Im Jahr darauf gründete er dort ein **Stift für weltliche Kanoniker** und stattete es mit reichen Schenkungen aus (Wien wurde großteils auf Besitz des Stiftes erbaut). Die prächtige Kirche - damals die größte des Landes - sollte die Macht der Babenberger demonstrieren, denn durch die Heirat mit der Kaisertochter Agnes war Leopold in die Reihe der vornehmsten Reichsfürsten aufgestiegen. Vermutlich beabsichtigte er, hier einen Bischofssitz zu errichten. Das aber rief die Bischöfe des Landes auf den Plan, und sie erreichten, daß Leopold 1133 das Stift in ein **Kloster von Augustiner-Chorherren** umwandelte und damit auf seine Eigenkirchenrechte verzichtete.

Das einstige Hauskloster der Babenberger war als Stützpunkt der Kirchenreform gedacht. Wie sehr mit dem kulturellen Engagement der Chorherren pastorale Zwecke verfolgt wurden beweist das theologische Konzept des weltberühmten Emailaltars des **Nikolaus von Verdun**, aber auch das etwa gleichzeitig (1181) entstandene Klosterneuburger Osterspiel, das dem Volk die Liturgie in anschaulicher Weise nahebrachte.

Während des Mittelalters wurde im Stift die Wissenschaft gepflegt. Bereits im 13. Jh. bestand im Stift eine Lateinschule, und im 15. Jh. konnte das Stift eine astronomisch-kartographische Forschungsstätte aufweisen, in der die damals besten Weltkarten konstruiert wurden. In religiöser Hinsicht spielte die Verehrung des Klosterstifters Leopold, die bald nach seinem Tod einsetzte, eine große Rolle. Seit seiner offiziellen Heiligsprechung 1485 wurde sein Grab im ehemaligen Kapitelsaal ein vielbesuchtes Wallfahrtsziel und ein Landesheiligtum.

Dem Niedergang während der Reformation folgte im 17. Jh. eine neue Blüte. Vor allem nach der erfolgreich abgewandten

Türkengefahr erwachte die barocke Baulust in vollem Maße. In Klosterneuburg sollte schließlich die gigantischste aller barocken Klosteranlagen entstehen, das österreichische Escorial-Projekt Kaiser Karls VI. zugleich Kloster und Kaiserpalast. 1730 begonnen, mußte dieses ehrgeizige Bauvorhaben aber bereits nach 10 Jahren eingestellt werden, als der Kaiser starb.

Verduner Altar

Das 19. Jh. war durch neue Wege in der Seelsorge, aber auch in der Wissenschaft und Wirtschaft geprägt. So war Klosterneuburg maßgeblich an der Verwirklichung des zweiten Vatikanischen Konzils beteiligt.

Das bedeutendste Kunstwerk des Stiftes, der Emailaltar des Meisters Nikolaus von Verdun aus dem Jahre 1181 befindet sich in der Leopoldskapelle, direkt am Grabmal des heiligen Leopold. Auf 51 Tafeln sind Szenen aus dem Alten und Neuen Testament dargestellt. Die Stiftsführung führt durch den gotischen Kreuzgang und berührt auch die Agneskapelle, in der der riesige romanische Leuchter steht, den Markgräfin Agnes dem Stift geschenkt hat.

Über die unvollendete Kaiserstiege betritt man den barocken Kaisertrakt. Die Kaiserzimmer, das geplante Privatappartement Karls VI., und der prachtvolle Marmorsaal mit dem Deckenfresko von Daniel Gran von 1749 werden ebenfalls im Rahmen der Stiftsführung gezeigt. Darüber befinden sich die Räume des **Stiftsmuseums.**

Die Sammlung bewahrt einen bedeutenden Bestand gotischer Tafelbilder. Hervorzuheben sind die **Rückseitenmalereien vom Verduner Altar von 1330,** die frühesten monumentalen Tafelmalereien in der österreichischen Kunst, der **Babenberger Stammbaum** mit 24 Rundbildern aus der Geschichte der Babenberger-Dynastie von 1489/92 und die Werke Rueland Frueaufs des Jüngeren. Von europäischem Rang ist der Bestand an Bronzen der Spätrenaissance und an mittelalterlichen und barocken Elfenbeinschnitzereien. Eine Sammlung von Klosterneuburger Ansichten vom 18. Jahrhundert bis zur Moderne rundet das Museum ab. Unter diesen Bildern sind besonders vier frühe Werke von Egon Schiele zu erwähnen.

Objekte aus den reichen Beständen des Stiftes, die im Museum keinen Platz finden (Bibliothek, Archiv, Schatzkammer etc.) werden im Rahmen von wechselnden Sonderausstellungen gezeigt.

Quelle: Stiftsmuseum Klosterneuburg

Klosterneuburg

Archäologische Gedenkstätte

Gedenkstätte einer mehr als 1200jährigen Kirchengeschichte

Pfarre St. Martin
3400 Klosterneuburg

Tel. 02243 - 32 5 68
Fax 02243 - 38 1 58

Anreise
B14 - Abzweigung Kritzendorf

S 40, R 40, R 42 von Wien Franz Josef Bahnhof - Station Klosterneuburg-Kierling

Busse von U4 Heiligenstadt bis Klosterneuburg-Niedermarkt
Rad - Donauradweg Passau-Wien

Öffnungszeiten
SO 10.00 Uhr

Eintritt
Spenden erbeten

Führungen
SO 10.00 Uhr und
nach telefonischer Vereinbarung

Fachgebiete
Kirchengeschichte - Mittelalterarchäologie

Fotografieren
Erlaubt

Sehenswürdigkeiten
Schauraum mit Karolingischem Bau und Gräbern
Frühgotische Unterkirche, Karner

Publikationen/Kataloge
Führer mit 44 (tlw. farbigen) Abbildungen

Am nördlichen Rand des Steilhanges zum früheren Donaulauf erhebt sich inmitten eines bis in die Jungsteinzeit zurückreichenden Siedlungsgebietes die Martinskirche. Von Forschern wurde die Gründung eines Sakralbaues auf Grund des Martinspatroziniums (hl. Martin von Tours, Schutzpatron der Franken) schon in fränkischer Zeit angenommen. Die Sage wollte zudem Karl den Großen als Gründer in den Awarenkriegen von 791 kennen. Im 11. Jh. mag die Errichtung einer Pfarre stattgefunden haben. 1135 wird sie als eine der 13 babenbegischen Eigenpfarren genannt. 1135/36 wird das Pfarrecht auf das Stift übertragen. Im Zuge von Renovierungsarbeiten wurden wissenschaftliche Untersuchungen notwendig, die 1977 außerhalb der Kirche, 1980 im Seitenschiff und 1982 im Hauptschiff durchgeführt wurden. Zu den Hauptergebnissen der Grabungen gehört nun tatsächlich der Nachweis eines fränkischen Holzkirchleins mit dazugehörigem Reihenfriedhof des 9./10. Jh., die am Nordrand des besiedelten Areals angelegt waren. Der Holzbau stand an der selben Stelle, an der sich für den etwa im 11. Jh. nachfolgenden romanischen Steinbau Ostteil und Chorquadrat nachweisen lassen. Diese erste Steinkirche war ein Rechteckbau von 13,5 x 8,5 m mit einem Chorquadrat gegen Osten. Von einer Erweiterung im 12. Jh. haben sich trocken verlegte Fundamente im Osten und Westen erhalten. In der zweiten Hälfte des 13. Jh. erfolgte ein völliger Neubau der Kirche, welche immer wieder erweitert und umgebaut wurde. Die gemachten Funde wurden dem Publikum in der Unterkirche zugänglich gemacht.

Archäologische Gedenkstätte

Der Abgang in die Gedenkstätte liegt an der Außenseite der Nordwand des Chores neben dem Turm. Über teilweise originale Steinstu[illegible] eine neue Holztreppe gelangen wir in die Unterkirche. Diese wurde im Zuge des gotischen Neubaues unter dem Chor als Karner (Beinhaus) errichtet (**Raum1**). Das ursprüngliche Niveau lag 1,3 m tiefer als der heutige Ziegelboden, der auf dem barocken Lehmboden verlegt wur-

de. Beim Wiederaufbau nach 1683 war der ursprüngliche Eingang zu einem Fenster verkleinert und ein neuer Zugang zum Kircheninneren geschaffen worden. Der untere Teil dieser Stiege verbindet die Unterkirche mit dem neugeschaffenen Raum unter dem Langhaus.

An der Ostwand des tonnengewölbten Raumes 1 sind die Gebeine von etwa 5000 ehemals auf dem Friedhof um die Kirche bestatteten Verstorbenen gestapelt. Weiters sind die während der Ausgrabungen am Kirchberg von St. Martin gemachten Funde von der Jungsteinzeit (4. Jahrtausend v. Chr.) über die römische Kaiserzeit bis zur fränkischen Siedlung des 9./10. Jahrhunderts ausgestellt.

Der Kirchberg bildete über die ganze Zeit den südlichen Brückenkopf einer bedeutenden Verbindung [illegible] Donau nach Norden und ist der älteste der drei Siedlungskerne von Klosterneuburg. Die Originalschmuckstücke (Ohr- und Fingerringe) wurden als Beigaben in den fränkischen Reihengräbern geborgen. Vier maßstäbliche Modelle von J. Rezac zeigen den Bauzustand der Holzkirche des 9./10. Jh., den romanischen Bau des 11./12. Jh., den frühgotischen und den spätgotischen Bauzustand. Spätgotische Schwarzhafnertöpfe wurden in den Gräbern des 15. Jh. innerhalb der Kirche gefunden.

Die Hintergründe für diese ungewöhnlichen Beigaben sind ebenso im Volksglauben zu suchen wie der Fund eines Pestamuletts in Form einer quecksilbergefüllten Haselnuß bei einer barocken Bestattung. Darüber hinaus sind hier Devotionalien des 17. bis 19. Jh. aus Gräbern zu sehen.

Ein nunmehr restauriertes frühbarockes Taufbecken aus der Kirche sowie bei den Grabungen gefundene Bauteile der romanischen und gotischen Perioden und verschiedene Grabsteine ergänzen die Aussagen des Baualtersplanes neben dem Aufgang zu **Raum 2.**

Wir gehen nun die Stiege hinauf und an den Fundamenten der vier Pfeiler des „Lettners“, der im spätgotischen Umbau eingefügt wurde, vorbei. Der Lettner bildete die Trennung des Raumes für die Laien vom Chor, in dem die heilige Handlung vollzogen wurde. Der Lettner entspricht der Ikonostase der Ostkirche.

In einem Lettnerfundament fällt ein Basisstein des frühgotischen Triumphbogens mit Steinmetzzeichen auf. Zwischen den zwei südlichen Pfeilerfundamenten sehen wir den Rest eines gotischen Ziegelpflasters. Außerdem sind in diesem Bereich die Fundamente des romanischen Chorquadrates und der spätromanischen Erweiterung erhalten geblieben.

Wir gehen jetzt nach Westen weiter. Das Pflaster unter unseren Füßen bezeichnet den Verlauf der Mauer der romanischen Kirche. An der Seitenwand sehen wir einen der vier spätgotischen Strebepfeiler und

Westlich davor liegen die beiden Gräberreihen; die Schmuckbeigaben der Gruppe vor uns (Mann, Frau und Kind) ermöglichten die Datierung dieser ersten Martinskirche. In einem weiteren Grab ist ein fränkischer Siedler von ungewöhnlicher Körpergröße bestattet. Daß die Skelette in Holzkisten liegen ist nicht nur museal bedingt, sondern Bodenverfärbungen zeigten, daß die Toten in Särgen bestattet wurden. Die Gräber östlich der Holzwand sind dagegen aus viel späterer (spätgotischer) Zeit. Sie wurden im Inneren des zugehörigen Kirchenbaues für prominente Bürger der Stadt angelegt und mit Platten aus Rotschöll abgedeckt.

rechts und links davon das für den barokken Wiederaufbau notwendig gewordene Futtermauerwerk.

Wenn wir hier durch die Öffnung des Wandgevierts blicken, haben wir in Form von vier bescheidenen runden Gruben jene sensationelle Entdeckung vor uns, die zur Errichtung dieser Gedenkstätte Anlaß gab. Es sind dies die Reste der Rückwand der fränkischen Holzkirche.

Im Weitergehen können wir durch die Wandöffnung wieder trocken verlegte Fundamente der spätromanischen Erweiterung und dazwischen die beiden östlichen Pfeiler der gotischen Empore sehen.

An der Außenseite der neu eingezogenen Wand befinden sich Kopien zweier Plastiken deren Originale 1924 im Haus Martinstraße 22 gefunden wurden und bis in jüngste Zeit in wissenschaftlichen Veröf-

Die fränkischen Bestattungen

fentlichungen als awarische Grabstelen beschrieben wurden. Es sind Darstellungen eines Mannes und einer Frau, von denen wir heute annehmen dürfen, daß es sich um romanische Bauplastiken handelt. Im Zurückgehen sehen wir wieder einen der Strebepfeiler mit der Verbreiterung aus der Zeit des Wiederaufbaues nach der Zerstörung durch die Türken im Jahre 1683. Hier konnte auch ein Rest des hochqualitativen gotischen Estrichs erhalten werden.

Quelle: Pfarre St. Martin

Spätgotische Mauerreste

Korneuburg

Stadtmuseum

Dr.-Max-Burckhard-Ring 11
2100 Korneuburg

Tel. 02262-72576, 72553

Anreise
A22 Ausfahrt Korneuburg, B3

Regionalbahn 30 und S 3 von Wien - Floridsdorf

Linienbusse

Öffnungszeiten
Ganzjährig geöffnet SA 14.00 - 17.00 Uhr
SO/Feiertag 9.00 - 12.00 Uhr
sowie nach Vereinbarung

Eintritt
Frei

Führungen
Zu den Öffnungszeiten und nach Voranmeldung

Fotografieren
Erlaubt

Sonderausstellungen
Etwa vier verschiedene Ausstellungen jährlich zu den Öffnungszeiten des Museums

Schwerpunkte
Stadtgeschichte
Heimatkunde
Urgeschichte
mittelalterliche Keramik

Sehenswürdigkeiten
Rathaus
Korneuburger Stadtarchiv
Kulturzentrum

Publikationen/Kataloge
Museumsführer vorhanden

Rathaus

Schon 1136 wurde Korneuburg in der Gründungsurkunde des Benediktinerklosters Klein-Mariazell erstmals urkundlich als Stadt erwähnt.

Das Rathaus wurde in den Jahren 1894-1896 unter Bürgermeister Franz Schaumann nach Plänen des Wiener Architekten Max Kropf in neugotischem Stil erbaut.

Bei der Errichtung des Rathauses wurde großer Wert auf solide Bautechnik gelegt. Sämtliche Steinaufbauten wurden in St. Margarethener und Stettener Sandstein hergestellt. Das Dach wurde mit farbig glasierten Biberschwanzziegeln gedeckt. Früher stand an dieser Stelle die wahrscheinlich älteste Kirche Korneuburgs, die Nikolai-Kirche (1114 erbaut). 1440 mußte der kleine Kirchturm der Nikolai-Kirche dem heute dem Rathaus integrierten Stadtturm weichen, denn die in der Ebene liegende Stadt brauchte einen Wachturm. Der Stadtturm wurde 1990 mit Unterstützung der Sparkasse Korneuburg renoviert. Dabei wurden auch die verblichenen Wappen - der Bindenschild der Babenberger, der K.K. Doppeladler, das Niederösterreichische Wappen und das Korneuburger Stadtwappen - wiederhergestellt. Neben der Rekonstruktion der Sonnenuhr unterhalb des Korneuburg-Wappens, wurden auch die vier Turmuhren originalgetreu restauriert.

Die prächtigen Standbilder an der Vorderfront des Rathauses über dem Balkon, Kaiser Franz Joseph (links) und Kaiser Albrecht I. (rechts), sind Werke des Wiener Bildhauers Emanuel Pendl und wurden 1895 in Anwesenheit des Kaisers feierlich enthüllt. Die Wappen an der südlichen und östlichen Fassade stellen die österreichischen Kronländer dar, an der westlichen Fassade bedeutende Städte Niederösterreichs. An den Giebeln sind die Wappen der Babenberger, Hohenstaufen, Przemisliden und des Ungarnkönigs Matthias Corvinus angebracht. Über dem seitlich angeordneten Haupteingang erinnert der Herzogshut mit Wappen von Korneuburg und Klosterneuburg an die einstmalige Zusammengehörigkeit der beiden Städte.

Kulturzentrum

Foyer des Rathauses

Das Foyer mit seiner herrlichen Wappendecke ist ein Schmuckstück ganz besonderer Art. Die Wappendecke besteht aus elf Wappen verdienter Bürger der Stadt. Ursprünglich in ebenso schönem Zustand wie jetzt, wurde das Stiegenhaus nach Abzug der russischen Besatzung, die im Rathaus ihre Kommandantur errichtet hatte, mit weißem Pfeifenton überspritzt. Anläßlich der Feier „850 Jahre Stadt Korneuburg", 1986, wurden die Decke und die Wände des Foyers von einem künstlerisch sehr ambitioniertem Team des Bauhofes - in Zusammenarbeit mit dem Bundesdenkmalamt - dem Original entsprechend wiederhergestellt: In monatelanger Kleinarbeit wurden nach und nach die Wappen, die Decke, und die Stiegenhauswände in unzähligen aufeinanderfolgenden Arbeitsgängen, in reiner Handarbeit, restauriert.

Sitzungssäle des Rathauses

Der große und kleine Sitzungssaal sind ihrem Zweck entsprechend ernst und dunkel gehalten. Hier finden neben den Gemeinderatssitzungen auch viele Veranstaltungen und Ausstellungen statt. Über dem Durchgang zum kleinen Saal ein überlebensgroßes Bild von Kaiser Franz Joseph. Das Wandbild über dem Eingang zum Großen Sitzungssaal stellt die Verleihung des Stadtrechtes durch Kaiser Albrecht I., 1298, dar. Damit wird die Trennung der einst zusammengehörigen Städte Korneuburg und Klosterneuburg dokumentiert. Entlang der Wände finden sich Portraits verschiedener Ehrenbürger und Bürgermeister der Stadt, von denen bedauerlicherweise einige während der Besatzungszeit unwiederbringlich zerstört worden sind. Kunstwerke besonderer Art sind der bronzierte, kunstvoll ausgeführte Luster in der Mitte des großen Saales und dekorativ geschmiedete Ofenmäntel.

Korneuburger Stadtarchiv

Dieses Archiv ist durch seinen umfangreichen Handschriftenbestand für die Geschichte dieser Stadt von große Bedeutung, aber auch für die Geschichte des Landes Niederösterreich wichtig. Der Gesamtbestand der Archivalien umfaßt 474 Urkunden, 64 Zunfturkunden, 14 Zunftaktenfaszikeln, 19 Zunfthandschriften, 34 Kartons Akten und 1760 Handschriften verschiedensten Inhaltes. Die ältesten und wertvollsten Urkunden gehen bis 1300 zurück (die letzte stammt aus dem Jahre 1838). Die Archivalien beschreiben somit einen Zeitraum von knapp 540 Jahren. Fast 100 Jahre, von 1890 bis 1986 war das Archiv im mittelalterlichen Stadtturm untergebracht. Anläßlich der 850 Jahr Feiern der Stadt Korneuburg konnte ein Teil der Handschriften in einen Repräsentationsraum im Rathaus übersiedeln. 1994 wurde auch der Rest aus dem klimatisch denkbar ungünstigen Stadtturm ins Rathaus verlagert.

Kulturzentrum Korneuburg

Das Korneuburger Kulturzentrum wurde 1908 als „Tröpferlbad" (Dampf- und Wannenbad) errichtet, in den sechziger Jahren zum Museum umgewidmet und 1989 aufgrund seiner großen Bedeutung für die Altstadt zum Kulturzentrum ausgebaut.

Es beherbergt den Museumsverein und mehrere mit großem Wissen und viel Liebe zum Detail aufgebaute Ausstellungen über

die Geschichte der Stadt Korneuburg und ihre Umgebung. Darüber hinaus stehen im Kulturzentrum auch Räumlichkeiten für Vernissagen, Lesungen und Konzerte zur Verfügung, die auch gerne für private Veranstaltungen angemietet werden. Im Kulturzentrum ist auch das Städtische Museum untergebracht.

Städtisches Museum

Von der Urgeschichte bis zur Gegenwart der Stadt und ihrer Umgebung erhält der Besucher beim Rundgang durch das Museum einen Überblick. In den ersten beiden Räumen sind zahlreiche von Hermann und Lotte Schwammenhöter im Zuge ihrer „archäologischen Landesaufnahme von Niederösterreich" als Leihgaben dem Museum zur Verfügung gestellte Exponate zu sehen. Raum 3 präsentiert neben mittelalterlicher Keramik und den Töpferzeichen der Korneuburger Hafner, verschiedene Bilder, Hieb-, Stich- und Schußwaffen, sakrale Dokumente, Bücher, Originalkarten und Kriegsmaterial, die die Belagerungen, denen Korneuburg ausgesetzt war, dokumentieren. Raum 4 präsentiert Getreidemetzen und Maße, Wachsmodeln und Lebzelterutensilien sowie verschiedenste Objekte aus dem Leben der Stadt und ihrer Bewohner. Alte Gastwirteschilder und Uhren, Zunfttruhen und Geschirr sowie eine kleine Schusterwerkstatt runden das Bild vergangener Zeiten ab. Eine Wandtafel veranschaulicht die historische Entwicklung der Stadt. In verschiedenen Vitrinen werden wichtige und berühmte Persönlichkeiten der Stadt gezeigt. Raum 5 präsentiert die Lage Korneuburgs an der Donau und zeigt mit Bildern und Modellen das seit 1993 leider der Vergangenheit angehörende, Leben und Schaffen der hier ansässigen Schiffswerft. Auch ein Fischereiverein und die Marinekameradschaft Korneuburg sowie andere Vereine zeigen ihre Exponate.

Traditionsraum des Bundesheeres

In den Kellerräumen gestalteten das Bundesheer und der österreichische Kameradschaftsbund einen Raum, in dem die große Tradition Korneuburgs als befestigte Stadt

Foyer des Rathauses

und Heimat so klingender Namen wie K.K. Deutschmeister und der Genietruppe der Monarchie, des Eisenbahn- und Telegraphen-Regimentes, bis hin zur jetzigen Garnison, dem Landwehrstammregiment 32, dokumentiert wird.

Paläontologische Abteilung

Auch die paläontologische Abteilung des Museums fand hier ihre Heimstätte.

Unter den Exponaten ein einmaliges, vom Verein der „Freunde der Mineralien und Fossilien“ im „Projekt Teiritzberg“ geborgenes Unikat: eine ein Quadratmeter große, komplett erhaltene Muschelbank mit Riesenaustern und verschiedenen Muschelarten.

Quelle: Stadtgemeinde Korneuburg

Krems - Egelsee

Motorradmuseum

H. Kirchmayer
Ziegelofengasse 1
3500 Krems - Egelsee

Tel. 02732 - 41 30 13

Anreise

A1 - S 33
B 3, B 33, B 35, B 37 und B 218
Abzweigung Egelsee - dann Beschilderung folgen - Parkmöglichkeit Gasthof Lechner (30 m zum Museum)

Bahnhof Krems/D.
Vom Bahnhof mit Citybus bis Krems-Egelsee, dann ca. 200 m zum Museum

Bundesbusse

Öffnungszeiten

Ganzjährig täglich von 9.00 - 17.00 Uhr

Eintritt

Erwachsene 40,- Kinder 20,-
Gruppen ab 10 Personen 30,-/Person
Schulklassen 15,-/Person
Kinder bis 6 Jahre frei

Führungen

Auf Wunsch bei Voranmeldung

Fotografieren

Für private Zwecke erlaubt

Sonderausstellungen

Fallweise

Fachgebiete

Geschichte des motorisierten Zweirades

Schwerpunkte

Sammlung altösterreichischer Motorräder

Sehenswürdigkeiten

Einer der sechs Motoren des Grafen De Dion aus dem Jahr 1895

Eigene Sammlung alter Radioapparate aus der Zeit von 1924 - 1960

Allgemeines

Im Museum sind keine Stufen, daher für Gehbehinderte und Rollstuhlfahrer gut geeignet

Egelsee ist ein Stadtteil der Wachaumetropole Krems/Donau und liegt in 400 m Seehöhe umgeben von Wäldern und Weingärten.

Die „Donauwarte" bietet einen herrlichen Rundblick - Schlüssel im Motorradmuseum.

Motorradoldtimer Bock & Hollender

Das Motorrad-Museum ist eine private Sammlung von historischen Motorrädern und Motoren. Insgesamt umfaßt diese Sammlung rund 130 Motorräder ab dem Baujahr 1907, sowie zahlreiche Fahrräder mit und ohne Hilfsmotor. Eine eigene Sammlung von nahezu 200 Motoren ab dem Baujahr 1895 zeigt die Entwicklung des Motorenbaues innerhalb eines Jahrhunderts. Viele historische Fotografien, Prospekte, Plakate und andere Dinge rund ums Motorrad, runden diese Dokumentation „Ein Jahrhundert Motorradgeschichte" ab.

Einen besonderen Höhepunkt bildet die umfangreiche Sammlung von österreichischen Erzeugnissen. Österreich zählt ja bekanntlich zu den Pionierländern des Motorradbaues. Die Erzeugnisse der Firmen Puch, Ktm, Lohner, Hmw sind heute noch vielen ein Begriff - aber wer kennt heute noch die Marken Bock & Hollender, York, Smart, Austro-Omega, Mt, L.a.g, Delta Gnom, Titan etc. Die wahrscheinlich letzten Exemplare dieser genannten Motorradmarken zeugen vom einstigen Pioniergeist der österreichischen Motorradbauer und sind liebevoll restauriert, weitere Glanzstücke des Museums.

Das Motorrad-Museum in Krems-Egelsee bietet für jeden etwas: für den Kenner, seltene Einzelstücke und Raritäten, der ältere Besucher entdeckt vielleicht „seine" einst mühevoll erworbene Maschine, so manche Besucherin wird sich an schöne Ausflüge als Sozia oder im Beiwagen erinnern - und nicht zuletzt, ist für die Jugend die gezeigte geschichtliche Entwicklung des Motorrades interessant und lehrreich. Kultur ist nicht nur künstlerisches Schaffen, sondern wird auch von den hervorragenden Leistungen der Erfinder und Techniker, welche auf ihre Art Großes schufen, geprägt. Der Betreiber des Museums ist bestrebt, diese technischen Kulturgüter der Nachwelt zu erhalten und dem Besucher ein interessantes Kapitel Zeitgeschichte näherzubringen.

Quelle: Herbert Kirchmayer

Krems

Anreise
A1/S33, B3, B33, B37

Bahnhof Krems/Donau
vom Bahnhof mit dem Citybus bis Stein

Linienbusse

Öffnungszeiten
Ganzjährig DI - SO 10.00 - 18.00 Uhr

Eintritt
Differiert je nach Ausstellung
Ermäßigung für Schüler, Studenten, Senioren, Präsenzdiener, Familien und Gruppen

Führungen
Pro Person öS 20,-
Telefonische Anmeldung erwünscht

Fotografieren
Genehmigung der Kunsthallenleitung erforderlich

Schwerpunkte
Internationale zeitgenössische Kunst
Österreichische zeitgenössische Kunst
Alte Kunst in Studioausstellungen
Kunst aus den Donauländern
Großausstellungen alter und moderner Kunst
Thematische Ausstellungen
Österreichische und internationale Fotokunst
Weltkunst/Ethnokunst
Neue Medien/Film/Video/Computerkunst
Zeitgenössische Musik
Grenzbereiche Musik/Performances/Literatur/Theater und deren Vernetzung

Publikationen/Kataloge
Ausstellungskataloge und Katalogbücher

Allgemeines
Mit ca. 3.000 m² Ausstellungsfläche ist die KUNST.HALLE.KREMS die größte Kunsthalle Österreichs. Zu den Serviceleistungen zählen hauseigene Gastronomie, Museumsshop und Touristikangebote.

KUNST. HALLE. KREMS

Kunsthalle Krems
Betriebsges.m.b.H.

Steiner Landstraße 8
3504 Krems-Stein

Tel. 02732 - 82 669
Fax 02732 - 82 669-16

KUNST • HALLE • KREMS

Ausstellung Hermann Nitsch
Minoritenkirche Stein, 1994
Foto: Leo Kandl

KUNST • HALLE • KREMS

Ausstellung
Alfons Mucha
„Das slawische Epos"
Minoritenkirche Stein, 1994
Foto: Chris Pfaff

KUNST • HALLE • KREMS

Die **KUNST.HALLE.KREMS** Betriebsges.m.b.H. besteht seit 1992. Vorerst bespielte sie nur die 1224 gegründete Minoritenkirche. Die 1797 säkularisierte Kirche mit ihren kunsthistorisch wertvollen Fresken wird seit 1951 für Ausstellungszwecke genützt und fungiert mit ihrer monumentalen Kraft als spannungsvoller Rahmen für alle Kunst- und Musikprojekte.

Das neue Hauptgebäude der Kunsthalle, 150 Meter von der Minoritenkirche entfernt, ist ein denkmalgeschützter Industriebau aus der Mitte des 19. Jahrhunderts, der von einem der bedeutendsten österreichischen Architekten, Adolf Krischanitz, revitalisiert und durch einen Neubau erweitert wurde.

Mit einer Gesamtausstellungsfläche von 3000 qm, ihren Serviceleistungen wie Restauration, Vortragssaal und Shop, ist die **KUNST.HALLE.KREMS** ein spannendes Forum für internationale Projekte geworden.

Neben Großausstellungen alter und moderner Kunst, Ausstellungen österreichischer und internationaler zeitgenössischer Kunst und Ethnokunst zählen auch Konzerte und Performances sowie die Kunst im öffentlichen Raum zum Programm der **KUNST.HALLE.KREMS.**

Quelle: Kunsthalle Krems

Kunsthalle Krems, Außenansicht

Foto: Margherita Spiluttini

Kreuzenstein

Anreise
A22 Ausfahrt Korneuburg oder Stockerau Ost
B3

S3 Haltestelle Leobendorf - Burg Kreuzenstein
etwa 30 Minuten Fußweg zur Burg

Öffnungszeiten
1. März bis Mitte November
DI - SO/Feiertag von 9.00 - 16.00 Uhr
gegen Voranmeldung auch MO möglich

Führungen
Dauer ca. 1 Stunde

Fotografieren
Nicht erlaubt

Sehenswürdigkeiten
Große mittelalterliche Sammlungen

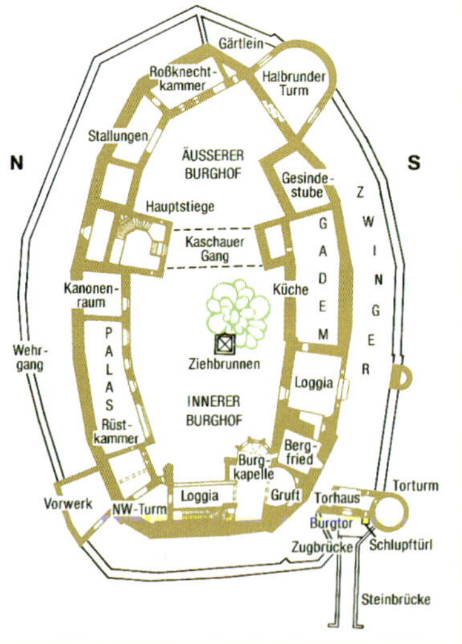

Grundriß

In beherrschender Höhenlage zwischen Stockerau und Korneuburg liegt die 1115 erstmals als „Grizanstein“, im Besitz von Graf Dietrich von Formbach, urkundlich erwähnte Burg. Ab 1146 ging sie an Graf Engelberg von Wasserburg und war ab 1246 landesfürstlich. 1645 wurde die Burg durch schwedische Truppen unter Feldmarschall Torstensen gesprengt. 1702 gehen Ruine und Herrschaft an Freiherrn Heinrich Wilhelm Wilczek. Von 1874 bis 1906 Wiederaufbau der Burg durch Graf Johann Nepomuk Wilczek nach Plänen von Carl Gangolf Kayser und Humbert Wilhelm Ritter von Moltheim. 1915 teilweise abgebrannt und wiedererrichtet. 1945 schwere Kriegsschäden und seitdem Wiederherstellung. Der jugendliche Graf Johann Nepomuk Wilczek fand in der Ruine die Fundamente der Burgkapelle, und wollte später eine Familiengruft errichten. Aus diesem Plan entwikkelte sich der gesamte Neubau der Burg Kreuzenstein als romanisch-gotische Idealburg, unter Verwendung alter Bauteile. Auf den Grundrissen der mittelalterlichen Burg ringförmig um einen Hof angelegt, mit hohen Türmen, Wohngebäuden, Burggraben und Wehrmauer. Über eine Steinbrücke sowie eine Zugbrücke gelangt man zum Burgtor mit Pechnase, Fallgitter und Schlupftür. Beherrscht wird der Torbereich von einem runden Torturm. Der gedeckte Wehrgang im oberen Bereich des Turmes wird von massiven Steinbogen getragen. Die Schießscharten können durch drehbare Holzläden verschlossen werden, Bodenluken erlaubten eine senkrechte Abwehr. An der Ostseite setzt sich der Zwinger fort der im östlichen Ende von einem halbrunden Torturm begrenzt wird. In seinem Inneren befinden sich Laufgänge und Schießscharten, die sich über vier Geschosse erstrecken. Der vorgelagerte Graben wurde freigelegt, und somit zeigt sich, daß die ursprünglichen Maße mit denen der heutigen Burg übereinstimmen. Der ovale Innenhof wird durch den sogenannten Kaschauergang in einen östlichen Äußeren und westlichen Inneren Hof geteilt. Im Äußeren Burghof befindet sich ein hölzerner Wehrgang und

Burg Kreuzenstein

Burgvogtei
2100 Leobendorf

Tel. 02262 - 66 1 02
Fax 02264 - 291

vorgezogenem Dach sowie eine Gesindestube.

Im Inneren Burghof südseitig spätgotische Kielbogenfenster und 2-teiliges Spitzbogenportal. Nordseitig ein vorgezogener überdachter Fachwerkbau auf Blendpfeilerarkaden und ein spätgotisches, reich verstäbtes Spitzbogenportal. An der westlichen Seite öffnet sich eine Loggia über 2-achsigen Arkaden. Die Kapelle in der SW-Ecke mit Polygonalchor und Maßwerkfenstern, Langhaus mit Satteldach. Zentral der Brunnen mit reich verzierten Steinpfeilern unter Pyramidendach. Der sogenannte Kaschauergang, ein brückenartig über den Innenhof gestellter Baukörper, westseitig fünf Traveen aus dem 15.Jh von der Westempore der 1895 abgetragenen Elisabethkirche in Kaschau. Nordseitig liegt die Rüstkammer, welche Waffen und Rüstungen verschiedenster Epochen beherbergt.

Im Nordtrakt, anschließend an den Kaschauergang, befindet sich die Haupttreppe, ausgeführt als eingestellter Säulenkreis im Unter- und als eingestellte Wendeltreppe im Obergeschoß. Von hier führt der Weg zum Rittersaal mit hervorragendem Schlingrippengewölbe. Sehenswert ist auch die Burgküche mit unzähligen antiquarischen Küchengeräten. In allen Räumlichkeiten der Burg sind Exponate aus der umfangreichen Sammlung des Grafen Johann Nepomuk Wilczek.

Waffen, Werkzeuge und Geräte, Möbel, Bilder und Reliefs können in der ganzen Burg bewundert werden.

Quelle: Dehio Niederösterreich

Burg Kreuzenstein
Fotos: Kunstverlag Hofstetter, Ried

Loich

Anreise
A1 Ausfahrt St. Pölten Süd/B39
Abzweigung Dobersnigg-Loich 2 km
Scheibbs B28 Abzweigung nach St. Anton Jeßnitz/B39
Mariazell B28 Abzweigung nach St. Anton Jeßnitz/B39

St. Pölten/Mariazellerbahn Bahnhof Loich

Öffnungszeiten
Auf Anfrage

Eintritt
Auf Anfrage, Ermäßigung für Gruppen

Führungen
Auf Anfrage

Fachgebiete
Bäuerliche Werkzeuge
Kohleabbau bis zur Jahrhundertwende

Fotografieren
Erlaubt

Schwerpunkte
Mühle

Sehenswürdigkeiten
Dörrhaus, Presshaus, Getreidemühle, Pfarrkirche

Allgemeines
Adventmarkt um den 8. Dezember
Sommer Heimatabende
Mostheurige
vielseitige Wandermöglichkeiten
mehrere Gasthöfe, Privatzimmer und Urlaub am Bauernhof mit ungefähr 120 Gästebetten

Heimatmuseum

3211 Loich
Tel. 02722 - 82 25, 83 18
Fax 02722 - 82 25-4

Heimatmuseum Loich

Im Jahre 1952 begann Prof. Ing. Maresch, Urlauber und Liebhaber der Loich, mit seiner volkskundlichen Privatsammlung, deren ca. 4500 Objekte den Grundstock für das Heimatmuseum Loich bilden. Durch seine guten Kontakte zum österreichischen Museum für Volkskunde entwickelte sich im Laufe der Jahre eine systematisch aufgebaute volkskundliche Spezialsammlung, deren Schwerpunkt das bäuerliche Handwerk bildet. Der Kern der Sammlung besteht aus Geräten und Werkzeugen, also Objekten des täglichen, einfachen Lebens.

Nach dem plötzlichen Tod von Prof. Maresch im Jahre 1979 gründeten einige interessierte Privatpersonen, darunter auch Mitglieder des Gemeinderates, den Kultur und Heimatverein Loich mit dem Ziel, diese Sammlung zu erhalten und weiter auszubauen.

Die erste Aufgabe des Vereines war, die Instandsetzung und Revitalisierung der „Pichl Mühle", welche dem Verfall preisgegeben war. Sie wurde mit neuen Wasser Zu- und -Abläufen sowie einem unterschlächtigen Schaufelrad ausgestattet und ist seither wieder voll funktionstüchtig. In der an die Mühle angebauten Müllerkammer findet man alles Gerät für den Getreideanbau (Feldbestellung u. Aussaat), der Ernte (Getreideschnitt- und dreschen) und der Verarbeitung (Vermahlung), sowie der Brotzubereitung.

Ein weiteres Objekt des „Loicher Heimatmuseums" ist ein strohgedecktes Dörrhaus am rechten Ufer zwischen Loichbach und Straße. Es beherbergt einen von außen beheizbaren Ofen mit unglasierten Topfkacheln über dem auf Trockenfächern (sogenannten „Hüten") Obst für den Winter gedörrt und haltbar gemacht wird. Im zweiten Raum ist allerlei Gerät zur Woll-, Hanf- und Flachsverarbeitung zu besichtigen.

Das Presshaus, einige Schritte weiter am Wiesenrand, dokumentiert den Obstbau in diesem Gebiet und zeigt sämtliches Gerät zur Most- und Schnapsherstellung. Eine Wacholdermühle, eine Obstpresse, eine Birnenmühle, eine Dirndlputzrinne, ein

Destilliergerät, Fässer, Mosthageln und sämtliche zusätzliche Gerätschaften für diese Arbeiten sind hier zu sehen. An der Außenwand ist ein Bienenstock angebracht.

In der „Heimatstube", einer aufgelassenen Dorfschmiede, findet man alles Gerät für den bäuerlichen Haushalt im Bereich Küche, Hauswirtschaft, Tierhaltung, Tiermedizin und Milchverarbeitung. Unzählige Dinge des täglichen Bedarfs sind hier auf engstem Raum untergebracht. Eine Sammlung von Geräten und Dokumenten über den Bergbau weist auf einen ehemaligen Kohleabbau in Loich hin, und ist in Vitrinen im alten Gemeindehaus zu besichtigen.

Quelle: Kultur- und Heimatverein Loich

Dörrhaus

Heimatstube

Loosdorf

Anreise

Von Wien Brünnerstraße bis Mistelbach dann Richtung Laa/Thaya

Busse von Wien Mitte nach Laa/Thaya

Linienbusse

Öffnungszeiten

Mai - Oktober nach Voranmeldung

Eintritt

Erwachsene 70,-; Kinder 40,-
Gruppenermäßigung

Führungen

Zur Zeit nur mit Führung besuchbar

Fotografieren

Erlaubt

Schwerpunkte

Zinnfiguren
Empire-Möbel

Sehenswürdigkeiten

Schloß, Scherben-Zimmer

Allgemeines

Ruhige, romantische Lage
mit guten Spaziermöglichkeiten

ES WERDEN RÄUME FÜR VERANSTALTUNGEN VERMIETET

Schloß Loosdorf

2133 Loosdorf

Tel. 02524 - 822217
Fax 02524 - 821119

Schloß Loosdorf ist kein Schloß wie viele andere - es ist eine Anlage von bezaubernder Schönheit und Abgeschiedenheit, die eine ganze Anzahl von Gebäuden umfaßt. Außer durch das eigentliche Schloßgebäude mit dem umliegenden Park wird das Erscheinungsbild auch von der Schloßkirche dominiert, die der Gemeinde als Pfarrkirche dient, und die weit größer ist als die meisten Schloßkapellen. Rund um den Schloßhügel mit der Kirche befinden sich mehrere stattliche Häuser, ein Verwaltungsgebäude aus dem 18. Jahrhundert, das allein schon wie ein richtiges Schloß wirkt, ein Schüttkasten aus dem 17. Jahrhundert sowie die Wirtschaftsgebäude und Stallungen. Nicht zu vergessen: die „Hanslburg", ein wenig entfernt davon gelegen, aber dennoch dazugehörend.

Die erste urkundliche Erwähnung finden wir 1320, als „Konrad der Gneuzze von Lobstorf" das landesfürstliche Lehen erhielt, jedoch ist die älteste Burganlage wohl schon in das 10. Jahrhundert zu datieren. Auf dem ältesten erhaltenen Stich von Vischer aus dem 17. Jahrhundert erkennen wir neben dem Schloß noch die Reste dieser viel älteren Befestigungsanlage. Die gesamte Geschichte der Burganlage ist durch regelmäßigen und häufigen Besitzerwechsel gekennzeichnet; herausheben wollen wir als erste die Familie Gall: das wunderbare Renaissancedenkmal des Hofkriegsrates Adam Gall (gest. 1574), der für die Kaiser Ferdinand I. und Maximilian II. wichtige Siege erfocht, ziert heute den Innenhof des Schlosses. Dieses imposante Marmorrelief wird durch die Figur Adam Galls in voller Rüstung mit Feldherrnstab dominiert, im oberen Feld wird die Eroberung der ober-ungarischen Stadt Gran (Esztergom) durch Adam Gall dargestellt. Seit 1545 war Gran von den Türken besetzt (und blieb es letztlich bis 1683), weshalb auch der Erzbischof von da an bis 1820 in Preßburg residierte. Aus Dank für diesen Sieg gegen die Türken erhielt Adam Gall jedenfalls Loosdorf zum Lehen.

1645 wurde das damals noch mehrstökkige Schloß durch die Schweden so schwer zerstört, daß sich der Wiederaufbau 1680 auf

Schloß Loosdorf

die Wiederherstellung des ersten Stockwerks beschränkte. Für die heutige bauliche Gestalt des Schlosses ist die Familie Liechtenstein verantwortlich, die seit 1740 Eigentümer von Loosdorf war, das ja ganz nahe den eigentlichen Stammesbesitzungen der Liechtensteins in Mähren liegt, die große befestigte Stadt Nikolsburg („Liechtenstein vin Nikolsburg"), und die Schlösser Eisgrub und Felsberg, wenige Kilometer nördlich von Loosdorf, direkt an der tschechischen Grenze gelegen.

Feldmarschall Johann Joseph Fürst von Liechtenstein (1760 - 1836), einer der führenden und erfolgreichsten österreichischen Generäle in den Napoleonischen Kriegen, ließ das Schloß klassizistisch „modernisieren" und in die heutige Gestalt bringen. Die Gartenfassade mit dem großen pyramidenartigen Stiegenaufgang und den Säulen sowie die Inneneinrichtung einiger Räume im 1. Stock sind aus dieser Zeit erhalten. Auch die Parkanlage stammt von ihm. Sie besteht aus einem englischen Park und einem französischen Garten vor der Westfassade. In der Nähe vom Schloß liegt die sogenannte „Hanslburg", die im Jahre 1800 zum Namenstag des Fürsten Johann Liechtenstein im Stile einer romanischen Burgruine errichtet worden war - daher der Name „Hansl" („von Johann") . Auch die Schloßkirche in ihrer heutigen Gestalt wurde von den Liechtensteins errichtet: 1478 geweiht, wurde sie nach der Zerstörung durch die Schweden erst in den Jahren 1748 - 1751 wiederhergestellt. Die prächtige spätbarocke Innengestaltung stammt großteils aus dieser Zeit, einige Bilder aus dem 19. Jahrhundert, Inschriften aus den Jahren 1603 und 1606 erinnern heute noch an die Familie Gall.

Den letzten Besitzerwechsel gab es 1834, als Marquis Friedrich August Piatti den Besitz für seine Familie, die ursprünglich aus Oberitalien stammte, erwarb. Der Weg der Piattis führte in der Napoleonischen Zeit vorerst an den sächsischen Hof und von dort durch den Wiener Kongreß nach Wien. 1945 wurde Loosdorf kriegsbedingt durch die Russen abermals verwüstet und schwer beschädigt - außer viel wertvollem Mobiliar und anderen Gegenständen der Inneneinrichtung wurde auch die einst berühmte Porzellansammlung zertrümmert. Reste davon sind heute neben der Ausstellung der Zinnfigurensammlung zu besichtigen.

Quelle: Verena Piatti

Lunz am See

Heimatmuseum im Amonhaus

Gemeindeamt
3293 Lunz am See

Tel. 07486 - 83 10
Fax 07486 - 8310-20

Anreise

A1 Ausfahrt Ybbs/B25 über Scheibbs - Gaming

Mit der Bahn ab Amstetten nach Waidhofen/Ybbs, umsteigen auf die Ybbstalbahn nach Lunz am See

Linienbusse - SA, SO/Feiertag von Mai - September vom Autobusbahnhof Wien-Landstraße nach Lunz am See

Öffnungszeiten

1. Juni - 30. September
täglich außer MO 10.00 - 12.00 Uhr
außer dieser Zeit gegen tel. Voranmeldung

Eintritt

Ermäßigter Eintritt für Gruppen, Schüler, Studenten, Inhaber eines Ötscherland-Gästepasses und Erwachsene gegen Vorweisen einer ÖBB-Fahrkarte nach Lunz am See

Führungen

Ab 5 Personen

Fotografieren

Erlaubt, Ansichtskarten erhältlich

Schwerpunkte

Ausstellung des paläontologischen Institutes von Lunzer Höhlenbärenknochen
Exponate aus der Lunzer Gegend

Schon in der jüngeren Steinzeit war die Gegend um Lunz besiedelt. Zahlreiche Funde beweisen das, wie etwa ein Serpentin-Steinbeil, dessen Alter von Archäologen auf rund 4000 Jahre geschätzt wird. Später siedelten hier Illyrer, dann kamen Kelten im oberen Ybbstal, gefolgt von den Römern. Kelten und Römer bauten das gesuchte "norische Eisen" am steirischen Erzberg ab und transportierten es über den Paß von Meidling nach Lunz und weiter durch das Bodingbachtal zu den Schmiedewerkstätten von Cetium (St. Pölten) und Arelape (Pöchlarn).

Nach dem Zusammenbruch des Römischen Imperiums kamen während der Völkerwanderung im Gefolge der Awaren auch Slawen ins Ybbstal. Viele Menschen flüchteten damals aus dem von kriegerischen Stämmen durchzogenen Donautal ins Gebirge. Das zum Teil entvölkerte Land wurde zur Zeit der karolingischen Ostmark von Westen - vor allem von den Bayern - wiederbesiedelt. Als "Liunze in Montanis" - Lunz in den Bergen - wird der Ort erstmals 1203 urkundlich erwähnt. 1340 erwirbt Herzog Albrecht XI. das Gebiet um Lunz und schenkt es dem Kloster Gaming, 1392 erfolgte die erste Erwähnung der Frauenkirche „ze Lunz", wo "Maria im goldenen Sessel" verehrt wird, die sich zu einem bedeutenden Wallfahrtsort entwickelte.

Zur gleichen Zeit entstehen in Lunz auch die ersten Hammerwerke, Nachfolger der noch recht einfachen Schmieden. Ursprünglich stellten sie hauptsächlich Werkzeuge für den bäuerlichen Bedarf her, später deckten sie den steigenden Bedarf der aufstrebenden

Märkte und Städte des Landes.

Von der Wohlhabenheit an der sogenannten Eisenstraße zeugt noch heute das stattliche **Amonhaus,** das Meister Ofner 1551 im prächtigen Renaissancestil erbauen ließ und das heute das **Heimatmuseum** von Lunz mit seinen bemerkenswerten Exponaten beherbergt.

Amonhaus

Amonhaus

Stattlicher Renaissancebau, schönstes Sgraffitohaus der Eisenwurzen. 1551 vom Hammerherrn Martin Ofner erbaut. 1784 - 1876 im Besitz Amons, 1960 - 1964 renoviert.

Mächtiger Giebelbau; über dem Steinportal schönes Zwillingsbogenfenster, schmiedeeiserne Fenstergitter, reicher Sgraffitodekor, der in seiner Form unverwechselbar auf einen italienischen Meister hinweist. Breite Bordüre zwischen dem Erdgeschoß und dem ersten Stock zeigt ein höchst merkwürdiges Delphinmuster. Im Arkadenhof umlaufende Kreuzgratgewölbe mit Steinsäulen. Derzeit Gemeindeamt und Heimatmuseum.

Heimatmuseum

Sehr reichhaltige volkskundliche Sammlungen aus der Hammerherrenzeit, bäuerliches Gerät, größte Sehenswürdigkeit ist die Rauchkuchl mit dem 400jährigen Ruß an der Decke, naturkundliche Sammlungen; Sonderausstellung der Funde aus der Herdengelhöhle.

Türkeneinfälle und Pest, die Wirren von Reformation und Gegenreformation, die Kriege gegen die Franzosen und Churbaiern und die napoleanischen Invasionen erschüttern immer wieder die Gemeinde. Erst im 19. Jahrhundert folgten friedlichere Jahre. 1832 ließ Andreas Töpper ein Eisenwalzwerk errichten, das die Wasserkraft der Ybbs ausnützte, und eine aus Scheibbser Tuffstein erbaute Brücke - die **Töpperbrücke** -, die mit Figuren aus Mariazeller Eisenguß geschmückt wurde (Kruzifix, Madonna und Heiligenfiguren: Helena, Andreas, Nepomuk, Florian).

Besondere Erwähnung bedürfen auch:

das bereits 1490 als Meierhof der Kartause Gaming erwähnte **Schloß Seehof.** Es ist seit 1899 im Besitz der Familie Kupelwieser, die es in neubarocken Stil umgebaut haben;

die **Biologische Station,** eine 1906 von Kupelwieser errichtete Forschungsstätte zur Erdforschung der Fauna und Flora des Wassers der Lunzer Seen; 1948 - 1964 Abteilung Bienenköniginnenzucht; ab 1968 eigenes Institut für Bienenkunde;

das **Haberfellnerhaus,** die Wohnstätte des berühmten Geologen, Entomologen und Forschers Josef Haberfellner (1830 - 1913);

die **Pfarrkirche,** die bereits um 1300 als Marienkirche entstanden und schon im 15. Jh. ein beliebtes Wallfahrtsziel gewesen ist.

Quelle: Marktgemeinde Lunz am See

Mailberg

Malteserschloß Mailberg

Der in eine sanfte Hügellandschaft gebettete ritterliche Markt Mailberg, umgeben von fruchtigen, gesegneten Weinbergen, stand über viele Jahrhunderte unter der Grundherrschaft des Souveränen Malteser-Ritter-Ordens.

Der Orden, am Ende des 11. Jahrhunderts in der Folge des 1. Kreuzzuges in Jerusalem begründet, war wegen seiner Frömmigkeit, Krankenbetreuung und hervorragenden militärischen Leistungen in wenigen Jahrzehnten zu einer bedeutenden Macht aufgestiegen. Ab dem 12. Jahrhundert entstanden in allen europäischen Ländern Komtureien und Ordenshäuser.

Die Ordensritter errichteten 1306 auf der Insel Rhodos einen souveränen Staat. Mit Tapferkeit und Ausdauer verteidigten sie das christliche Europa im äußersten, östlichen Mittelmeer gegen die Mohammedaner. Als sie am Beginn des 16. Jahrhunderts Rhodos aufgeben mußten, erhielten sie aufgrund ihrer großen Verdienste von Kaiser Karl V. die Insel Malta als Lehen. Gewaltige Festungsbauten erinnern noch heute an die glanzvolle Zeit des Ordens auf Malta und geben auch Zeugnis von der großen Belagerung durch die Türken im Jahr 1565, welche die Ritter mit übermenschlichem Mut abwehrten und so Europa vor der Invasion an der Südflanke des Kontinents bewahrten. Erst Napoleon Bonaparte konnte 1798 dem Orden Malta entreißen.

Viele Besitzungen des Ordens gingen in seiner wechselvollen, 900-jährigen Geschichte verloren. Nicht jedoch der alte Ordenssitz Mailberg, welcher um 1140 dem Orden geschenkt worden war. Die Schloßanlage, ein ursprünglich gotischer Bau wurde über die Jahrhunderte hinweg mehrmals umgestaltet und beträchtlich erweitert.

Das im seinem Kern mittelalterliche Schloß trägt deutliche Züge der Gotik, der Renaissance und des Hochbarock. Mailberg war der Sitz bedeutender Ordensritter, von

Anreise

Von Wien A22 bis Stockerau/B303
Umfahrung Hollabrunn/E59/B2 bis
Grund - Wullersdorf - Immendorf
(von Abzweigung Grund ca. 10 km)

Schnellbahn aus Richtung Wien und
Retz bis nach Hollabrunn und weiter
mit Postbus nach „Großharras über Mailberg"

Öffnungszeiten

Der Schloßhof ist frei zugänglich.
Besichtigungen sämtlicher Innenräume
sind nur nach vorangegangener telefonischer
Absprache mit der Schloßverwaltung möglich.

Eintritt

Ermäßigung für Gruppen, Studenten,
Militär - Behinderte frei

Fotografieren

Erlaubt

Allgemeines

Frühstückspension
Im Schloß stehen Zimmer zur Übernachtung oder auch für Ferienaufenthalte zur Verfügung, Preise zwischen ATS 490,- und 790,- pro Nacht inkl. Frühstück
Reservierungen:
Tel. 02943 - 2694 Frau Ecker

Saalvermietung
Ein Festsaal und andere Räumlichkeiten können tageweise gemietet werden, Preise nach Anfrage

Sonstige Angebote
Denkmalgeschützte Kellergasse
3 Sandtennisplätze
Rundwanderwege

Schloßverwaltung
2024 Mailberg 1

Tel. 0222 - 512 72 44
oder 02943 - 2251

Malteserschloß Mailberg

denen nur Leopold Graf v. Kollonitsch genannt sei, der spätere Bischof von Wiener Neustadt, der sich während der 2. Türkenbelagerung von Wien, 1683, größte Verdienste erworben hat und dessen Denkmal heute am Wiener Rathausplatz steht.

Während andere Ritterorden in den Fluten der abendländischen Geschichte versanken, überdauerte der Souveräne Malteser-Ritter-Orden den Wandel der Zeiten. Als moderne, leistungsorientierte, katholische Institution, leistet er mit seinen hospitalitären Ordenswerken und caritativen Unternehmungen weltweit einen bedeutenden Beitrag zur Verringerung menschlicher Not.

In Anerkennung dieser Leistungen wird der Orden von 65 Staaten als eigener, souveräner Staat anerkannt. Er ist Mitglied der UNESCO, sowie anderer internationaler Gremien und verfügt bei der UNO über einen ständigen Beobachterstatus.

Der Besitz der Malteser umfaßt in Mailberg in der Gegenwart 700 Hektar Grund, darunter das wegen seiner hervorragenden Malteser-Weine berühmte Weingut, das ehrwürdige, herrschaftliche Schloß mit einer Frühstückspension, die barocke Kirche und die gotische Friedhofskapelle.

Schloß Mailberg, südlich über dem Markt erhöht gelegen, ist eine zweigeschossige Anlage in langgestreckter, trapezoider Form; von einem Graben und einer Ringmauer umgeben. Markant sind der vortretende Torbau, im Osten als Abschluß des Hofes die ebenfalls vortretende Schloß- und Pfarrkirche sowie die ehemaligen Befestigungen um das Schloß.

Im Inneren des Schlosses befinden sich mehrere gewölbte Räume, ein großer Saal und einige Repräsentationsräume.

Seine heutige Form erhielt dieses wunderbare Bauwerk 1595 unter Komtur Karl von Tettau, ein weiterer Umbau erfolgte 1762 unter Komtur Graf Colloredo.

Quelle: Malteserschloßverwaltung Mailberg

Maria Anzbach

Schönbeck-Mühle Flöck-Schmiede

Marktgemeinde
3034 Maria Anzbach
Tel. 02772 - 52481

Anreise
A1 Ausfahrt St. Christophen
oder Altlengbach / B19

Bahnhof Maria Anzbach

Linienbusse

Öffnungszeiten
Gegen Voranmeldung im
Gemeindeamt 02772 - 52481

Eintritt
Freiwillige Spenden

Führungen
Ab 5 Personen

Fotografieren
Erlaubt

Sonderausstellungen
1000-Jahr Feier im Jahr 1998
wechselnde Sonderausstellungen

Publikationen/Kataloge
Heimatbuch

Fachgebiete
Heimatkunde

Schwerpunkte
Intakte Mühle

Allgemeines
Gotischer Marktplatz

Reste der Wasenburg

Mühlenkirtag

In der Schmiedgasse, gegenüber vom Grafenhaus, befinden sich eine Mühle und eine Schmiede, die in ihrem Ursprung aus der Zeit des Mittelalters stammen. Es darf mit Sicherheit angenommen werden, daß sie bereits im 14. Jahrhundert zusammen mit dem Grafenhaus den Kern des Anzbacher Herrensitzes bildeten.

Versetzen wir uns zurück in diese Zeit und versuchen wir, uns den alten Herrensitz vorzustellen: Sichernd liegt er an der Heeresstraße am Ufer des Anzbaches, er ist auf sich allein gestellt und muß völlig autark sein. Viele Menschen müssen mit Nahrungsmitteln versorgt werden, also arbeiten Knechte und Hörige in der Landwirtschaft.

Woher kommt jedoch alles nötige Gerät? So muß dem Herrensitz eine Schmiede angeschlossen sein. Dort werden die Pferde beschlagen, Pflugscharen und Werkzeuge hergestellt.

Der gesicherte Wohnsitz muß verteidigt werden können - auch die hiezu nötigen Waffen kommen aus der eigenen Schmiede.

Die Produkte aus der Landwirtschaft müssen verarbeitet werden, also vervollständigt die eigene Mühle den autarken Herrensitz. (Lage am Bach)

So bestanden die mittelalterlichen Herrensitze meist aus dem gesicherten Wohnsitz, in dessen Vorfeld sich eine Mühle, eine Schmiede und verschiedene Wirtschaftsgebäude befanden.

Auch die dem „Grafenhaus" benachbarte Bäckerei dürfte in ihrem Ursprung auf den alten Herrensitz zurückgehen, ebenso hat laut müdlicher Überlieferung das Haus Nr. 5 einmal zum „Grafenhaus" gehört.

Wenn auch in vielen alten Orten die Entstehung des Ortskernes auf diesen Ursprung zurückverfolgt werden kann, so ist doch diese Einheit in Maria Anzbach wie kaum anderswo bis auf den heutigen Tag erhalten.

Von der Schmiede, welche sich heute im Besitz der Familie Flöck befindet, ist noch erwähnenswert, daß laut mündlicher Überlieferung einst dort auch der Richter seinen Wohnsitz gehabt haben soll.

Im Keller ist eine Abmauerung Richtung Süden zu erkennen, welche vermuten läßt, daß früher von dort ebenfalls ein Gang in Richtung Kirche führte.

Der Bau selbst wurde im Laufe der Jahrhunderte immer wieder verändert, die jetzigen Besitzer sind jedoch sehr bemüht, das schöne alte Haus stilgerecht zu restaurieren und zu erhalten.

Besonders hinzuweisen ist noch auf den interessanten Kopf über dem Eingang, der wahrscheinlich aus der Zeit der Türkenkriege stammt.

In einem anläßlich der Markterhebungsfeier in der „Volks-Zeitung" vom 10.9.1933 erschienenen Artikel liest man allerdings noch eine andere Deutung:

Der Kopf könnte das Zunftzeichen des Richters sein, der einst hier seinen Sitz gehabt haben soll. In diesem Artikel wird das Haus interessanterweise als „Richterhaus" bezeichnet und es wird auf noch vorhandene Teile einer angeblichen Prangersäule hingewiesen. Nach mündlicher Überlieferung hat der damalige Schmied Michael Sitte Mitte des vorigen Jahrhunderts eine aus drei Teilen bestehende Säule besessen. Der unterste Teil dieser Säule dient heute in der Schmiede als Fundament für den Amboß. Michael Sitte hat die Inschrift: „INRI - MS 1861" eingemeißelt. Der mittlere Teil befindet sich ebenfalls noch in der Schmiede, während der runde Säulenaufsatz dem Heimatmuseum Neulengbach übergeben wurde. Leider ist er seit den Wirren des Zweiten Weltkrieges verschollen.

Die Schönbeck-Mühle ist im Gemeindebesitz, auch hier ist man sehr interessiert, dieses Baudenkmal mit seinen schönen Tonnengewölben und Stichkappen aus der Zeit der Spätgotik stilgerecht zu erhalten.

Erwähnenswert ist, daß von der Schönbeck-Mühle auch das erste elektrische Licht in den Ort kam. Zuerst nur für Selbstzwecke, dann für Nachbarn und einige Häuser auf dem Raßberg, die für die Zuleitung selbst sorgten. Drehte sich das Mühlrad schnell, gab es gutes Licht, bei langsamen Drehungen schwaches. 1920 erstrahlte erstmals auch bei der Christmette elektrisches Licht, es kam ebenfalls von der Schönbeck-Mühle.

Quelle: Heimatbuch Maria Anzbach

Schönbeck - Mühle

Maria Schutz

Passionistenkloster und Wallfahrtskirche

2642 Maria Schutz
Tel. 02663 - 208

Anreise
A2 bis Wiener Neustadt/S6

Semmeringbahn

Linienbusse

Öffnungszeiten
Täglich geöffnet von 6.00 bis 20.00 Uhr

Führungen
Nach telefonischer Voranmeldung

Fotografieren
Erlaubt

Publikationen/Kataloge
Publikationen vorhanden

Allgemeines
Wanderungen im Gebiet des Sonnwendsteins (Sessellift)

Waldkreuzweg

Die Wallfahrtskirche Maria Schutz liegt im südlichen Teil von Niederösterreich, am Rande der Ostalpen, am bewaldeten Nordabhang des Sonnwendsteines. 1995 neu gekrönt steht sie da und leuchtet in die farbenfrohe Landschaft des Semmeringgebietes hinein.

In der Kirche fließt hinter dem Hochaltar ein Bründl in ein marmornes Muschelbecken: bei ihm eine Kapelle zu bauen haben Pestkranke 1679 gelobt. Aber erst 1721 ist die Kapelle entstanden und war alsbald zu klein. Sieben Jahre später ließ J. L. Reichsgraf von Wallsegg, Burgherr von Klamm, den Bau des Gotteshauses beginnen.; als es fertiggestellt war, hatte er nach dem Tod seiner Frau die Priesterweihe empfangen und wirkte hier als Seelsorger. Seine Kirche hatte barocke Zwiebeltürme - sie sind 1826 abgebrannt und durch schlichtere ersetzt worden.

1995 erhielt das Gotteshaus im Zuge der bereits vierten vom Passionistenorden durchgeführten Außenrenovierung zwei neue Turmhelme, kupferne Zwiebelhelme mit goldenen Kreuzen.

„Maria Schutz steht allen Feinden zum Trutz" lautet die Inschrift am Gewölbe der mächtigen Basilika, deren Fassade vor dem ansteigenden Wald so recht dem Geist barocker Frömmigkeit entspricht. Trotz sorgsamer Bewahrung der alten Kunstschätze und Pflege der Traditionen ist Maria Schutz indes ein Raum der seelsorglichen Gegenwart, seit 1925 in der Obhut von Passionistenpatres. Bescheiden im Vergleich zur künstlerischen Dimension des Bauwerkes - aber noch bedeutsam - haben die Passionisten auch Bilder von Persönlichkeiten ihres Ordens eingefügt, darunter das der Gemma Galgani, einer Mystikerin. Dies ist ein kleiner Beweis dafür, daß die lebendige Tradition nie abgeschlossen ist.

Das Gotteshaus beherrscht ein mächtiger und ebenso prächtiger barocker Hochaltar (1740): umgeben von Wolken, Engeln und Strahlen dominiert die Dreifaltigkeit, darunter - neben den hohen Säulen und den beiden großen, goldenen Heiligenstatuen schier zierlich - nimmt das Gnadenbild die Mittelstellung ein, dem Brauch gemäß in bestickte Gewänder gehüllt, die je nach den Festen gewechselt werden. Die Statue gehört dem Typ der gotischen „Schönen Madonna" an - wann sie geschnitzt wurde und wie sie nach Maria Schutz kam, ist unbekannt.

Dem Namen der Kirche - Mariä Himmelfahrt - trägt die Darstellung auf dem Schalldeckel der reichgeschmückten Barockkanzel Rechnung: Sie stellt die Aufnahme der Jungfrau hochstrebend im Strahlenkranz, dar.

Die Seitenaltäre zeigen schon Anzeichen des Rokokostils (1769 vollendet); ihr bedeutendster ist der des Johannes Nepomuk mit einem anonymen Meisterwerk.

Zur ursprünglichen Ausstattung gehört die 1742 vollendete Orgel auf der Musikempore. Allerdings ist nur mehr das alte Gehäuse erhalten.

Das Marienheiligtum am bewaldeten Berghang ist ein nach wie vor eminenter Beitrag zur Kunst und Kultur, welche die Jahrhunderte überdauern.

Quelle: Pfarramt Maria Schutz

Wallfahrtsbasilika Maria Schutz

Messern

"Heute ist der Maler Adolf Blaim zu einer Persönlichkeit des österreichischen Kulturlebens geworden. Er hat nicht nur einen klingenden Namen, eine gutgehende Galerie, sondern ist auch der Begriff von Naturschutz und schöner Umwelt. Seine innige Liebe zur Familie befruchtet das Arbeiten, das kurz zusammengefaßt, „Leben und Liebe" im weitgehendsten Sinn bedeutet und in jedem seiner Bilder zum Ausdruck kommt!"

Kräuterpfarrer
Hermann - Josef Weidinger

N W E S

Anreise
B303 Horn - Schrems / Abzweigung Brunn an der Wild / LH54

Bahnhof Irnfritz

Öffnungszeiten
täglich von 10.00 - 12.00 und 14.00 - 19.00 Uhr sowie nach Vereinbarung

Eintritt
Freier Eintritt

Schwerpunkte
Ölbilder, Aquarelle, Grafiken
Blumen- Landschafts- und Tierbilder
Stilleben, Porträts

Galerie Adolf BLAIM

Ölbilder
Aquarelle
Grafiken
3761 Messern 94

Tel. 02986 - 6310

Öl auf Leinen,
60 x 50 cm,
Aug. 1991

Adolf Blaim

Der in Gars am Kamp geborene Waldviertler Maler lebt mit seiner Familie seit 1964 in Messern bei Horn.

Hier besitzt er eine eigene Galerie, in der zweimal jährlich, jeweils im Frühjahr und im Herbst, seine neuen Arbeiten präsentiert werden. Letztes Jahr wurde mit der Ausstellung sein viertes Buch „Blumen und Stilleben" der Öffentlichkeit vorgestellt und zwei Bücher sind derzeit in Vorbereitung.

Sein großer Förderer und Gönner, neben Kräuterpfarrer H.J. Weidinger, für den er zahlreiche Illustrationen schuf, war der Porträtist und Staatsvertragsmaler Prof. Robert Fuchs.

Blaims große Liebe gilt dem Waldviertel, das er in seinen Kunstdruckbänden wie folgt beschreibt: „Das Waldviertel - mein Lebensraum, noch heile Welt, abwechslungsreiche Landschaft - herrliche Menschen - selten gewordene Pflanzen und Tiere, geprägt durch die geographischen Gegebenheiten." Und weiters: „Die Bewegung der Hügel und Täler, die Stimmung der Jahreszeiten, die wunderbaren Farben der Natur sind auf diese Weise festgehalten. In hunderten Jahren gewachsene, schlichte ländliche Architektur voll Harmonie mit der Landschaft, anschmiegsame Gebäude, zum Teil verschwindende Kostbarkeiten unseres herrlichen Lebensraumes!"

Ob Blumen oder Landschaften, es gelingt dem Maler scheinbar mühelos, die Schönheiten der Natur und die Atmosphäre seiner Heimat in seinen Bildern einzufangen und dem Betrachter näherzubringen.

"Beim lieben Blaim auf Besuch - Blaim ist ein Talent, ein wahnsinniger Arbeiter von Gottes Gnaden - er selbst ist mitten im Leben! Blaim soll leben sein Leben!"

Prof. Robert Fuchs, 31. Juli 1976

Michelhausen

Leopold Figl Museum

Marktgemeinde
3451 Michelhausen

Tel. 02275 - 5241

Anreise

A1 Ausfahrt St. Christophen
oder Altlengbach/B19/B43
A22/B3 Donaubrücke Tulln/B19/B43

Bahnhof Michelhausen

Linienbusse

Öffnungszeiten

MO - FR 9.00 - 12.00 Uhr
nachmittags gegen telefon. Voranmeldung
SA SO 9.00 - 12.00 und 13.00 - 17.00 Uhr

Eintritt

Kinder	15,-
Senioren	20,-
Erwachsene	30,-

Führungen

Auf Anfrage

Fotografieren

Erlaubt

Publikationen/Kataloge

Vorhanden

Schwerpunkte

Lebensweg und Werdegang des österr. Bundeskanzlers, Landeshauptmanns und Außenministers Leopold Figl; Dokumente, Fotos, Zeichnungen, Karikaturen

Allgemeines

Bauernmarkt, Adventveranstaltung
Silvesterwanderung
sowie zahlreiche Veranstaltungen

In der Marktgemeinde Michelhausen in der Tullnerstraße gibt es neben dem Leopold Figl-Museum noch das

Heimatmuseum

Das Heimatmuseum präsentiert in seinen 13 Räumen mit einer Gesamtfläche von 284 m²:

2000 Ausstellungsstücke
400 Texte
100 Bilder
1400 Fotos

Sie dokumentieren einen geschichtlichen Rückblick, die acht Katastralgemeinden (Michelhausen, Rust, Atzelsdorf, Michelndorf, Pixendorf, Streithofen, Spital, Mitterdorf), sämtliche Vereine sowie vier Schwerpunkte:

- Wohnen
- Gemeinde, Pfarre, Schule und Feuerwehren
- bodenständiges Gewerbe
- Landwirtschaft.

Ein 28 Seiten umfassender Museumsführer erläutert die wirtschaftliche und soziale Bedeutung der wichtigsten Ausstellungsstücke.

Für die nähere Illustration stehen außerdem vier Diaserien mit je 500 Lichtbildern zur Verfügung.

Leopold Figl Museum

Das Museumsgebäude ist ein nach dem Krieg erbautes Schulhaus - ein typisches Produkt der Wiederaufbauphase. Dieses Haus repräsentiert in seinem Äußeren ganz ausgezeichnet die Zeit und den „Geist" der Wiederaufbaujahre.

Die Innenräume mußten entsprechend umgestaltet werden - die Adaptierungsarbeiten haben unter Bedachtnahme auf diese „Idee des Wiederaufbaus" das Äußere kaum verändert.

Als Politiker des 20. Jahrhunderts ist Figl schon vielfach medial dokumentiert - in Filmen, Wochenschauausschnitten und zahlreichen anderen Bild- und Tondokumenten.

Ein „Museum" im klassischen Sinn ist das Leopold Figl-Museum in Rust nicht. Es gibt keine „Sammlung" von Bildern, Statuen oder Ähnlichem, die hier präsentiert wird. Vielmehr soll das Leben eines der bekanntesten und populärsten Politiker der österreichischen Nachkriegszeit in Wechselwirkung mit seinem Umfeld dargestellt werden. Dieses Umfeld ist die politische Entwicklung der Gesellschaft.

Die Grundinformation liefert der Zentralraum und die hier aufgestellte audiovisuelle Informationsstelle. Die weiteren Räume entsprechen Lebensabschnitten Leopold Figls:

Raum 1: Kindheit, Jugend, Studium, Heirat

Raum 2: politische Anfänge - im Zusammenhang mit der politischen Entwicklung der Ersten Republik und der Regierungsdiktatur des autoritären „Ständestaates"

Raum 3: Figls Verfolgung durch die nationalsozialistischen Machthaber zu der Zeit, in der Österreich Teil des Deutschen Reiches war

Raum 4: Figls Tätigkeit im wichtigsten Abschnitt seiner politischen Laufbahn: Bundeskanzler (1945 - 1953), Außenminister (1953 - 1959) mit dem unbestrittenen Höhepunkt der Unterzeichnung des Staatsvertrages

Raum 5: letzter Lebensabschnitt als Präsident des Nationalrates und Landeshauptmann von Niederösterreich (1962 - 1965) sowie „Figl privat".

Quelle: Leopold Figl Museum

Mistelbach

Barockschlößl mit barocker Weinpresse

Museumgasse 4
2130 Mistelbach

Tel. 02572 - 38 44, 25 15
Fax 02572 - 38 44

Anreise
B7 Abzweigung Schrick/B46
S2 - Stundentakt Wien - Mistelbach - Wien
Linienbusse im Stundentakt von Wien-Mitte

Öffnungszeiten
MO - FR 9.00 - 12.00 Uhr
SA, SO/Feiertag 14.00 - 18.00 Uhr
sowie nach Voranmeldung

Eintritt
Bei vielen Veranstaltungen freier Eintritt
bei Sonderveranstaltungen fallweise Eintritt
Studenten, Schüler ermäßigter Eintritt

Führungen
Nach Voranmeldung

Fotografieren
Erlaubt

Sonderausstellungen
Int. Puppentage, Int. Folk Festival

Schwerpunkte
Die „Aktion Museum M" ist eine Vereinigung verschiedener Aktivitäten unter einem Dach. Diese gliedern sich in das Heimatmuseum, regelmäßigen Galeriebetrieb, Musikveranstaltungen und die Abhaltung von Diskussionen, Vorträgen sowie Lesungen.

Sehenswürdigkeiten
Glanzstück des Museums ist die „Paasdorfer Presse", eine der wenigen noch erhaltenen geschnitzten, barocken Baumpressen

Publikationen/Kataloge
„Kulturnachrichten aus dem Weinviertel"; Schriftenreihe „Das Weinviertel"

Allgemeines
Die Exponate des ursprünglichen Heimatmuseums sind für wissenschaftliche Arbeiten gegen Voranmeldung zugänglich; dazu fallweise Sonderausstellungen zu bestimmten Themen.

Die Bezirksstadt Mistelbach wurde 1874 zur Stadt erhoben und ist heute das wirtschaftliche, medizinische, schulische sowie kulturelle Zentrum des Weinviertels. Tradition und Brauchtum bestimmen viele Veranstaltungen, aber auch internationale Festivals, wie z.B. Internationale Puppentage, Internationales Folk Festvial etc. werden alljährlich hier abgehalten.

Nebst der multifunktionalen Einrichtung des Mistelbacher Stadtsaales zählt vor allem das Barockschlößl zu den Kulturzentren der Stadt.

Vermutlich um 1727 ließ Maximilian Ferdinand de Venne nach der Schule Lukas von Hildebrandts das sogenannte **„Schlößl"** erbauen. Durch ein Schmiedeeisentor (Biedermeierform) gelangt der Besucher zu Schlößl samt Preßhaus. In der Fassadengliederung finden sich reiche spätbarocke Details. Bandlwerk und Puttendekoren zieren die Räume des Unter- und Obergeschosses.

Bis 1929 diente das Schlößl als Wohngebäude. Die Sparkasse der Stadt Mistelbach stellte es nach Erwerb und gründlicher Renovierung dem Heimatmuseum zur Verfügung. Die ur- und frühgeschichtlichen Sammlungen wurden durch den Ankauf zweier Privatsammlungen bereichert. Am 17. Mai 1931 wurde das Museum feierlich eröffnet. Die Sammlung wur-

de in eine paläontologische, und eine ur- und frühgeschichtliche Abteilung zusammengestellt. Seit 1980 wird das Schlößl vom Kulturverein **„Aktion Museum M"** als kulturelles Zentrum für Veranstaltungen (Ausstellungen, Dichterlesungen, kleiner Konzerte, usw.) genutzt.

Der besondere Stolz ist die **barocke Weinpresse**, eine absolute Rarität. Nach Meinung der Experten des Bundesdenkmalamtes stellt sie eine „Besonderheit hinsichtlich ihrer hohen künstlerischen Qualität dar. Sie ist kulturhistorisch ein wichtiges Belegstück für die Weinkultur in Österreich. Ihre Entstehungszeit dürfte in das erste Viertel des 18. Jahrhunderts zu setzen sein. Die Datierung kann nur in stilistischer Hinsicht erfolgen, da bisher keine, wie sonst üblich, eingravierte Jahreszahl feststellbar war."

Die Bedeutung der Presse liegt in ihrem figuralen Schmuck und den Reliefs an den Stützen („BIAGN"). Zwei Reliefs befinden sich am Preßbaum, zwei Köpfe am Ende, der die Preßtenne tragende Balken („TRAGBANKL"), sowie ein am Balken aufsitzendes Kellermandl, ein fideler Dudelsackpfeifer ziert die Weinpresse.

Das Denkmalamt sieht in den geschnitzten Stützen zwei männliche Gestalten: Dionyso bzw. Bacchus als junger Mann wiedergegeben in der einen und einen älteren, bärtigen Mann auf einem Löwen reitend, vermutlich Herakles als Symbol der Stärke, in der anderen.

Die Presse stammt aus dem Paasdorfer Preßhaus der Bauernfamilie Donner. Ursprünglich dürfte sie im Preßhaus des Schlosses Ladendorf gestanden sein. Um diese Weinpresse vor dem Verfall zu retten, wurde sie im Barockschlößl Mistelbach aufgestellt und der Öffentlichkeit zugänglich gemacht.

Im Keller des Barockschlößls wurde eine **Vinothek** eingerichtet, die von der „Weinviertler Weinbruderschaft" betreut wird. 100 Spitzenweine aus dem Weinviertel lagern hier fachgerecht und können verkostet und gekauft werden. Auch Weinseminare werden veranstaltet.

Quelle: Brigitte Seif

Barocke Weinpresse

Mühldorf

Burg Oberranna

3622 Mühldorf
bei Spitz/Donau

Tel. 02713 - 8221
Fax 02713 - 83 66

Anreise
A1 - S 33

Bahnhof Spitz
Schiffsstation Spitz

Öffnungszeiten
Mai - November

Eintritt
20,- / Person

Führungen
SA, SO/Feiertag 15.00 - 17.00 Uhr
oder gegen Voranmeldung

Fotografieren
Erlaubt

Fachgebiete
Romanik in Niederösterreich

Allgemeines
Ferienappartements für 2-4 Personen in gediegener Atmosphäre, Burgschenke

Burg Oberanna nordwestlich von Spitz an der Donau, im Herzen der Wachau, liegt an den steil abfallenden Hängen des Mühltals und entstand im 12. Jahrhundert. Im 16. Jahrhundert wurde sie zu einer wehrhaften Festung umgebaut. Diese wird von einer turmbewehrten Ringmauer und einem inneren und äußeren Burggraben umgeben. Beim Umbau im 16. Jahrhundert entstand eine Vierflügelanlage um einen rechteckigen Hof mit Arkaden.

Die in Österreich einzigartige Wehranlage mit einer romanischen Kirche innerhalb eines befestigten Renaissanceschlosses wurde erst in den dreißiger Jahren dieses Jahrhunderts freigelegt. 1930 ersteigerte Laurent Deléglose das im Verfall befindliche Bauwerk. Zu dieser Zeit war der gesamte Westteil der Kirche im Renaissanceschloß verbaut. Der untere Teil des westlichen Querschiffes war zugeschüttet, der Obertrakt in nicht weniger als 13 Räume unterteilt. Die romanische Krypta hielt man für einen Wirtschaftsraum, den Turm mit Querhaus und Rundapsis für eine Kapelle.

Während der Restaurierung entdeckte man, daß der "Kapellenturm" nichts anderes als der östliche Vierungsturm einer monumentalen romanischen Kirche mit einschiffigem Saal-Langhaus sein konnte.

Schließlich entpuppte sich auch der Ostflügel des Renaissanceschlosses als westliches Querschiff der Kirche mit einstigem Vierungsturm, der jedoch abgetragen wurde, einer Krypta (in der sich das berühmte Würfelkapitell mit der Darstellung einer Jagdszene befindet) und über ihr gelegenen Empore.

Ein Portal an der Südseite führte in den Kirchenraum, durch einen Hocheinstieg erreichte man die Empore. Die dem hl. Georg geweihte romanische Kirche bietet den

Burg Oberranna

Anblick eines verkleinerten Domes aus ottonischer Zeit. Es ist die älteste in Niederösterreich erhaltene Wehr- und Burgkirche. Man nimmt an, daß sie zwischen 1110 und 1120 erbaut wurde.

Richard Kurt Donin, Professor der Kunstgeschichte an der Universität Wien, der als erster die romanische Neuentdeckung beschrieb, verfolgte auch die Spuren des Erbauers. Seiner Darstellung nach handelte es sich um einen bayerischen Hochfreien Pilgrim, der zu den Grafen von Formbach in Beziehung zu bringen ist. Seine Familie besaß schon um 1070/1075 Besitzungen im Waldviertel; um 1100 erwarb sie das Gut Ranna. Wenig später dürfte Pilgrim oberhalb des heutigen Niederranna mit dem Bau der Burgkirche begonnen haben. Am Feldzug König Heinrichs V. gegen Ungarn, zur Zeit des hl. Leopold, nahm der Kirchengründer als „Pilgrimus de Rahnah" teil. Um 1120/125 schenkte er Herrschaft und Kirche „ad Rauna" dem Stift Göttweig, doch blieben Burg und Kirche noch über zwei Jahrhunderte im Besitz der Herren von Ranna, die als ritterliche Lehensleute der Kuenringer und Maissauer aufscheinen.

Hans, der letzte derer von Ranna, ohne männliche Nachkommen, überließ das Erbe der Väter seinem Schwiegersohn Johann von Neidegg. Der erste der Neidegger auf Ranna übertrug die Pfarrechte der St. Georgs-Kirche neben seiner Burg 1389 auf das von ihm gestiftete Paulinerkloster Unterranna. Neidegger bauten die Anlage im 16. Jahrhundert um und erweiterten sie zusammen mit der Kirche zu einer Art Festung.

Im 17. Jahrhundert wechselten die Besitzer rasch. Burg Oberranna wurde mit hohem bauwerklichen Können und mit Beratung des Österreichischen Bundesdenkmalamtes restauriert. Heute ist Oberranna ein Burghotel, die gut restaurierte Burgkirche dessen größte Sehenswürdigkeit.

Quelle: Mag. Nemetz

Innenhof

Neunkirchen

Heimatmuseum

Dr. Stockhammergasse 3
Schulgasse 4 (Archiv)
2620 Neunkirchen

Tel. 02635 - 623 24, 611 47
Fax 02635 - 623 24

Anreise
A2, S6, B17

Bahnhof Neunkirchen

Linienbusse

Öffnungszeiten
Jeden 1. und 3. SO im Monat
von 10.00 - 12.00 Uhr
MI 16.00 - 18.00 Uhr
oder nach Vereinbarung

Eintritt
Erwachsene 20,-; Kinder und Schüler 5,-
Gruppen ab 8 Personen 15,-/Person

Führungen
Ab 5 Personen oder gegen Voranmeldung

Fachgebiete
Exponate des Bezirks aus Geologie, Volkskunde und Urgeschichte

Fotografieren
Erlaubt

Sonderausstellungen
Wechselnde Sonderausstellungen

Schwerpunkte
Exponate aus Volkskultur und Handwerk

Publikationen/Kataloge
„900 Jahre Neunkirchen" - ein historisches Lesebuch, „Neunkirchner Kulturparcours"
Prospekt Heimatmuseum

Allgemeines
Sehenswerter Hauptplatz mit alten Bürgerhäusern, katholische Pfarrkirche (erste Erwähnung 1094), evangelische Kirche errichtet 1862/63
Motorradmuseum - Pernerstorferstraße 6

Neunkirchen hat eine lange Vergangenheit: Es wurde als eine der ältesten Ansiedlungen im „Wiener Becken" genannt und erstmals 1094 urkundlich erwähnt. Die Häuser am Stadtplatz mit ihrer reichen Sgraffitoverzierung und den kleinen Erkern stammen aus der Renaissance- und Barockzeit. Sehenswert ist neben dem Heimatmuseum die gotische Pfarrkirche mit ihrem romanischen Baukern und den Verteidigungsanlagen aus dem 14. bis 17. Jahrhundert. Auch das historische Schützenhaus, das Motorradmuseum und das Kulturzentrum „Am Stiergraben" stehen zur Besichtigung offen.

Heimatmuseum

Das Haus, in dem die vielfältigen Sammlungen des Städtischen Heimatmuseums Neunkirchen untergebracht sind, gehörte einst dem verdienstvollen Bürgermeister und Arzt Dr. Emil Stockhammer, dessen Leben und Wirken ein eigener Raum gewidmet ist. In 18 Schauräumen sind Exponate aus allen Teilen des Bezirkes zu sehen, die einen umfassenden Überblick über Geologie, Handwerk und Gewerbe, kirchliche und bäuerliche Kunst dieses Raumes geben. Zahlreiche Urkunden, Wappen, Portraits, vielfältige Rechtsaltertümer - unter ihnen der „Fußbock" des Marktgerichtes aus dem Jahre 1698 - illustrieren Werden und Wachsen des Ortes.

Vom Brauchtum, vorwiegend dem religiösen, geben interessante Schaustücke Zeugnis; wertvolle Holzplastiken, Votivbilder, Opfergaben, ein bäuerlicher „Totentanz" aus dem 18. Jahrhundert, der, auf sechs Bildtafeln gemalt, bei

Hauptplatz

der Einsegnung in der Kirche über den Sarg gehängt wurde. An die einstmals weit verbreitete Legende von der hl. Wilgefortis und dem Spielmann erinnert das ungewöhnliche Bild der „Hl. Kümmernis“. Eine Sammlung von Waffen und Schützenscheiben, Trachten aus allen Teilen des Bezirkes, eine Rauchküche, eine kleine Bauernstube mit bemalten Kästen und Truhen, bemerkenswerte Zunftaltertümer, vielfältige Arbeitsgeräte jener Berufe, die im Neunkirchner Raum einst große Bedeutung hatten, die Holzfäller, Pecher, Jäger und Fischer, sind Themen weiterer Sammlungen. Die Erzeugnisse der Hutmacher, Lebzelter und Wachszieher, Töpfer und Hafner, Korbflechter und Gerber dokumentieren die hohe Kunstfertigkeit und Geschicklichkeit dieser Berufsgruppen.

In einem Nebentrakt im Museumsgarten sieht man eine Fülle von landwirtschaftlichen Geräten. Acker-, Heu-, Ernte-, Garten- und Stallgeräte, Joche, Kummete, Hufeisen, Glocken und Schellen, Vorratsgefäße, Maße, Waagen und Gewichte vermitteln ein Bild bäuerlicher Arbeitswelt auf Hof und Feld.

Ein Archiv mit Urkunden, Büchern, Plänen, Stichen und einer Münzensammlung steht den interessierten Besuchern ebenfalls zur Verfügung.

Quelle: Stadtgemeinde Neunkirchen

Heimatmuseum

Nußdorf ob der Traisen

Urzeitmuseum

Marktgemeinde
3133 Nußdorf o. d. Traisen

Tel. 02783 - 84 02
Fax 74 64
Tel. 74 65 (Museum)

Anreise

A1/S 33 oder A 22/B 3/S 33

Bahnhof Traismauer

Öffnungszeiten

April - Ende Oktober
täglich außer MO 9.00 - 17.00 Uhr
sowie gegen Voranmeldung

Eintritt und Führung

Erwachsene	40,-
Kinder, Studenten	15,-
Senioren und Gruppen ab 20 Pers.	30,-
Familienkarte (2 Erwachsene u. Kinder bis 15 Jahre)	95,-

Fotografieren

Erlaubt

Allgemeines

Region Traisental - Donauland:
Kontakte: Gemeinde Nußdorf
Tel. 02783 - 84 02
Regio Tragisana:
Kontakte: Reinhard Herzinger, Nußdorf 33
Tel. 02783 - 26 48

Gemeinde

Knapp vier Kilometer westlich der alten Römerstadt Traismauer erstreckt sich auf der linken Seite der Unteren Traisen in einer Mulde des Theyernbaches Nußdorf ob der Traisen samt Neusiedl in durchschnittlich 230 Meter Seehöhe.

Die Ortschaft liegt am Fuße eines aus Hollenburger Konglomerat bestehenden Höhenzuges, der aus dem Spatzenberg (400 m) im Norden, dem Wind- und Eisenberg, bzw. Runde Haid (422 m) im Westen und dem Parapluiberg mit der Galgenleiten (400 m) im Südwesten besteht.

Der Höhenrücken schützt Nußdorf vor den rauheren Nord- und Westwinden und begünstigt den Wein- und Obstbau auf den lößbedeckten Süd- und Osthängen. Infolge des milden Klimas wird Nußdorf daher gerne als Meran des Unteren Traisentales bezeichnet.

Wanderungen auf die Anhöhen der unmittelbaren Umgebung bieten in lieblicher Landschaft Erholung und entlohnen zusätzlich durch Fernblicke in das Traisental und Tullner Feld, ja an klaren Tagen bis zum Schneeberg.

Marktgemeinde Nußdorf ob der Traisen

Foto: M. Holzheu

Urzeitmuseum

In der Mitte des Gassengruppendorfes, das erstmals zwischen 1121 und 1138 als NUZDORF urkundlich genannt wird, stand als Sitz einer ausgedehnten Herrschaft eine Burg, aus der das später in Plänen und einem Stich von G. M. Vischer von 1672 festgehaltene Schloß hervorging.

F. Schweikhardt beschreibt es 1836: „Das Schloß ist ein einstöckiges Gebäude mit einer zur Kirche gerichteten Hauptfront und zwei Seitenflügeln. Über dem Mittelteil erhebt sich ein Türmchen. Vor dem Schloß befindet sich die herrschaftliche Meierei samt Stallungen.“ Das Schloß wurde 1860-64 abgetragen, an seiner Stelle steht heute der Kindergarten. Nebengebäude und Tor blieben erhalten. Aus den Bausteinen wurde das Schloßkellergebäude in biedermeierzeitlichem Stil gebaut. Die Fassade ist historistisch.

Nach der vollständigen Renovierung des Schloßkellergebäudes und der Errichtung der Schauräume im Obergeschoß wurde am 30. Mai 1993 das Urzeitmuseum Nußdorf ob der Traisen feierlich eröffnet. Hier werden die neuesten sensationellen prähistorischen Funde der seit 1981 dauernden archäologischen Ausgrabungen des Bundesdenkmalamtes im Großraum St. Pölten gezeigt.

Der dargebotene Bogen reicht von Jagdstationen altsteinzeitlicher Jäger und Sammlerinnen (30.000 v. Chr.) über die Dörfer der frühen Bauern (6. Jahrtausend) bis hin zu bedeutenden Zentren der metallverarbeitenden Menschen der Perioden vor den Römern. Auf einem Fundplatz in Franzhausen in Sichtweite des Museums kamen die bislang größten und bedeutendsten Bronzezeit- und Kelten-Gräberfelder zum Vorschein. Nach den modernsten Gesichtspunkten wurden Originalsituationen übertragen und Rekonstruktionen von Lebensbildern angefertigt. Ein Grabhügel im Freilichtteil im Schloßgarten ergänzt den Streifzug durch die Jahrtausende im Rahmen des neuen Nußdorfer Veranstaltungszentrums.

Pfarrkirche

Vermutlich seit dem 11. Jahrhundert war Nußdorf eine Filiale des Stiftes St.Georgen, bzw. ab 1244 von Herzogenburg. Damals dürfte an der Stelle des heutigen mächtigen Gotteshauses ein kleineres, dem hl. Johannes d. Täufer geweihtes Kirchlein gestanden sein. 1324 stiftet ein Ritter Wernhard von Nußdorf die heute dem Stifte Herzogenburg inkorporierte Pfarre und läßt ein Jahr später einen größeren Sakralbau errichten. Die gegenwärtige Kirche läßt jedoch kaum mehr Reste aus der Zeit der Pfarrgründung erkennen, sondern dürfte aus der zweiten Hälfte des 15. Jahrhunderts stammen. Sie besitzt ein zweischiffiges Langhaus mit Netzrippengewölbe und als Schlußsteine Wappen mit Winzermessern und Früchten. Der zweijochige Chor, unter dem sich ein Beindepot befindet, könnte aus der Zeit um 1324 herrühren. An der Westseite erhebt sich der massive, 37 Meter hohe Turm mit einem steilen Sattelwalmdach. In der Vorhalle, die man durch ein gotisches Tor betritt, sind seit 1932 zahlreiche reliefverzierte Grabsteine der einstigen Grundherren aufgestellt.

Zur heutigen Marktgemeinde gehören sechs Katastralgemeinden, und zwar Franzhausen mit der Freilehnmühle, Neusiedl, Nußdorf, Reichersdorf, Ried und Theyern. Auch in Franzhausen und Reichersdorf gab es Herren, die sich nach den Orten nannten und entsprechende Herrschaftssitze besa-

Rekonstruktion frühbronzezeitlicher Hockergräber in Baumsärgen (2.000 v. Chr.)

Foto: A. Schumacher

Heurigentisch
Foto: W. Pernikl

ßen. Die Burg in Franzhausen stand auf einer Anhöhe im Westen des Ortes in der Nähe des heute noch erhaltenen Körnerkastens. In Reichersdorf bestanden sogar zwei verschiedene Ansitze. Bei der den Aposteln Philippus und Jakobus geweihten Filialkirche von Franzhausen handelt es sich um einen gotischen Bau, der jüngst renoviert wurde.

Tourismusregion Traisental-Donauland Radthemenwege

Im Bereiche der Gemeinden Herzogenburg, Inzersdorf-Getzersdorf, Nußdorf ob der Traisen, Sitzenberg-Reidling und Traismauer wurden für Radtouristen vier verschiedene Themenwege eingerichtet und beschildert: Besiedlung und Siedlungsgeschichte, Wasser und Auwald, Urbarmachung - Wein und Ackerbau, mystische Kunst, Kultur und Religion. Die Radwege führen abseits der großen Straßen zu archäologischen Fundstätten, zur Traisen mit ihrem Auwald, durch Weingärten und Kellergassen und vorbei an den kunstgeschichtlich bedeutsamen Sakralbauten.

Vereinigung Traisentaler Weingärtner Regio Tragisana

Das Untere Traisental erhielt durch die Gewässer der Traisen, die schon die Kelten Tragisa nannten, in den Eiszeiten seine heutige Gestalt. Auf den Terrassen lagerte der Wind feinen Gesteinsstaub in Form von Lößdecken ab. Dieser Untergrund stellt seit der Urzeit zusammen mit einem günstigen Mikroklima die Basis für die Landwirtschaft, besonders jedoch für den Anbau qualitativ hochwertiger Weine dar, die heute überdurchschnittlich als Landes- und Bundessieger prämiert werden.

Die Vereinigung Traisentaler Weingärtner REGIO TRAGISANA bietet die besten Weine der Region unter den Namen Traisentaler Blumen für Weißweine (Steinnelke - Leichtweine, Frauenschuh - Kabinettweine und Ehrenpreis - Prädikatsweine) und Keltenbecher für Rotweine an.

Univ. Doz. Dr. Johannes-Wolfgang Neugebauer

Pöchlarn

Oskar Kokoschka Geburtshaus

Heimatmuseum

Oskar Kokoschka Geburtshaus
Regensburgerstraße 29

Heimatmuseum im Welserturm
3380 Pöchlarn

Tel. 02757 - 2310-30, 2300 (Stadtamt)
Fax 02757 - 2310-66

Anreise
A1 Ausfahrt Pöchlarn

Westbahn Bahnhof Pöchlarn

Öffnungszeiten
Geburtshaus: jährliche Sommerausstellungen und Fotobiographien im Dachgeschoßbau und Scheunentrakt
Mitte Mai bis Ende September
DI - SO 9.00 - 12.00 und 14.00 - 17.00 Uhr
Heimatmuseum: gegen Voranmeldung

Eintritt
Kokoschka Geburtshaus
Erwachsene 30,-; Kinder 20,-
Heimatmuseum 10,-

Führungen
Gegen Voranmeldung 02757 - 7656

Fotografieren
Erlaubt

Schwerpunkte
Geburtshaus: Über das Leben des Künstlers
Heimatmuseum: Funde aus der Jungsteinzeit, Bronzezeit, Urnenfelderzeit, Hallstattzeit, römische Kaiserzeit, Frühmittelalter, Hoch- und Spätmittelalter sowie eine alte Bauernstube mit volkskundlichen und stadtgeschichtlichen Gegenständen

Sehenswürdigkeiten
Pfarrkirche - Bilder v. „Kremser Schmidt"
Tischlereimuseum

Publikationen/Kataloge
Heimatbuch sowie Kataloge von Kokoschka
„Pöchlarn und die Nibelungen" (Heft)

Allgemeines
Druckgraphikausstellung Franz Knapp in der Rüdigerstraße 63, Tel. 3131
Radierungen, Aquarelle, Zeichnungen

Nibelungenstadt Pöchlarn

Pöchlarn - die **Geburtsstadt Oskar Kokoschkas.** Die Dokumentation in seinem Geburtshaus ist von Mai bis September geöffnet. Darüber hinaus gibt es jährlich während der Sommermonate interessante, sehenswerte Ausstellungen.

Franz Knapp, der heimatverbundene Künstler, auch „malender Fährmann" genannt, ist ein Schüler Oskar Kokoschkas. Im Wohnhaus Rüdigerstraße 63 finden laufend Wechselausstellungen statt (Radierungen, Aquarelle, Zeichnungen, Druckgraphiken).

Im **Welserturm** - einer ehemaligen Niederlassung der Welser Kaufleute, erbaut 1484 - ist heute das **Heimatmuseum** untergebracht. Funde aus der Jungsteinzeit, vor allem aber aus der Römerzeit sowie Gebrauchsgegenstände der Bauern und Handwerker der Region sind zu sehen.

Das **Nibelungendenkmal** wurde im Jahre 1987 erbaut. Es soll einen Beitrag zum „Europaweiten Friedensgedanken" und zur „Donau-Europäischen Idee" darstellen und die freundschaftliche Verbundenheit der im Nibelungenlied erwähnten Städte symbolisieren.

Rechts: Kokoschka Geburtshaus

Links: Kokoschka Dokumentation

Biographische Daten

1886 - Geboren am 1. März in Pöchlarn. Vater Gustav war aus Prag, Mutter Romana stammte aus Hollenstein an der Ybbs.

1887 - Übersiedlung nach Wien, Kindheit und Jugend in Wien, Studium an der Wiener Kunstgewerbeschule.

1951 - Ehrenbürgerschaft seitens der Stadtgemeinde Pöchlarn.

1973 - Eröffnung der Oskar Kokoschka-Dokumentation in seiner Geburtsstadt.

1980 - Am 22. Februar Tod in Montreux. Beisetzung auf dem Friedhof Clarens.

Oskar Kokoschka Dokumentation Pöchlarn

Die im Geburtshaus des Künstlers in Pöchlarn eingerichtete Dokumentation versteht sich gleichermaßen als Stätte der Begegnung und lebendigen Vermittlung wie als Forschungszentrum und Dokumentationsarchiv.

Das Archiv, dessen Bestand kontinuierlich wächst ist inzwischen einerseits zur Basis für die weitere wissenschaftliche Erschließung von Leben und Werk dieses österreichischen Künstlers, andererseits zum Informationszentrum für weltweite bedeutende Zusammenarbeit mit Museen und anderen kulturellen Institutionen geworden.

Neben dieser Verpflichtung zu Forschung und Information besteht die zweite wesentliche Aufgabe dieser Dokumentation darin, einem breitgestreuten Besucherkreis die Begegnung mit der Persönlichkeit des Künstlers und mit Teilbereichen seines Werkes zu ermöglichen.

Hier soll weniger Bekanntes und Unbekanntes vorgestellt - und auch zur Diskussion gestellt werden.

So stellen die biographische Fotodokumentation und ausgewählte Werkbeispiele oft den ersten Kontakt mit dem Künstler her, während die auf ein spezielles Thema konzentrierten jährlichen Sonderausstellungen versuchen, Oskar Kokoschkas Schaffen in seinen mannigfaltigen Erscheinungsformen zu zeigen.

Von Jahr zu Jahr finden immer mehr Menschen den Weg zu Kokoschkas Geburtshaus - keinesfalls nur ein Minderheitenpublikum von besonders Kunstinteressierten.

Quelle: Stadtamt Pöchlarn

Pöggstall

Dokumentation Traunfellner

Marktgemeinde
3650 Pöggstall

Tel. 02758 - 23 83
oder 23 87
Fax 02758 - 31 40

Pöggstall

Die Marktgemeinde Pöggstall, im südlichen Teil des Waldviertels gelegen, wird wegen seines günstigen Klimas auch „Meran des Waldviertels" genannt.

Im Schloß Rogendorf, erbaut im 13. Jahrhundert, erweitert und umgebaut im 15. / 16. Jahrhundert, findet man die einzigartige, im Original erhaltene Folterkammer als Zeugnis vergangener Gerichtsbarkeit, die im Jahre 1593 eingerichtet wurde: Mit Streckleiter, Prügelbank, Richtschwerter, Daumenschrauben, Beinschraube, verschiedene Zangen, Grausbirnen etc.

Im Rondell des Schlosses ist das Museum für Rechtsgeschichte untergebracht, eine Außenstelle des NÖ. Landesmuseums. Im ersten Stock des Rondells kann man Wissenswertes über die historischen Todesstrafen, Leibesstrafen, Ehrenstrafen, Gerichtsbarkeit, Rechtssymbolik und Gesetzgebung im allgemeinen erfahren. Im Erdgeschoß wird die spezielle Geschichte der Folter behandelt.

Das Schloß Pöggstall beherbergt zusätzlich noch ein Heimatmuseum, in dem neben landwirtschaftlichen Geräten, sakralen Gegenständen, alten Waffen usw. als besondere Kostbarkeit ein echter Josephinischer Sarg („Sparsarg") zu sehen sind. Ebenfalls im Schloß wurde eine Dokumentation über das Leben und Werk des Pöggstaller Malers und Grafikers Prof. Franz Traunfellner eingerichtet.

Die Dauerausstellung „Imkerei - einst und jetzt" zeigt Wissenswertes über die Bienenzucht - man kann z.B. die Bienen bei ihrer Arbeit durch einen gläsernen Bienenstock beobachten. Zudem werden jährliche Sonderausstellungen errichtet.

Ebenfalls sehenswert ist die Kirche St. Anna im Felde (12. Jh.).

Information
Gemeindeamt A-3650 Pöggstall
02758 - 23 83 und 23 87
oder
Museum für Rechtsgeschichte
02758 - 33 10

Anreise

A1 Ausfahrt Ybbs/B 36 (Yspertal)
A1 Ausfahrt Melk/B 216 (Weitental)

Bahnhof Melk

Linienbusse ab Bahnhof Melk, Schnellbus ab Bhf Wien Landstraße (FR u. SO)

Öffnungszeiten

1. April - 31. Oktober
Täglich außer MO 9.00 - 17.00 Uhr

Eintritt

Eintrittskarten an der Museumskassa (diverse Ermäßigungen)

Führungen

Folterkammer und Heimatmuseum:
11.15, 14.00 und 15.15 Uhr oder nach telefonischer Voranmeldung:
02758 - 23 97 Herr Rötzer
Museum für Rechtsgeschichte:
nach telefonischer Voranmeldung:
02758 - 33 10

Sonderausstellungen

Jährliche Sonderausstellungen

Allgemeines

Zahlreiche Konzerte und Theateraufführungen im Kaisersaal des Schlosses

„Straßenbäume", Holzschnitt, 38 x 50 cm

Franz Traunfellner, 1913 - 1986

In Holzschnitt und Malerei Autodidakt, erlernt er die Radierung bei Prof. Kromar v. Hohenwolf und die Lithographie bei Prof. Quittan und Slavi Soucek.

Sein Werk umfaßt weit über tausend Zeichnungen, Aquarelle, Ölbilder und vor allem Graphiken in den verschiedensten Techniken. Mensch, Tier und Natur, zumeist aus seiner näheren Umwelt, sind seine bevorzugten Motive. Am bekanntesten sind seine Holzschnitte, in denen er durch die Reduktion auf das Wesentliche zu einer ungemein ausdrucksvollen und eindringlichen Darstellung gelangt.

Seine Bilder werden in zahlreichen Ausstellungen im In- und Ausland gezeigt und auch von namhaften Galerien und Museen erworben. Dies zeigt, wie sehr Traunfellner es versteht, seine Erlebniswelt auf den Betrachter zu übertragen.

Diesem international bedeutenden Maler und Graphiker ist eine Dokumentation gewidmet, die dem Besucher einen Überblick über Person, Leben, Umfeld und Werk vermittelt. Die ständige Ausstellung ist in fünf Räumen des Schlosses Rogendorf in Pöggstall untergebracht, nur drei Kilometer von Gerersdorf entfernt, wo sich das Geburts- und Wohnhaus des Künstlers befindet.

Der Besucher des Schlosses erreicht die Ausstellung im ersten Stock über eine alte, linksgedrehte Wendeltreppe.

Im ersten Raum vermitteln große Fotowände einen Eindruck vom Wohnhaus Franz Traunfellners und der umliegenden Landschaft, der er so viele Anregungen für seine Werke verdankt. Hier wird der Künstler in einem detaillierten Lebenslauf vorgestellt, auch die wichtigsten Stationen seiner künstlerischen Laufbahn sind angeführt.

Der zweite Raum ist dem schaffenden Künstler gewidmet. Sein Schreibtisch, Werkzeuge, einige persönliche Gegenstände und vor allem die Druckpressen, welche aus dem Gerersdorfer Wohnhaus hierher gebracht wurden, geben dem Besucher die Möglichkeit, die Entstehung der Kunstwerke lebendig nachzuvollziehen.

Kurze, informative Texte geben Auskunft über die verschiedenen Drucktechniken und ihre Anwendung durch den Künstler.

Die übrigen drei Räume sind den Werken Traunfellners gewidmet. Während im ersten Raum Ölmalerei und Farbholzschnitte zu sehen sind, sind die letzten beiden Räume ausschließlich der Schwarz-Weiß-Graphik in den verschiedensten Techniken, vor allem aber dem Holzschnitt, vorbehalten.

Diese Galerie bietet einen repräsentativen Überblick über das umfangreiche Werk Traunfellners.

Darüber hinaus sind Sonderausstellungen geplant, in denen interessante Teilbereiche seines Schaffens gezeigt werden sollen.

Quelle: Irmgard Linke

„Landstreicher", Radierung, 31 x 23 cm

„Bäume und Weg“, Holzschnitt, 33 x 47 cm

„Vollmond“, Linolschnitt, 30 x 27 cm

Pöggstall

Anreise
A1 Ausfahrt
Ybbs/B36
(Yspertal)
A1 Ausfahrt
Melk/B216
(Weitental)

Bahnhof Melk

Linienbusse ab Bahnhof Melk
Schnellbus ab Wien Landstraße (FR, SO)

Öffnungszeiten
MO - FR 10.00 - 12.00 u. 15.00 - 18.00 Uhr
SA 10.00 - 12.00 Uhr
MI nur vormittags
sowie nach telefonischer Vereinbarung

Eintritt
Busse 30,- pro Person

Fachgebiete
Künstlerische Glasbläserei

Fotografieren
Nur auf Anfrage

Sonderausstellungen
Gläserner Advent -
jährlich ca. 19.11. - 24.12.

Schwerpunkte
Ausstellungen mit internationalen Künstlern

Sehenswürdigkeiten
Zusehen wie ein Glasunikat entsteht vom Meister persönlich

Publikationen/Kataloge
Prospekt

Glasgestaltung Walter FAFFELBERGER

Hauptplatz 11
3650 Pöggstall

Tel. 02758 - 2980
Fax 02758 - 2980

Walter Faffelberger
geboren 1962

Ausbildung und Tätigkeit

1977 - 81
Ausbildung als technischer Glasapparatebauer in der Glasfachschule Kramsach/Tirol

1981 - 82
Gastaufenthalt in Houston/Texas

1982 - 84
Aufenthalt in Wien

1984 - 88
Eigenes Studio in Lenggries/Bayern, Ausstellungen in BRD, Österreich

Ab 1988
Übersiedlung nach Pöggstall, eigenes Studio, Teilnahme am Glassymposium in Frauenau in Bayern

Ausstellungen im Inland

Wien, Linz, Innsbruck, Salzburg, Villach, Bregenz, Völkermarkt, Güssing, Krems, Schruns, Köflach, Pöggstall/Waldviertel

Ausstellungen im Ausland

England, Japan, Deutschland, Luxemburg, Italien, Frankreich, Schweiz

Seit 1989 Ausstellungen mit internationalen Künstlern in der hauseigenen Ateliergalerie in Pöggstall.

Walter Faffelberger

arbeitet als „Glasbläser an der Lampe“.

Seine Werkstücke entstehen aus Hartglas, die mit verschiedenen Metallsalzen oder Oxyden sowie Edelmetallen behandelt werden. Durch die unterschiedlichen Flammen und Temperaturen von 1400 ° C - 2300 ° C bilden sich Farben, die besonders bei wechselnden Lichteinflüssen wirkungsvoll zur Geltung kommen.

Durch Verarbeitung von Farbglas baut er seine Technik der Farbgebung weiter aus, um seinen Gläsern besonderes Flair zu geben.

Walter Faffelberger - Gläser sind Unikate und werden nach eigenen Entwürfen von Hand gefertigt. Das Glasatelier Walter Faffelberger ist ganzjährig von Montag bis Freitag 10.00 - 12.00 Uhr und 15.00 - 18.00 Uhr (Mittwoch Nachmittag geschlossen) und Samstag 10.00 - 12.00 Uhr oder nach telefonischer Vereinbarung geöffnet.

Glasgestaltung
Walter Faffelberger
3650 Pöggstall, Hauptplatz 11
Tel. und Fax 02758 - 2980
Mobil 0663 - 9114280

Pottenbrunn

Zinnfigurenmuseum Schloß

Museumsverein
3140 Pottenbrunn
Tel. 02785 - 2337

Anreise
A1/S33/B1
Linienbusse

Öffnungszeiten
DI - SO 9.00 - 17.00 Uhr

Eintritt
Ermäßigung für Schüler, Studenten und Militär

Führungen
Nach telefonischer Voranmeldung

Fotografieren
Mit Genehmigung der Museumsleitung

Sonderausstellungen
Alljährlich Sonderausstellungen mit historischen Themen

Publikationen/Kataloge
Vorhanden

Ausgrabungen der letzten Jahre haben gezeigt, daß der Raum um Pottenbrunn, und zwar der östliche Wagram, bereits seit der Jungsteinzeit besiedelt war. Auch aus der Karolingerzeit wurde ein vermutlich slawisches Gräberfeld entdeckt. Urkundlich wird der Ort erst 1094/97 genannt.

In der ersten Hälfte des 12. Jahrhunderts hatte ein Poto von Asparn Besitz in diesem Ort, in diese Zeit ist wohl auch die älteste Wasserburg zu datiern. Vom 13. Jahrhundert bis 1505 saß ein Rittergeschlecht auf dieser Burg, das sich vorerst nach Alland, später nach Pottenbrunn nannte.

Diese Ritter von Pottenbrunn haben die ursprüngliche Burganlage errichtet, deren Kern im heutigen Bau des Museumstraktes steckt. Im 16. Jahrhundert wurden der romanische Kern des Berchfrites und der anschließende Trakt des Altschlosses im Renaissancestil umgebaut. Charakteristisch dafür sind die auskragenden Arkadengalerien von Schloß und Turm.

Unter Graf Johann Anton von Pergen, (19. Jahrhundert) wurde das Hauptschloß mit dem Hochturm in romanischem Sinne umgestaltet, wobei sich der Turmhelm nun zinnengekrönt darbot. In den letzten Kriegstagen im April 1945 erlitt das Schloß schwere Schäden durch Artilleriebeschuß seitens der anrückenden Russen und der abziehenden deutschen Wehrmacht.

Die Eigentümer, Graf Josef und Gräfin Helene Trauttmansdorff, wurden am 13. April 1945 als Mitglieder einer St. Pöltner

Widerstandsgruppe nach einem standrechtlichen Verfahren hingerichtet. Das Schloß wurde durch die Russen geplündert, verwüstet und unwohnbar gemacht.

Als Folge der Artillerietreffer und des langjährigen Leerstehens stürzte im April 1961 der Hochturm ein. Bei der Restaurierung in den Jahren 1962 - 1969 wurde der ursprüngliche Zustand des Berchfrits mit einem Zwiebelturm wiederhergestellt.

Die heutige Anlage, noch immer zur Gänze von Wasser umgeben, besteht aus dem „Neuschloß", welches von der Eigentümerfamilie Trauttmansdorff zu Wohnzwecken benutzt wird und dem „Altschloß", welches seit 1970 das Österreichische Zinnfigurenmuseum beherbergt.

In vierzig Dioramen werden wichtige Ereignisse der österreichischen Geschichte, vor allem Schlachten, dargestellt. Insgesamt gelangten ungefähr 40.000 Zinnsoldaten zur Aufstellung.

Beschreibung der Räume des Zinnmuseums

Raum II/5 Vom Mittelalter zur Neuzeit
Raum II/1 Kaiser Maximilian I.
Raum II/2 Das Zeitalter des Dreißigjährigen Krieges
Raum II/3 Türkenkriege 1683-1718
Raum II/4 Montecuccoli-Zimmer
Raum II/5 Audienz beim Sultan
Stiegenhaus zum 3. Stock: NÖ Burgen der Biedermeierzeit
Raum III/1 Maria Theresien-Saal
Raum III/2 Napoleon-Saal: Das 19. Jahrhundert
Raum III/3 Radetzky-, Franz-Joseph-Saal
Raum III/4 Hesser-Zimmer
Raum 5 Zeit des ersten Weltkrieges

Zusätzlich werden im ***ersten Stock alljährlich Sonderausstellungen*** mit historischen Themen gezeigt.

Quelle: Dr. Johannes Trauttmansdorff

Schloß Pottenbrunn

Poysdorf

Stadt- museum

2170 Poysdorf
Tel. 02552 - 2200/0

Gemeinde
Tel. 02552 - 3209

Stadtmuseum
Tel. 02552 - 2200/17

Fremdenverkehrsverein
Fax 02552 - 2552 - 3715

Anreise
A22/B7 Richtung Brünn

Bahn von Wien nach Mistelbach

Linienbusse

Öffnungszeiten
Von 7. April bis 3. November täglich
außer DI 9.00 - 12.00 u. 13.00 - 17.00 Uhr

Eintritt
Erwachsene 40,-
Kinder, Studenten, Präsenzdiener 15,-
Senioren und Gruppen ab 10 Personen 30,-
Familienkarte (2 Erwachsene und Kinder bis 15 Jahre) 90,- jeweils inkl. Führung

Führungen
Gruppenführungen nur nach Voranmeldung

Fachgebiete
Volkskunde und Urgeschichte

Fotografieren
Erlaubt

Sonderausstellungen
Jährlich

Schwerpunkte
Weinbau

Publikationen/Kataloge
Museumsführer und Begleitbuch zur Sonderausstellung

Allgemeines
Waldlehrpfad Poysdorf-Seegrund
Traktorrundfahrten
Wein- und Bauernmarkt
Stadtführungen
Weinpanoramaweg

Poysdorf
Die Weinstadt Österreichs

Eine halbe Autostunde nördlich von Wien liegt Poysdorf, die Weinstadt Österreichs. Das erste Aufatmen nach der Großstadt. Das Weite der Landschaft, das zarte Saatgrün im Frühjahr, das Goldgelb der Felder und Grün der Weingärten im Sommer, das stille Erdbraun im Herbst und sparsamer Schnee im Winter.

Hier eingebettet begrüßt Poysdorf, die traditionsreiche Weinstadt, deren Entstehungsgeschichte sich bis zur Mitte des 11. Jahrhunderts zurückverfolgen läßt, seine Besucher.

Baudenkmäler und Zeitzeugen einer bewegten Vergangenheit, alles überragt von der Johannes-Kirche (1629 - 1635, im Stil der Renaissance) als Wahrzeichen, gut erhaltene öffentliche Gebäude oder die barocke Pestsäule (1715) am Dreifaltigkeitsplatz, das Stadtmuseum, das Preußendenkmal, die Vogelsangmühle aus dem 16. Jh. oder die barocke Wallfahrtskirche Maria Bründl (1740) sind lohnende Ziele für einen Stadtspaziergang.

Auf gut markierten Rad- und Wanderwegen durch Weingärten, den Weinpanoramaweg in Harmannschachern oder entlang des Waldlehrpfades „Poysdorf-Seegrund" lernt man die reizvolle Gegend kennen um dann stimmungsvoll beim Winzer im Weinkeller in den romantischen Kellergassen den Tag ausklingen zu lassen.

Das **POYSDORFER STADTMUSEUM** ist im 1657 errichteten Bürgerspital und in der barocken Barbarakapelle untergebracht. Das Museum mit dem angeschlossenen Freilichtteil befaßt sich hauptsächlich mit dem traditionellen Weinbau und neuentdeckten spektakulären Urzeitfunden.

Daneben beherbergt es eine reichhaltige volkskundliche Sammlung, die das Leben im ländlichen Raum veranschaulicht, und viele historische Erinnerungsstücke.

Der alte Friedhof neben dem Bürgerspital wurde von der Stadtgemeinde in ein Freilichtgelände umgewandelt. Neben der Rekonstruktion einer befestigten Anlage vom Schanzboden - Hütte, Palisaden, Wall, Graben - wird im Freilichtmuseum besonders der Weinbau gezeigt: Alte Weinkulturen, verschiedene Schnittarten, Preßhäuser und Keller, Scheune und Schuppen mit den verschiedensten Geräten, die in der Poysdorfer Gegend vom Hauer verwendet wurden.

Das Museum bietet einen breiten Überblick über das Leben und Schaffen der ländlichen Bevölkerung des Weinviertels.

Quelle: Stadtgemeinde Poysdorf

Stadtmuseum Poysdorf Bürgerspital und Barbara - Kapelle

Ausstellung mit jungsteinzeitlichen Fundstücken, mehrfärbig bemalte Keramiken und weibliche Idolstatuette (4.500 vor Chr.)

Pressbaum

Heimatmuseum

Hauptstraße 79
3021 Pressbaum

Tel. 02233 - 29 9 82

Modelsammlung

Erika Schwarz-Müller
Dr. Niedermayrgasse 14
3021 Pressbaum

Tel. 02233 - 526 39
525 83 19

Anreise

A1 Ausfahrt Pressbaum
B1/B44, B13

Regionalbahn Linie 50 und S 50
Haltestelle Pressbaum

Linienbusse

Öffnungszeiten

1. und 3. SO im Monat 10.00 - 12.00 Uhr
und nach Vereinbarung
(Feiertag geschlossen)

Eintritt

Frei

Führungen

Zu den Öffnungszeiten und nach Vereinbarung

Fotografieren

Erlaubt

Schwerpunkte

Heimatkunde

Publikationen/Kataloge

Heimatbuch
„25 Jahre Marktgemeinde Pressbaum"

Allgemeines

Modelsammlung befindet sich im Privatbesitz
von Fr. Erika Schwarz-Müller
Dr. Niedermayrgasse 14
Tel. 02233 - 526 39, 525 83 19

Modelsammlung

Eine umfangreiche Sammlung alter Lebzeltmodel befindet sich im Besitz von Frau Erika Schwarz-Müller, Dr. Niedermayrgasse 14, in Pressbaum.

Seit vielen Jahren beschäftigt sich Frau Schwarz-Müller mit der Geschichte, Symbolik und Tradition der Lebzeltmodel.

Model, das Wort stammt vom dem lateinischen modulus (modus) und bedeutet Formgebung, Maß, Ebenmaß.

Schon im Altertum verwendete man Formen aus Ton um Lebkuchen und anderes Backwerk mit Symbolen zu verzieren. Später wurden die Model kunstvoll aus Holz geschnitzt. Die Figuren, welche auf den Lebkuchen abgebildet werden, haben mythische Ursprünge. Natürliche Dinge, wie Tiere oder Pflanzen, werden als Sinnbild für Geistiges, Übernatürliches gesetzt, wodurch diesem ein Geheimnischarakter zu eigen wird.

Die Sammlung von Frau Schwarz-Müller umfaßt ca. 1400 Model und Modelabdrücke (viele Model befinden sich seit Jahrhunderten im Besitz von Lebzelterfamilien).

Quelle: Frau Erika Schwarz-Müller

Wappen der Lebzelter Familie Laick in Göstling

Faßbinderwerkzeuge im Heimatmuseum

Heimatmuseum Pressbaum

Als eines der kleinsten Museen Niederösterreichs wurde das Heimatmuseum Pressbaum am 7. September 1975 eröffnet. Das alte, im Amtshaus der Gemeinde untergebrachte Museum, mußte 1967 einem Neubau weichen. Nach dem Tod des Museumsleiters Karl Knapp mußte das Heimathaus wiederum geschlossen werden, und erst 1981 gelang es, durch das Entgegenkommen des Bürgermeisters DI Dr. Otto Hartmann im Foyer des Rathauses eine Ausstellungsfläche einzurichten. In den Jahren 1987/88 erfolgte eine Neuaufstellung der Exponate durch Dr. Kurt Schaefer und Dietrich Felbermayer in der Hauptstraße 79, einem Gemeindewohnhaus.

Diese führt uns von der geologischen Vergangenheit des Wienerwaldes über die Archäologie in Pressbaum zur Präsentation unserer Gemeinde mit den Schwerpunkten Kirche, Feuerwehr, Wilhelm und Johannes Brahms sowie zur Faßbinderei.

Das Heimatmuseum erfüllt einen dreifachen Zweck: zunächst soll es dem berechtigten Bedürfnis der Gemeinde nach entsprechender Repräsentation nachkommen, und hat darüber hinaus volksbildnerischen Zweck. Zudem hat als Aufgabe des örtlichen Heimatmuseums die Illustrierung des täglichen Lebens zu gelten. Auch unsere Gegenwart wird Geschichte sein. Je systematischer hier Erhaltenswertes gesichert und noch erreichbare Hinterlassenschaften gesammelt werden, um so dankbarer müssen uns nachfolgende Generationen sein.

Pressbaum besäße wenige Schaustücke über seine Vergangenheit, wenn nicht drei Männer das Heimatmuseum als ihren Lebensinhalt angesehen hätten: Hofrat Prof. Dr. Gustav Götzinger (✝ 8.12.1969) der Geologe, Amtsrat GR Karl Knapp (✝ 13.4.1980) und Schuhmachermeister Josef Edelbacher (✝ 9.10.1984) als treue Wächter und unermüdliche Sammler. Nun haben es Dietrich Felbermayer und DI Dr. Kurt Schaefer übernommen, die Sammlung zu mehren und auszubauen. So wurde am 28. Juni 1983 der Museumsverein gegründet, der sich zur Aufgabe gestellt hat, alle Gegenstände, wie Pläne, Bilder, Fotos, Ansichtskarten etc. zu eruieren und zu sammeln.

Quelle: Marktgemeinde Pressbaum

Prottes

Erdöl- und Erdgaslehrpfad

Museum mit angeschlossenem Lehrpfad
2242 Prottes

Tel. 02282 - 2182, 8111
Fax 02282 - 2182-22

Anreise
Über B8 (Gänserndorf)
über B7 (Kollnbrunn)

Schnellbahn S 1 Wien Mitte - Gänserndorf/
Anschluß Lokalbahn

Linienbusse ab Gänserndorf

Öffnungszeiten
Ausstellungsraum
SA, SO/Feiertage 9.30 - 11.30 und
14.00 - 16.00 Uhr
MO - FR gegen Voranmeldung

Freilichtmuseum
April bis November

Eintritt
Erwachsene 15,-;Kinder 10,-
Gruppentarif (ab 10 Personen):
inklusive Führung 400,- Voranmeldung

Führungen
SO 14.00 Uhr, Kinderführung jeden 1. SO
im Monat 14.00 Uhr

Fachgebiete
Erdöl und Erdgas

Fotografieren
Erlaubt

Schwerpunkte
Aufbereitung, Förderung,
Verarbeitung von Erdöl und Erdgas

Sehenswürdigkeiten
Historische Fahrzeuge, Bohrgeräte
in Betrieb befindliche Anlagen der OMV

Publikationen/Kataloge
Kurzführer im Gemeindeamt und in der
Sporthalle zum Preis von 50,- erhältlich

Erdöl- und Erdgaslehrpfad

Über 200 Erdöl- und Erdgassonden befinden sich im Gemeindegebiet von Prottes. Grund genug, in diesem Ort eine Ausstellung über diese Rohstoffe und Energieträ-

ger einzurichten. Der Erdöl- und Erdgaslehrpfad, ein Ausstellungsraum mit einem etwa vier Kilometer langen angeschlossenen Lehrpfad, der sich zum „Lernen beim Spazierengehen", aber auch für eine Radtour anbietet, informiert über das „Schwarze Gold" in der Region.

Beginnend im Ortszentrum, durchwegs auf befestigten Wegen und abseits von verkehrsreichen Straßen spaziert man durch gepflegte Parkanlagen, vorbei am malerischen Kellerviertel, durch Laubwälder und entlang von Weingärten.

Da begegnet man urzeitlichen Sauriern anmutenden Ungetümen, sowie dem letzten in Österreich noch vorhandenen Raupentraktor mit sinnigem Namen „Stalinetz", welcher von den Russen während der Besatzungszeit für Transporte im Erd-

ölgebiet eingesetzt wurde. Im Abschnitt „Erdgas" ist ein Rohrstück einer Pipeline mit einem Durchmesser von fast einem Meter ausgestellt. Diese Leitung hat eine Kapazität der eineinhalbfachen österreichischen Jahresverbrauchsmenge.

Da sind aber auch „lebende" Exponate: die in Betrieb befindlichen Anlagen der OMV AG zu sehen.

Insgesamt sind entlang des Erdöl- und Erdgaslehrpfades Prottes über 150 Exponate zu besichtigen. Ein Kurzführer sowie Führungs- und Gruppenpauschalen runden das Angebot dieses Museums ab.

Ein Ort zum Schauen, zum Genießen, zum Wohlfühlen: das ist Prottes. Eine Marktgemeinde, hart an der Grenze vom Marchfeld zum Weinviertel hin gelegen, ein beliebter Wein- und Ausflugsort, weniger als eine Autostunde von Wien in Richtung Nordosten entfernt.

Viele Namen hat der über 1000 Einwohner zählende Ort schon gehabt: Protechin, Protlehen, Pratess, Brodtes, ... Im Jahr 1965 wurde Prottes zur Marktgemeinde erhoben.

Sehenswert ist die Pfarrkirche „Maria am grünen Anger", eine barocke Wallfahrtskirche, welche in vergangenen Tagen Ziel für zahlreiche Pilger war. Sie gehört zur Pfarre Melk, das zeigen auch die gekreuzten Schlüssel im Wappen oberhalb des Eingangsportales.

Unumstritten ein Wahrzeichen des Ortes Prottes ist das Barbarakreuz. Aus Teilen eines Erdölförderturmes errichtet und vom Kellerviertel aus über den Barbaraweg leicht erreichbar, bittet es zum Blick über den Ort und die Umgebung.

Im „Kindlwald" sind die Lebensbäumchen Protteser Erdenbürger heute bereits zu einem stattlichen Wald zusammengewachsen. Gemütliche Bänke laden hier zur Rastpause ein.

Radfahrer schätzen das gut beschilderte Radwegenetz entlang des „Bernsteinweges" und der Weinstraße „Matzner Hügel", Spaziergänger genießen darüber hinaus die idyllischen Wege durch Kellerviertel und Kellergassen.

Barocke Wallfahrtskirche „Maria am grünen Anger"

Nicht unerwähnt bleiben sollte die Sporthalle im Ort, eine Mehrzweckhalle mit verschiedenen Räumlichkeiten für Sportveranstaltungen, mit Kegelbahnen, abwechslungsreichen Kulturveranstaltungen und Restaurant.

Von der Brettljause bis zum Galadiner reicht dort das kulinarische Angebot, der Gastbetrieb ist auch für Busgruppen bestens gerüstet. Weingenießer kommen darüber hinaus auch bei Weindegustationen im hauseigenen Keller engagierter Weinhauer voll auf ihre Rechnung. Einem geselligen Beisammensein im Kellerviertel oder in einem der Heurigenlokale des Ortes steht dann - als Ausklang eines schönen Ausflugstages - nichts mehr im Wege.

Quelle: Dr. Maria Gager

Purgstall

Anreise

A1 Ausfahrt Ybbs/B25

Westbahn bis Pöchlarn dann umsteigen in Regionalverbindung „Kienberg-Gaming"

Linienbusse SA, SO/Feiertag von Mai - September: von Autobusbahnhof Wien-Landstraße nach Purgstall

Öffnungszeiten

1. Mai - 26. Oktober
DI, SA, SO/Feiertag 14.00 - 16.00 Uhr
DO 10.00 - 12.00 Uhr sowie
jederzeit gegen telefonische Voranmeldung

Eintritt

Erwachsene 30,-; in Gruppen 25,-/Pers.
Kinder 10,-; Schulklassen 5,-/Schüler

Führungen

Gruppen gegen Voranmeldung

Fachgebiete

Gerberei, Eisenhandel, Bekleidung
Geschichte des Marktes Purgstall/Erlauf

Fotografieren

Erlaubt

Sonderausstellungen

Laufend

Museum im Ledererhaus

Mariazellerstraße 2
3251 Purgstall

Tel. 07489 - 27 11-17,
24 62
Fax 07489 - 27 11-44

Die Drucklegung erfolgte mit freundlicher Unterstützung der

VOLKSBANK
Ötscherland
Volksbank. Vertrauen verpflichtet.

Das Ledererhaus in verschiedenen Ansichten

Die Ledererbutte an der Fassade des Gebäudes gibt den ersten Hinweis auf eine Gerberei, Jahreszahl 1609.
Spruch: Gottes Rat ist mein bester Hausrat von nun an bis in Ewigkeit.

Malerei an der Nordseite, Jahreszahl 1576.

Fensterumrandung mit Delphinen und vegetabilen Ornamenten

Das Museum im Ledererhaus

Das ehemalige Heimatmuseum in Purgstall/Erlauf wurde in den Jahren 1994 bis 1996 durch ein von ECO plus gefördertes Projekt im Rahmen der Niederösterreichischen Eisenstraße saniert und neu eingerichtet.

Vom frühen 17. Jahrhundert bis 1956 läßt sich für das direkt an der Erlauf gelegene Gebäude, mit reichem Sgraffito an der Außenfassade, das Ledererhandwerk bzw. die Gerberei nachweisen.

In Verbindung mit der Geschichte des Hauses bildet die Gerberei einen wesentlichen Schwerpunkt des Museums. Gezeigt werden die einzelnen Arbeitsvorgänge der Lederherstellung von der Haut bis zum kostbaren Leder. Mit der Arbeit des Gerbers wird die Handarbeit unter Verwendung einfacher Werkzeuge und Hilfsmittel vor der Industrialisierung veranschaulicht.

Am Beispiel der aus Purgstall stammenden Schusterwerkstatt wird die Bedeutung des Leders und dessen Verarbeitung, stellvertretend für alle lederverarbeitenden Handwerke im Bereich der Nahversorgung aufgezeigt. Politische und gesellschaftliche Ereignisse (Anfang u. Mitte des 20. Jhs.) erhalten durch das Erzählen der Lebensgeschichte des Schusters lokale Bedeutung. Ein Raum, dessen Holzdecke die Jahreszahl 1594 trägt ist in mehreren Einzeldarstellungen der Geschichte des Ortes gewidmet. Eisen- und Provianthandel wie Provianterzeugung von der Mitte des 14. bis gegen Ende des 18. Jahrhunderts brachten großen wirtschaftlichen Aufschwung. Der Markt nannte sich „k. k. privilegierter Eisen- und Proviantmarkt" bis Ende des 18. Jahrhunderts die Privilegien des Eisen- und Provianthandels aufgehoben wurden.

Ausgewählte Alltags- und Festtagskleider zeigen unter den Aspekten „Schönheitsempfinden", „Geschmack" und „Prestige" die unterschiedlichen Haltungen und Wertvorstellungen einzelner Generationen auf. „... denn nicht nur Kleider machen Leute ...".

Der ehemalige „Trockenraum" der Gerberei im ersten Stock des Hauses bietet Platz für Sonderausstellungen und Veranstaltungen.

Der Garten ist Teil des Museums. Das eindrucksvolle Ambiente am Ufer der Erlauf lädt den Besucher zum Verweilen und Entspannen ein.

Mag. Katharina Krenn

Das Museum im Ledererhaus - die Fassade des Hauses zeigt zwei übereinanderliegende Schichten von Pseudosgraffiti aus der Zeit um 1600 (Pseudosgraffiti = Vortäuschen von Kratzputztechnik durch Bemalung)

Purgstall

Erlauftaler Feuerwehrmuseum

Kustos: OV Franz Wiesenhofer
3251 Purgstall

Tel. 07489 - 29 14
oder 22 22

Anreise

A1 Ausfahrt Ybbs weiter B25

Westbahn bis Pöchlarn dann umsteigen in Regionalverbindung „Kienberg-Gaming"

Linienbusse: SA, SO und Feiertag von Mai bis September: von Autobusbahnhof Wien-Landstraße nach Purgstall.

Öffnungszeiten

1. Mai bis 26. Oktober:
SA 9.00 - 16.00 Uhr
SO 13.00 - 16.00 Uhr
Gruppen gegen telefonische Voranmeldung jederzeit

Eintritt

Erwachsene	30,-
Kinder	15,-
Gruppen	25,- /Person

Führungen

Auf Anfrage

Fotografieren

Erlaubt

Publikationen/Kataloge

Vorhanden
Videos, Farbpostkarten und Sonderkuverts

Fachgebiete

Feuerwehr von einst und jetzt

Purgstall

Die Marktgemeinde Purgstall an der Erlauf erstreckt sich über 56 km² und ist die größte Gemeinde des Bezirkes Scheibbs.

Die ersten Funde über menschliche Besiedlung stammen aus der Jungsteinzeit (um 5000 v. Chr.). Zwei römische Hausfundamente mit Fußbodenheizung nach dem römischen Hypokaustensystem konnten an der Südgrenze von Purgstall freigelegt werden.

Die erste urkundliche Erwähnung von Purgstall stammt aus der ersten Hälfte des 12. Jahrhunderts.

1360 erfolgte die Markterhebung, durch die Ansiedlung zahlreicher Handwerker verwandelt sich das Bauerndorf zu einem blühenden Industrieort. Um 1370 erfolgt unter der Herrschaft der Wallseer der Bau der Ringmauer an der Süd- und Nordseite mit fünf Wehrtürmen und vermutlich die Erbauung der ersten Pfarrkirche.

1492 erwirbt Volkhard von Auersperg die Herrschaft von Purgstall, der Markt weitet sich aus, der Ortsteil „Wyden", der zur Herrschaft des Stiftes Passau gehört, wird einbezogen.

1603 erhält der Markt Purgstall von Kaiser Rudolf II. über Fürbitte des Freiherrn Weikard von Auersperg ein Wappen.

Von der Mitte des 14. Jahrhunderts bis Ende des 18. Jahrhunderts oblagen dem Ort Purgstall (neben Gresten und Scheibbs, die durch die wirtschaftlich wichtige Dreimärktestraße verbunden waren) die Privilegien des Eisen- und Provianthandels.

Literatur: Coelestin Schachinger: Geschichte des Marktes Purgstall a.d. Erlauf. Purgstall 1913.

Im Erlauftaler Feuerwehrmuseum erleben Sie die Entwicklung der größten Hilfeleistungsorganisation Österreichs vom 18. Jahrhundert bis heute.

Hand-, Karren- und pferdegezogene Wagenspritzen sowie motorisierte Feuerwehroldtimer sind zu sehen. Es werden nicht nur historische Feuerwehrgeräte vorgestellt sondern auch die modernen Einsatzgeräte von heute.

Jeden ersten Samstag im Monat werden von 13.00 - 16.00 Uhr Feuerwehroldtimerfahrten durchgeführt. Dabei kann man die herrliche Umgebung Purgstalls kennenlernen. Zum Abschluß dürfen die Kinder Zielspritzen.

Aufgrund der großen Leistungen auf dem Gebiet des Museumswesen wurde dem Erlauftaler Feuerwehrmuseum vom Bundesministerium für Wissenschaft und Forschung der Österreichische Museumspreis 1993 (2. Preis) verliehen.

Quelle: Franz Wiesenhofer

Raabs an der Thaya

Burg
Grenzland-museum

Stadtgemeinde
3820 Raabs an der Thaya

Tel. 02846 - 365
Fax 365-21

Anreise
Wien - Stockerauer Autobahn - Horn
Linz - Mühlkreisautobahn - Freistadt - Gmünd

Wien - Franz Josefsbahn - Göpfritz/Bus

Busbahnhof Wien Mitte - Raabs Hauptplatz
Linz - Freistadt - Waidhofen/Th. - Raabs

Öffnungszeiten
Burg: April - Okt. tägl. von 10.00 - 16.30 Uhr
Nov. - März SA, SO 10.00 - 16.00 Uhr
Museum: Mai - Sept. MO - FR 9.00 - 12.00 Uhr
und 13.00 - 17.00 Uhr, SA 9.00 - 12.00 Uhr
und gegen Voranmeldung

Eintritt
Burg: Erwachsene 50,-, Senioren 40,-
Schüler 25,-, Gruppen 30,-/Person
Museum: Erwachsene 10,-, Kinder 5,-

Führungen
Gruppen gegen Voranmeldung

Fotografieren
Mit Genehmigung

Sonderausstellungen
Burg: jährliche Ausstellungen zu kulturellen Themen
Museum: „6000 Jahre Ackerbau an der Thaya"

Fachgebiete
Museum: Dokum. steinzeitliche Werkzeuge

Schwerpunkte
Burg: Rittersaal mit Renaissancefresken
Söller, Brunnen, Hungerturm, Ochsenturm
Innenhof mit Sonnenuhren.

Raabs

Die traditionsreiche „Sommerfrische" Raabs liegt am Zusammenfluß der Deutschen und der Mährischen Thaya. Von der mächtigen Burg geht der Blick über die kleine Stadt, wo die historischen Stadtmauern und Türme gut zu sehen sind.

Von tief eingeschnittenen Flußtälern steigen Laub- und Nadelwälder empor, die im harmonischen Wechsel mit Wiesen und Äckern ein freundliches und reizvolles Landschaftsbild ergeben. Die heutige Tourismusgemeinde Raabs - bestehend aus der Stadtgemeinde und den Katastralgemeinden Weikertschlag, Liebnitz, Nonndorf und Eibenstein - kann auf eine jahrzehntelange erfolgreiche Tradition auf diesem Gebiet zurückblicken.

Fernab von Industrie- und Verkehrslärm ist hier der ideale Platz für einen Erholungs- und Familienurlaub. Jeder Fischer weiß die stillen Plätze am Thayaufer zu schätzen, Wanderer und Radfahrer erkunden die Wege und Schönheiten des Tales. Zu einer angenehmen Rast laden die hübschen Schanigärten auf dem neugestalteten Hauptplatz mit barocker Mariensäule und historischem Pranger ein.

Ausstellungen und Konzerte in der Burg, Sport-, Schwimm- und Tennisanlagen sowie Kanufahrten auf der Thaya und Reitsport bieten die Voraussetzungen für gesunde, aktive Ferien.

Burg Raabs

Aus der Geschichte

Burg und Stadt Raabs waren von entscheidender Bedeutung für das nördliche Waldviertel. Hier wurde, vermutlich schon zur Karolingerzeit, eine Wehranlage zur Sicherung eines alten Handelsweges geschaffen. In der tschechischen Sprache heißt Österreich heute noch „Rakousko" - das „Land hinter Raabs". Mit Siedlern aus dem bayrisch-schwäbischen Raum kolonisierte Konrad von Raabs, zugleich Burggraf von Nürnberg, im 12. Jh. das gesamte nördliche Waldviertel.

In der sogenannten „Raabser Bucht" läßt sich die älteste Siedlungsform, die „Blockflurform" nachweisen. Wahrscheinlich war hier der erste „Burgbezirk", der die Orte südlich der Burg umfaßt. Urkundlich erstmals genannt im 11. Jahrhundert war Raabs bereits 1204 Markt und reichsunmittelbare Grafschaft. Oftmalige Erwähnung in Chroniken und Urkunden bestätigen die Bedeutung von Burg und Stadt: 1100 „Castrum Racouc", 1204 „Ragze", 1380 „Racz", 1550 „Rabbs", seit dem Beginn des 18. Jahrhunderts wird die heute übliche Schreibweise „Raabs" verwendet.

Burg Raabs

Der Mittelpunkt dieses Landstriches war die Felszunge hoch über der Thaya, wo von einem Ahnherrn der späteren Grafen von Raabs im letzten Viertel des 11. Jahrhunderts eine Steinburg errichtet wurde. Diese Wehranlage zählt zu den ältesten Burgformen des Landes.

Besitzer der Burg Raabs

Als Graf Konrad d. J. um 1192 starb, wurde er wahrscheinlich in der Egidienkirche des Schottenklosters in Nürnberg begraben, das eine Schenkung der Raabser als Bruggrafen von Nürnberg war und von ihnen als „Hausgut" betrachtet wurde.

Konrad hinterließ zwei Töchter Sophie und Agnes. Sophie war bereits mit dem Grafen Friedrich von Zollern verheiratet und erhielt, den östlichen und nördlichen Teil der Grafschaft bis Dobersberg, den Markt Raabs und Besitzungen in Franken. Diese Güter gingen damit an ihren Gatten über. Aus dieser persönlichen und wirtschaftlichen Verbindung entsproß das Geschlecht der **Hohenzollern** und damit der späteren preußischen Könige und deutschen Kaiser, deren Stammutter Gräfin Sophie von Raabs ist.

Den westlichen Teil der Grafschaft bis Litschau und Heidenreichstein sowie die Burg erhielt die jüngere der Schwestern, Agnes, die sich mit Graf Gebhard von Hirschberg vermählte. Damit war das große Gebiet der Raabser Grafschaft geteilt und es sollte längere Zeit dauern, bis zumindest das Kernstück wieder in einer Hand vereinigt war.

Nach 1200 verkaufte Sophie gemeinsam mit dem Sohn Konrad ihren Teil der Grafschaft und den Markt an Herzog Leopold VI. von Österreich, der westliche Teil verblieb weiter bei den Grafen von Hirschberg.

1246 starben die Babenberger im Mannesstamm aus. Raabs wurde zum Spielball am Rand der Machtkämpfe.

1260 erhielt Peter Wok von Rosenberg die Grafschaft Raabs.

1262 folgten dessen Söhne Heinrich und Wittiko.

1282 mußten die Rosenberger die Burg Raabs an die Habsburger abtreten.

1283 erhielt Stephan von Meyssaw (Maissau) die Herrschaft Raabs als Pfand.

1358 löste Albero III. von **Puchheim** die Burg und den Markt Raabs aus der Pfandschaft. Damit kam die Grafschaft Raabs in die Hand eines der mächtigsten und angesehensten Geschlechter jener Zeit, in dessen Besitz sie bis zum Jahre 1702 blieb. Zahlreiche Privilegien und Rechte wurden für den Markt Raabs und das umliegende Gebiet erwirkt.

Das heutige Aussehen erhielt die Burg unter den Puchheimern. Sehenswert sind eine steinerne Wendeltreppe, herrliche mittelalterliche Fresken, zierliche Renaissance-Gewölbe, ein vierzig Meter tiefer Brunnen, die Burgkapelle und der Burggraben.

1362 erfolgte die Vergrößerung der Herrschaft Raabs durch Zukauf des Gutes Pommersdorf.

1431 schlug Georg II. die Hussiten und erwirkte für Raabs

1448 den Simoni-Markt

1512 Georg IV. bekam vom Kaiser Maximilian die Genehmigung für den Pfingstmarkt.

Um **1580** unter Sigmund wurden die Bewohner protestantisch.

1591 am 15. Mai heimtückische Ermordung des Niklas von Puchheim durch Adam von Hofkirchen.

1597 Georg Ehrenreich nahm an der Bekämpfung des Bauernaufstandes teil.

1620 wurde Andreas II., der als fanatischer Protestant galt, vom Kaiser seiner Güter für verlustig erklärt.

1638 erhielten die Puchheimer ihre Besitzungen zurück.

1702 Franz Anton v. Puchheim trat nach dem Tod seiner Frau in den geistlichen

Stand. Franz Anton, **Edler von Quarient und Raall** vergrößerte

1708 die Herrschaft durch Zukauf von Kollmitz und dem Gut Pfaffenschlag.

1711 erwarb er den Edelsitz Radl. Nach seinem Tod

1718 blieb der Besitz noch bis

1760 in der Familie, die diesen dann am 30. Juni d. J. an **Freiherrn Johann Christoph von Bartenstein** verkaufte, der als Rechtsberater das volle Vertrauen Kaiserin Maria Theresias besaß.

1829 ging die Herrschaft Raabs an Freiherrn Franz Josef von Kaiserstein über, der die Urenkelin Johann Christophs von Bartenstein heiratete.

1873 erhielt die Tochter Franz Josefs, Primitive, die Raabser Besitzungen, die durch Heirat an Ludwig v. Villa-Secca, Navaro d'Andrade kam.

1878 wurde Wilhelm Ritter von Lindheim Eigentümer

1888 der Reichsgraf Philipp Boos von Waldegg und Montfort

1898 besuchte Erzherzog Rainer und seine Gattin und

1910 der Thronfolger Erzherzog Franz Ferdinand die Burg.

1912 wurde Freiherr Hugo Klinger von Klingerstorff Eigentümer. Nach dem Selbstmord seiner Frau begann der wirtschaftliche Niedergang der Schloßgüter, die Besitzungen wurden einzeln verkauft.

1971 erwarb der Schweizer Willy Enk die Burg und seit diesem Zeitpunkt wird die Burg renoviert.

Seit **1973** werden in den Sommermonaten im Rahmen des Raabser Kultursommers Konzerte und Ausstellungen veranstaltet.

Grenzlandmuseum mit historischem Stadtturm

Grenzlandmuseum

Das ursprüngliche Dr. Graßl Heimatmuseum befand sich im Schloß Raabs und mußte 1970 beim Verkauf des Schlosses geräumt werden. 1984 wurde im Zuge der Renovierung des Stadtturmes und der Errichtung eines Musikpavillons das Grenzlandmuseum neu erbaut und eröffnet.

Pfarrkirche

„Zu Maria Himmelfahrt auf dem Berge". Der älteste Teil der Kirche zeigt spätromanische Formen des 13. Jahrhunderts. Im 15. Jahrhundert durch Einziehen gotischer Gewölbe in eine dreischiffige Staffelkirche umgebaut. (Kreuzrippengewölbe, gotische Maßwerkfenster, beachtenswerte Grabsteine und das von Kaiserin Maria Theresia gestiftete Altarbild geben dem Innenraum die besondere Note). Im Kirchturm befindet sich die älteste Glokke Österreichs mit figuralen Darstellungen (1343).

Quelle: Festschrift „900 Jahre Siedlungsraum - 50 Jahre Stadt" von Othmar Knapp, 1976

Rabenstein a. d. Pielach

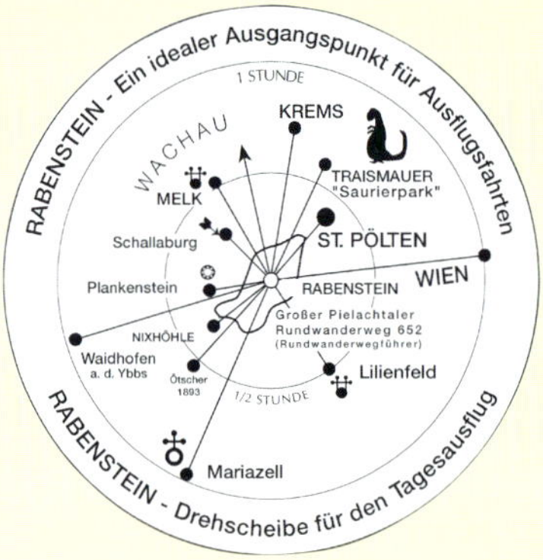

Anreise

A1 Ausfahrt St. Pölten Süd/B39

Westbahn bis St. Pölten/Mariazellerbahn

Linienbusse

Öffnungszeiten

MO, DI, FR 8.00 - 12.00 Uhr
MI 8.00 - 12.00 Uhr und 13.00 - 20.00 Uhr
sowie nach Voranmeldung

Eintritt

5,-/Person

Führungen

Nach Vereinbarung

Fotografieren

Erlaubt

Schwerpunkte

Repräsentativer Querschnitt handwerklicher und landwirtschaftlicher Gegenstände im Wandel der Zeit

Sehenswürdigkeiten

Ruine, spätgotische Pfarrkirche

Allgemeines

Bemaltes Osterei mit Spruch aus 15. Jh.
Gotische Madonna aus 15. Jh.
(Leihgabe der Pfarre), Hinterglasbilder

Urkundlich wird erstmals 1136 ein „Wilhelm von Raminstein" genannt, der einem Ministerialgeschlecht aus der Zeit der Babenberger angehörte. Ein Beweis dafür, daß die Burg zu Anfang des 12. Jhs. schon erbaut war. Der älteste Markt des Pielachtales entwickelte sich schon vor 1280 als typische Burg-Untersiedlung.

1683, als die Türken einbrachen, wurde auch die Burg Rabenstein einen Monat hindurch belagert, doch sie konnte nicht eingenommen werden. Nach dem Jahre 1780 bewohnten die Besitzer nicht mehr die Burg, und sie verfiel zusehends zur Ruine.

Seit 1989 kümmert sich ein rühriges Komitee mit zahlreichen freiwilligen Helfern, finanziell unterstützt durch Spendengelder, um die Erhaltung der bestehenden Substanz dieses Rabensteiner Wahrzeichens.

Der Name Rabenstein hat eine vielfache Deutungsmöglichkeit: So bedeutet beispielsweise „ram" im Mittelhochdeutschen „widder" = widerstehen und bezieht sich vielleicht auf die Tatsache, daß Rabenstein damals im Grenzgebiet der steirischen Ottokare lag. Die Silbe „stein" verweist möglicherweise auf die Burg. Jedenfalls kann angenommen werden, daß die ursprüngliche Namensgebung nicht auf der lange gepflogenen Deutung vom Raben, der auf einem Stein sitzt, entspricht.

Heimatmuseum

Marktplatz
3203 Rabenstein an der Pielach

Tel. 02723 - 22 50
Fax 02723 - 22 50-22

Heimatmuseum

Das Rabensteiner Heimatmuseum bietet neben einem Modell der Burg und einigen Kunstgegenständen einen repräsentativen Querschnitt handwerklicher und landwirtschaftlicher Gegenstände im Wandel der Zeit.

Heimatmuseum

Freizeit und Sport

Erholung und Badespaß bietet das moderne „Pielachtalbad". Umweltfreundlich wärmt die Sonne das Wasser sowohl im Kinderplansch- als auch im Schwimmbekken auf rund 25 Grad. Zur Abkühlung und Erfrischung lädt an heißen Sommertagen die an der Freibadanlage vorbeifließende Pielach. Kinder haben die schon selten gewordene Möglichkeit, beim Spielen direkt im Fluß ihrer Phantasie freien Lauf zu lassen. Auf der 15.000 m^2 großen Liegewiese, am Ufer der Pielach gelegen, kann man faulenzen oder spielen (u.a. Tischtennis und Volleyball), sich sonnen, im Schatten der Bäume einfach die „Seele baumeln" lassen oder vertieft in ein Buch aus der Leihbücherei, dem Alltag entschwinden. Bewegungshungrigen stehen neben der Freibadanlage 3 Tennisplätze zur Verfügung.

Mariazellerbahn

Ansicht Rabenstein

Rastenfeld

Schloß Ottenstein

Schloßrestaurant
Ottenstein
3532 Rastenfeld

Tel. 02826 - 254
Fax 02826 - 254-23

Anreise
A1 Ausfahrt St. Pölten/S33/B37
von Zwettl B38

Bahnhof Krems/Linienbusse

Öffnungszeiten
April - Ende Oktober täglich

Eintritt
Erwachsene 40,-
Führung inkludiert

Führungen
Schloßführungen jederzeit gegen Voranmeldung für Gruppen ab 15 Personen

Fotografieren
Erlaubt

Sonderausstellungen
Handwerkskunst
Antiquitäten sowie
jährliche Sommerausstellung

Publikationen/Kataloge
Vorhanden

Schwerpunkte
Ritteressen
Burggrillabende

Sehenswürdigkeiten
Romanische Kapelle
Päpstezimmer

Allgemeines
Juli/August Heuriger
mit Musik
jeden Freitag Ritterburggrillabend
Schloßrestaurant
MO, DI Ruhetag

Die traditionsreiche Burg Ottenstein wurde 1177 erstmals urkundlich erwähnt; gegründet wahrscheinlich von einem Mitglied des Geschlechtes der Tursen von Rauhenegg-Lichtenfels.

Nach dem Aussterben des Geschlechts wechselte Ottenstein vor allem im 16. Jahrhundert mehrmals die Besitzer, ehe 1536 Melchior von Lamberg Burg und Herrschaft erwarb. 1544 wurden die Herren von Lamberg von Kaiser Ferdinand I. in den Freiherrenstand erhoben, 1667 folgte die weitere Erhebung in den Grafenstand.

Mitglieder der Familie machten sich als Unterhändler beim westfälischen Frieden von 1648, sowie als Gesandte beim Regensburger Reichstag und am päpstlichen Hof einen Namen.

Das Hauptaugenmerk der Besucher ist zweifellos auf die Freskenmalereien in der Burgkapelle zu legen, die heute zu den bedeutendsten Dokumenten ihrer Art in ganz Österreich zählen.

Die Kapelle wurde 1680 an der Stelle eines mittelalterlichen Saales erbaut und weist reiche Dekorationen des Stukkateurs Lorenzo Aliprandi auf.

Daneben beherbergt die Kapelle in ihrem sogenannten „Päpstezimmer“ insgesamt 241 Bildnisse der Päpste von Petrus bis Innozenz XI.

Der italienische Stukkateurmeister Maritius Andorra hat sie geschaffen, die Wände sind vom Fußboden bis hinauf zur Decke mit den Porträts geschmückt.

Zentraler Mittelpunkt der Kapelle ist der Hochaltar, sein Altarbild zeigt einen schwarzbärtigen Mönch in braunem Habit und soll den im Rufe der Heiligkeit 1293 verstorbenen Zwettler Mönch Ritter Hugo von Lichtenfels zeigen.

Neben den sakralen Sehenswürdigkeiten, zu denen auch die barocke Schatzkammer zählt, bietet Ottenstein unter dem Titel „Galerie Schloß Ottenstein“ auch mehrmals im Jahr Vernissagen und Ausstellungen.

Quelle: Schloß Ottenstein

Schloß Ottenstein

Retz

Stadtmuseum Windmühle Erlebniskeller

1 Stadt-, Heimatmuseum, Windmühle

2 Erlebniskeller - Österr. größter historischer Weinkeller

2070 Retz

Tel. 02942 - 2700, 2223
Fax 02942 - 2223-11

Anreise

Von Wien (80 km) über Nordautobahn/B2 u. B30, vom Westen über Krems (60 km) B35

Nordwestbahn Wien - Retz - Znaim - Prag

Linienbusse

Öffnungszeiten

1 SO, Feiertage 10.00 - 12.00 Uhr und gegen Voranmeldung

2 1. März - 31 Dezember: täglich 10.30, 14.00, 16.00 Uhr und für Gruppen gegen Voranmeldung jederzeit 1. Jänner - 28. Februar nur gegen Voranmeldung

Eintritt

2 70,-; Gruppenpreis 60,-; Kinder 20,-

Führungen

1, 2 Anmeldung im Informationslokal

Fachgebiete

1 Stadtgeschichte, Wein, Gewerbe, Bürgertum

2 Geschichte des Weines-Antike bis Jetztzeit

Fotografieren

1, 2 Für private Zwecke erlaubt

Sonderausstellungen

1 regelmäßig zu verschiedenen Themen

Schwerpunkte

1 einzige funktionsfähige Windmühle Österr.

2 riesige Unterkellerung einer ganzen Stadt

Publikationen/Kataloge

1, 2 vorhanden, erhältlich bei Tourismusinformation und bei Informationsstellen

Retz - die Weinstadt mit Herz

Die historische Weinstadt Retz, im oberen Niederösterreich an der Grenze zur CS und an den Abhängen des Manhartsberges gelegen, ist eine traditionsreiche Handels-, Gewerbe-, Tourismus- und Schulstadt. Retz birgt zahlreiche Kunstschätze und Sehenswürdigkeiten. Ein einmaliges Ambiente strahlt der riesige Hauptplatz mit seinen prächtigen Bürgerhäusern und zahlreichen Geschäften mit einer attraktiven Angebotspallette aus. Auch hat man viele Möglichkeiten seinen privaten Keller mit besten Retzer Weinen aufzufüllen.

Der Hauptplatz gilt als einer der schönsten und größten Marktplätze Österreichs. Das 1576 erbaute Sgraffitohaus, das zinnengekrönte Verderberhaus (1583), eine Reihe weiterer prächtiger Bürgerhäuser, der Pranger (1561), die Mariensäule (1680), die 1744 von Retzer Meistern errichtete Dreifaltigkeitssäule, die beiden Stadtbrunnen (Weinbrunnen) und nicht zuletzt der stattliche Bau des Rathauses (Umbau 1568/69) geben diesem Platz ein malerisches Gepräge.

Die alten Festungswerke mit dem Nalber- und Znaimertor (ca. 1300) und die Dominikanerkirche (1295), eine der ersten dreischiffigen Hallenkirchen Österreichs, entstammen der Frühgotik. Die barocke Stadtpfarrkirche (1726 - 28) beherbergt Bilder von Altomonte und Kupelwieser. Die letzte, noch betriebsfähige Windmühle Österreichs (1772) grüßt stolz vom Berg herab.

Das Stadtmuseum befindet sich im Rathaus und das Heimatmuseum in der Bürgerspitalskapelle. Stolz ist man in Retz die größten Weinkeller Österreichs zu besitzen.

Retzer Windmühle

Erlebniskeller Österreichs größte historische Weinkeller

Der Ausbau der Kelleranlagen von Retz, der größten historischen Weinkeller Österreichs, ist vorwiegend auf ein Privileg zurückzuführen, das der Stadt Retz gegen Ende des 15. Jahrhunderts verliehen wurde.

Ein Großteil der Keller wurde nicht nur der Länge nach erweitert, sondern auch durch Seitenstollen oder in die Tiefe gehend, sodaß „Stockwerkskeller" mit zwei oder drei Etagen entstanden. Die meisten der Retzer Keller sind in einer Ebene miteinander verbunden, insgesamt erreichten so die Kelleranlagen der Stadt Retz eine Ausdehnung, die größer ist als die derzeitigen oberirdischen Verkehrsflächen. Eine Dimension, die die seinerzeit gelagerten gigantischen Weinmengen nur erahnen läßt.

Allein die Firma Mössmer hatte in der Mitte des 18. Jahrhunderts in der Hochblüte des Weinhandels in ihren Kellern über 2 Millionen Liter Wein lagern. Diese Weine wurden von Retz per Pferdefuhrwerk bis nach Prag, Krakau und St. Petersburg gebracht. Retz war durch Jahrhunderte Wein-Metropole. Ausgehend vom „Wein-Privileg" führte der Weinbau und Weinhandel in der Folgezeit zu großem wirtschaftlichen Wohlstand. Der Retzer Hauptplatz legt mit seinen Baudenkmälern hierfür beredtes Zeugnis ab. Nach einem Kilometer Marsch durch die „Katakomben" kommt man im Vinarium des Althof Hotels, wo eine Weinkostprobe gereicht wird und 130 ausgesuchte Weine angeboten werden, wieder an die Oberfläche. Die zurückgelegte Strecke entspricht lediglich etwa 5% aller Keller von Retz. Durch Bilder und Ton wird die Geschichte des Weines aus seinen Anfängen in Persien, Ägypten, Griechenland und im Römischen Reich dargestellt. Die Bedeutung des Weines im Christentum wird aufgezeigt. Altes Weingebrauchsgut und ein Videofilm bringen die Arbeit des Winzers näher. Dem Weinexport aus der Stadt ist ein Sektor gewidmet. Mit „WEIN & RAUSCH", sowie dem Reblauslied gesungen von HANS MOSER, wird der Rundgang bereichert.

Quelle: Tourismusverein Retz

Riegersburg

Anreise
B30 ca. 20 km von Retz

Bahnhof Langau (5 km) weiter mit Taxi (02916 - 301) oder Radvermietung am Bahnhof

Öffnungszeiten
1. April - 15. November:
täglich von 9.00 - 17.00 Uhr
Juli und August verlängert bis 19.00 Uhr (Kassaschluß) Besichtigung ist nur mit Begleitperson möglich

Eintritt
Kinderkarte 6 - 14 Jahre
Gruppenermäßigung ab 20 Personen für Erwachsene, Pensionisten, Studenten und Kinder

Führungen
Führungen nach Bedarf
Führungen für Gruppen nach vorheriger Anmeldung auch in Englisch, Französisch, Italienisch und Spanisch

Fotografieren
Im Inneren nicht erlaubt

Sonderausstellungen
Gelegentliche Sonderausstellungen
1997 und 1998:
„Französische Musikplakate" aus einer Privatsammlung

Schwerpunkte
„Adeliges Landleben in der Barockzeit"
Europäisches Mobiliar aus dem 18. und beginnenden 19. Jahrhundert
Einzig erhaltene funktionsfähige Barockküche (für Abendveranstaltungen zu mieten)

Sehenswürdigkeiten
Cafèsalon Kaiserin Maria Theresia im Schloß mit Gartenbetrieb:
Hochzeitskapelle
Schöner altmodischer Cafèsalon im Parterre des Schlosses mit Teichterrasse und Blick auf den Hundefriedhof des 19. Jhs.
(seltener Anblick)

Publikationen/Kataloge
Museumsführer und allerlei Literatur vorhanden

Allgemeines
Konzerte im Schloß

Museumsshop

Miete von verschiedenen Räumlichkeiten für Veranstaltungen (Festsaal und Salone)

Gastronomiebetrieb vorhanden

Empfänge möglich

Mittagsmenü für Gruppen auf Anmeldung

Barockschloß Riegersburg

2092 Riegersburg

Tel. 02916 - 332, 400, 466
Fax 02916 - 425

Barockschloß Riegersburg

Eine der eindrucksvollsten Fassaden mitteleuropäischer Baukunst bietet Riegersburg, umgeben von einer wunderschönen Landschaft von Wäldern und Teichen, zwischen Wien und Prag liegend.

Eine schlichte aber trotzdem prunkvolle Dekoration in den zahlreichen Repräsentationsräumen, sowie die außergewöhnlichen und funktionellen Einrichtungsobjekte aus verschiedenen europäischen Ländern (18./19. Jh.), die einzige, erhaltene antike Herrschaftsküche mit funktionsfähigen Geräten vermitteln dem Besucher einen Eindruck über das „adelige Landleben in der Barockzeit".

Barockschloß Riegersburg, Schloßfassade

Foto: G. Rennhofer, Wien

Geschichte

1390 wurde urkundlich eine Feste „Ruegers“ erwähnt, welche 1580 zu einer Wasserburg auf Piloten erweitert wurde.

1730 veranlaßte der damalige Statthalter von Niederösterreich Sigmund Graf Khevenhüller nach Plänen seines Baumeisters Franz Anton Pilgram den Umbau zum Barockschloß in seiner heutigen Gestalt. Johann Joseph I. Fürst Khevenhüller-Metsch, Obersthofmeister von Kaiserin Maria Theresia beendete die Bauarbeiten 1775.

Die Fassade mit Statuen- und Bildhauerarbeiten des berühmten Joseph Kraker und einer erstaunlichen Mischung von einfachen und großzügigen klassizistischen Zügen bilden eine der elegantesten österreichischen Landsitze der Zeit.

Man erblickt eine gewisse Ähnlichkeit durch die Gesamtordnung der Elemente mit dem Schloß Belvedere in Wien.

Zu sehen

Räume des Schlosses, wie Barocksaal, Festsaal, Sala Terrena oder chinesisches Zimmer mit repräsentativem Mobiliar aus verschiedenen Ländern wie Österreich, Frankreich, Italien, England und China aus dem 18. bis Mitte 19. Jh. sowie die gut erhaltene Herrschaftsküche mit funktionsfähigen Geräten: ein Thermodynamischer Griller, ein gemauerter Herd mit zahlreichen Funktionen, ein Eiskasten mit Blockeis vom nahegelegenen Teich betrieben und ein verkachelter Backofen, wo man auf einmal 14 Laib Brot backen konnte.

Im Schloßpark am Teichufer liegt unter einem Kastanienbaum einer der ältesten privaten Hundefriedhöfe (19. Jh.). Hier wurden „fürstliche“ Hunde begraben.

Das Barockschloß Riegersburg liegt nur acht Kilometer von der Burg Hardegg entfernt, wo sich das Kaiser Maximilian von Mexiko Museum befindet.

Quelle: Francesca Gräfin Pilati

Roiten

Impressionen aus dem Dorfmuseum von Roiten

Anreise
Von Zwettl B36/Abzweigung Frankenreith oder B124/Abzweigung Ritterkamp
von Arbesbach B124
von Groß-Gerungs B38/Abzweigung Merzenstein

Bahnhof Zwettl

Linienbusse

Öffnungszeiten
Mai - Oktober
FR, SA, SO 13.30 - 17.00 Uhr

Eintritt
Erwachsene 20,-; Kinder 10,-
Senioren und Gruppen 15,-/Person

Führungen
Nach telefonischer Voranmeldung

Fachgebiete
Altes überliefertes Handwerk

Fotografieren
Erlaubt

Schwerpunkte
Handwerk

Sehenswürdigkeiten
Schulecke und Bauernstube

Publikationen/Kataloge
Vorhanden

Allgemeines
Laufend Sonderausstellungen und Dichterlesungen

Dorfmuseum

3911 Roiten

Tel. 02828 - 20 5 02
(Gasthof König)

EIN MUSEUM, DAS LEBT

Roiten - das malerische Dorf in der Nähe von Rappottenstein, bietet dem Betrachter im Dorfzentrum eine besondere Aktivität - „das Dorfmuseum Roiten".

Geplant von Fiedensreich Hundertwasser, bietet dieses Museum neben der sehenswerten architektonischen Linie (zwei Säulen aus Keramik die auf der Europalia in Brüssel ausgestellt waren, Grasdach etc.) des bekannten Künstlers eine Dauerausstellung, sowie Veranstaltungen (Ausstellungen, Dichterlesungen und dgl.) mit bekannten Künstlern aus der Kultur- und Kunstszene.

Altes überliefertes Handwerk

Raritäten aus der bäuerlichen und handwerklichen Struktur dieser Landschaft wie Handwerkzeuge von zum Teil ausgestorbenen Berufen werden im Dachgeschoß zur Schau gestellt: Binder, Sattler, Tischler, Zimmerer, Schuster, Schlosser, Schmied usw.. Weiters Geräte aus Müllerei und Landwirtschaft, alter Hausrat sowie eine Dokumentation über Schalensteine (Granitblöcke) im Waldviertel.

Dokumente der aufgelassenen Volksschule runden das vielseitige kulturelle Angebot ab.

Kultur pur

Sonderausstellungen, Fotodokumentationen, Dichterlesungen und diverse Veranstaltungen im Erdgeschoß ergänzen das vielfältige Angebot des Dorfmuseums.

Quelle: Dorfmuseum Roiten

Rosenau

Anreise

B303 von Stockerau/Horn
B38/Zwettl Landstraße
A7/B125/Freistadt B38/Groß Gerungs oder Zwettl/Landesstraße

Bahnhof Zwettl Franz-Josefs-Bahn

Linienbusse von Wien Mitte - Zwettl und von Krems - Zwettl (Haltestelle ca. 200 m)

Öffnungszeiten

Ganzjährig täglich 9.00 - 17.00 Uhr

Eintritt

Erwachsene 50,-; Gruppen ab 10 Pers. 40,-
Pensionisten 40,-; Gruppen ab 10 Pers. 30,-
Schüler, Studenten, Militär 25,-
Gruppen ab 10 Personen 20,-
Führungen 20,-; alle Preise pro Person

Führungen

Täglich Museumsführungen nach Vereinbarung ab 10 Personen

Fachgebiete

Im Schloß befindet sich das einzige Freimaurermuseum Österreichs. Es ist einmalig in seiner Art auf der ganzen Welt, weil es in den Räumlichkeiten einer ehemaligen Loge aus dem 18. Jahrhundert untergebracht ist.

Fotografieren

Erlaubt

Publikationen/Kataloge

Verschiedenste Publikationen und Führer
Reichhaltiges Angebot

Allgemeines

Schloßhotel, Schloßrestaurant, Seminarräume, Festräume im Schloß, Reitstall, Fischteiche, Hochzeitsschloß, Golf- Partnerhotel, Tennisplatz

Dezember: Advent- und Weihnachtsmarkt

Schloß Rosenau

Österreichisches Freimaurermuseum
3924 Schloß Rosenau 1

Tel. 02822 - 58221, 58226
Fax 02822 - 58221-8

Nach der Gründung des Klosters Zwettl 1193 durch den Kuenringer Hadmar erfolgte auch die Besiedlung des Gebietes um Rosenau. Schon 1194 ist in diesem Zusammenhang auch von einer Burg im heutigen Dorf Rosenau die Rede.

1583 kauften die Besitzer von Rosenau, das Brüderpaar Greiß, den Wernhartshof am Südhang des Galgenberges und errichteten dort das Renaissanceschloß Rosenau.

Knapp 150 Jahre später wurde dieser Bau nach den Plänen des berühmten Barockbaumeisters Munggenast umgebaut und erweitert - im ersten Stock entstand eine Freimaurerloge, die allerdings schon 1785 von Kaiser Joseph II. aufgehoben wurde. Heute erinnern noch Fresken und Verzierungen daran.

Nach mehreren Besitzerwechseln erwarb M. Schönerer 1868 das Schloß, sein Sohn Georg übernahm bald darauf die Gutsherrschaft und verwaltete das Gut über viele Jahre. 1938 wurde der Besitz von der Deutschen Ansiedlungsgesellschaft übernommen und während des Krieges von Baron Lazarini-Zobelsperg erworben. Nach der Beschlagnahme 1945 durch die Russen wurde das Gebäude schwer in Mitleidenschaft gezogen daß sogar der Verfall drohte. Baron Lazarini mußte das Schloß an das Land Niederösterreich verkaufen.

Schloß Rosenau, Hauptansicht

1974/75 konnte das Schloß großzügig saniert werden und so wurde zugleich der Startschuß für ein neues kulturelles und wirtschaftliches Leben in der Region gegeben.

Heute erstrahlt das Barockschloß in neuer Pracht, ist kulturelles Kleinod des Waldviertels und beherbergt in seinen traditionsreichen Mauern ein europaweites Unikat: das Österreichische Freimaurermuseum.

Hauptattraktion in Rosenau ist das bereits erwähnte **Österreichische Freimaurermuseum:** Es zeigt Ritual- und Logenräume sowie einen Tempel in der Originalgestaltung des 18. Jahrhunderts. Diese Räume wurden vom Architekturmaler Rincolin mit der Symbolwelt der Freimaurer ausgestaltet, die Deckengemälde stammen von dem bedeutenden österreichischen Maler Daniel Gran.

Das Museum selbst bietet mit fast 150 Exponaten einen umfassenden Einblick in die Geschichte von Humanität und Toleranz im Österreich des 18. Jahrhunderts. Die Entwicklung der Freimaurerei in Österreich ist ebenso dokumentiert wie die Vielzahl von Persönlichkeiten, die dem Bund angehörten: Der Gemahl von Maria Theresia, Franz I. zählte ebenso dazu wie Herzöge, Fürsten, kirchliche Würdenträger, Wissenschafter und Künstler - unter ihnen Joseph Haydn, Leopold und Wolfgang Amadeus Mozart.

Im Barockschloß integriert ist auch die Pfarrkirche, deren Deckenfresko die Anbetung der Heiligen Dreifaltigkeit durch Personengruppen, darunter Markgraf Leopold III. von Österreich, zeigt; dieses Gemälde wird Paul Troger zugeschrieben. Den Marienaltar ziert eine Kopie der berühmten Sixtinischen Madonna von Raffael.

Dieses einzigartige Museum soll auch weiterhin für ein ständig größeres Verständnis zwischen Menschen jedweder Herkunft wirken und das auf uns übergebene historische und kulturelle Erbe des Schlosses Rosenau im Sinne der Verwirklichung von Humanität und Toleranz auch in unseren Tagen auf die Besucher ausstrahlen.

Quelle: Freimaurermuseum Rosenau

Rosenburg am Kamp

Anreise
A1 St. Pölten / S33 Krems / B35 / B34

Bahnhaltestelle Rosenburg

Linienbusse

Öffnungszeiten
1. April bis 15. November
täglich 9.00 - 17.00 Uhr
Flugvorführungen mit Edelfalken,
Adlern und Geiern: 11.00, 15.00 Uhr
oder nach Vereinbarung

Eintritt
Verschieden gestaffelte Eintrittspreise

Führungen
Ganztägig Führungen

Fotografieren
Außenaufnahmen erlaubt

Berufsfalkner in historischen Kostümen

Burgmuseum

Anläßlich der NÖ. Landesausstellung 1990 „Adel im Wandel" wurde mit einer Gesamtrestaurierung der Rosenburg begonnen. Die Arbeiten werden seither jährlich mit einem Millionenaufwand fortgesetzt. Steinerne Wappentafeln, Balustraden, Stiegenaufgänge und die verschiedenartig gestalteten Fassaden lassen schon von außen die wechselvolle Geschichte der Burg erahnen.

Stuckartige Gewölbe, Balken und Kassettendecken, aufwendige Türumrahmungen, hölzerne Wandvertäfelungen, Ziegenledertapeten, Fliesenböden aus dem 16. Jahrhundert, wie sie in dieser Qualität selten erhalten sind, prägen das Innere.

Die kostbare Einrichtung, Stilmöbel und Bilder von der Gotik bis zum 19. Jahrhundert, wurde neu arrangiert und in eine zeitliche Abfolge gebracht. Besondere Anziehungspunkte in den Schauräumen sind die reichhaltige Waffensammlung, die originell präsentierte Schmiedeeisensammlung und die berühmte prähistorische Sammlung des Candid Pontz von Engelshofen.

Die großen Prunkräume, Bibliothek, Marmorsaal und Sitzungssaal, werden seit ihrer Restaurierung gerne für kulturelle und gesellschaftliche Veranstaltungen benützt und auch privaten Interessenten zur Verfügung gestellt.

Ausstellung „ADELIGES LANDLEBEN 1500 bis 1800"

Sieben früher nicht zugängliche Gewölberäume im Erdgeschoß des westlichen Renaissanceflügels wurden für diese Schau adaptiert.

In Bildproduktionen, Schautafeln, erläuternden Texten und Monitoren werden die Themen Architektur, Wirtschaft und Verwaltung, Festkultur und Mode behandelt.
Einem vielfach geäußerten Wunsch folgend, wird hier die Geschichte der Rosenburg ausführlich dargestellt und auch auf die Familie Hoyos, seit 1681 Besitzer der Rosenburg, eingegangen.

Ein faszinierender Ausflug für Jung und Alt!

Rosenburg

Renaissance Falkenhof
3573 Rosenburg am Kamp

Tel. 02982 - 2911, 2303
Fax 02982 - 4512

Renaissance - Falkenhof

Die Rosenburg, eine Burganlage aus dem 11. Jahrhundert, die im 16. Jahrhundert zu einem prächtigen Renaissanceschloß umgebaut wurde, gehört zu den bedeutendsten Burganlagen Österreichs und hat den größten, vollständig erhaltenen Turnierhof Europas.

Auf der Ansichtsterrasse werden täglich Edelfalken, Milane und Großgreifvögel im Freiflug vorgeführt.

Auch die Gebrauchskostüme aus der Renaissancezeit und falknerische Gerätschaften sowie die Hohe Schule der klassischen Falknerei werden gezeigt. Es ist fantastisch für jeden Besucher, wenn die Jagdfalken ihre Sturzflüge zeigen oder die Adler und Geier ihre Ringe um die Burg ziehen.

Die Vorführungen sollen dazu beitragen, ein altes Kulturgut nicht sterben zu lassen. Es soll auch das Verständnis zum Greifvogel im Kreislauf der Natur im Besucher geweckt werden.

Falknerei ist die einzige klassische Jagdart, die sich aus der Feudalzeit bis in die heutige Zeit als fairste Jagdart behaupten konnte. Der Besucher fühlt sich in die Renaissancezeit versetzt, wenn er den Turnierhof betritt und die Jagdfalken in den monumentalen Arkadenbögen auf die Flugvorführungen warten.

Ausstellung
Falknerei und Greifvogelkunde

Im zweigeschoßigen Arkadengang des Adlergartens erwartet den Besucher ein „lebendes Museum". Im Obergeschoß sieht man ornithologische Illustrationen zu den verschiedenen Greifvogelarten und eine historische Rückblende zum Thema „Österreichische Schlösser als Hochburgen der Falknerei".

Im Untergeschoß ist jeder Arkadenbogen von einem prachtvollen Exemplar der bekanntesten Adlerarten (Kaiseradler, Steinadler, Seeadler) besetzt. Schon beim Gang durch den Turnierhof kommt man an einer Reihe von Falken und an zwei Uhus vorbei, während die mächtigen Geier im Bereich der großen Aussichtsterrasse gehalten werden.

Quelle: Dipl. Ing. Graf Hans Hoyos

Rosenburg

St. Pölten

Anreise
A1 von Wien und Salzburg
S 33 von Krems
B 20 von Mariazell

IC Bahnhof St. Pölten

Öffnungszeiten
April bis Oktober
DI - FR 10.00 - 12.00 u. 14.00 - 17.00 Uhr
SA 10.00 - 13.00 Uhr und
jeden ersten SO im Monat 10.00 - 12.00 Uhr

Eintritt

Erwachsene	30,-
Senioren	20,-
Studenten	15,-
Gruppen	25,- /Person

Schüler und Sonntagsbesucher frei

Führungen
Anfragen: Tel. 02742 - 52 101 - 331

Fotografieren
Nicht erlaubt

Sonderausstellungen
Laufend

Kataloge
Vorhanden

Schwerpunkte
Gotik und Barock

Sehenswürdigkeiten
Im Rahmen des Diözesanmuseums:
- Ehemalige Stiftsbibliothek
- Bischöfliche Bibliothek (Kerensbibliothek)
- Oratorium

Tafelbild „Tod Mariä" um 1460

Diözesan-museum

Diözesanmuseum
3100 St. Pölten

Tel. 02742 - 52 101
Fax 52 101 - 309

Das **Diözesanmuseum St. Pölten** befindet sich im Bistumsgebäude neben dem Dom, und zwar im Obergeschoß des Domkreuzganges.

Es wurde im Jahre 1888 gegründet und war damals das erste derartige Museum in Österreich. Ein Hauptmotiv für seine Gründung war, die nicht mehr gebrauchten kirchlichen Kunstgegenstände davor zu bewahren, daß sie verkommen oder in den Kunsthandel abwandern; daher sollten sie in einem eigenem diözesanen Museum gesammelt und aufbewahrt werden.

Heute sind für die Übernahme von Objekten in das Diözesanmuseum immer häufiger Aspekte der Sicherheit (Diebstahl, zerstörende Umwelteinflüsse etc.) ausschlaggebend. Die Objekte werden aber nicht nur gesammelt, sondern auch restauriert und im Museum der interessierten Öffentlichkeit zugänglich gemacht.

Die Schausammlung bietet einen repräsentativen Querschnitt durch die Museumsbestände. Zu sehen sind zunächst archäologische Fundstücke aus St. Pölten und der Umgebung.

Einen Schwerpunkt bildet das Kunstschaffen der Gotik (Skulpturen und Tafelbilder). Stark vertreten ist auch die Barockkunst mit Werken von Paul Troger, Daniel Gran, Joh. Michael Rottmayer, Kremser Schmidt u.a.

Durch die Einbeziehung der ehemaligen Stiftsbibliothek (mit prächtigen Bücherschränken sowie Deckengemälden von Paul Troger und Daniel Gran), der sogenannten Kerensbibliothek und des bischöflichen Oratoriums (Silberaltar, Entwurfsarbeiten für die Domausstellung) in die Schausammlung wird dem Diözesanmuseum geradezu der Stempel eines Barockmuseums aufgeprägt.

Herbert Berndl - Forstner

St. Pölten

Anreise

A1 Ausfahrt St. Pölten Süd
oder Knoten St. Pölten
S33, B1, B20, B39

EC - Hauptbahnhof St. Pölten

Linienbusse

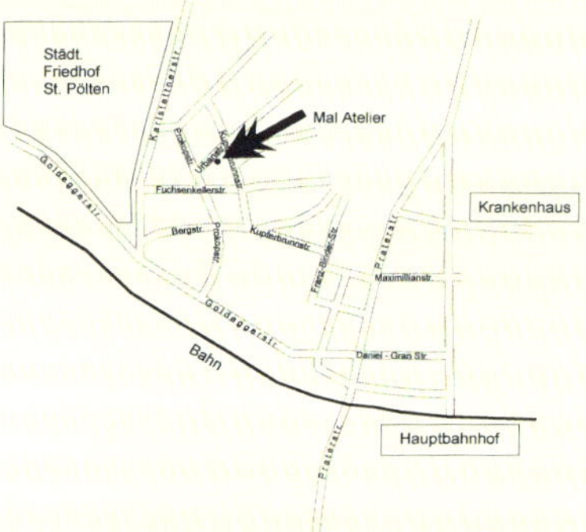

Öffnungszeiten

Besichtigung nach telefonischer
Vereinbarung

Techniken

Aquarell, Öl, Graphiken
Airbrush

Ausstellungen

Laufende Ausstellungstätigkeit
Ausstellungsbeteiligungen in Europa

Themen

Landschaften, Porträts
Akte, Blumen, Stilleben

Atelier Ingrid KAMPER

Urbanstraße 12
3100 St. Pölten

Tel. /Fax 02742 - 25 63 90
Atelier 02742 - 38 75 23

Haus am Stein,
Melk 1995

Ingrid Kamper
Geboren 18.6.1942 in St. Pölten
Tel. und Fax ++43 / 2742 - 256390
Atelier-Tel. 02742 - 387523
3100 St. Pölten, Urbanstraße 12

Besichtigung nach telefonischer Vereinbarung möglich

Künstlerische Biographie

Von der Jugend an zeichnen von Portraits sowie malen von Ölbildern. Nach Kursen an der Volkshochschule St. Pölten erhielt sie weitere Ausbildung bei den Professoren Zöchling und Tobner aus St. Pölten. Weiters besuchte sie die Porträtkurse bei Prof. Gamsjäger, Annaberg. Es folgten viele verschiedene Sommerakademien u.a. von Prof. Werner Otte, Salzburg, sowie Prof. Kurt Freundlinger, Wien. Lithografie- und Radierungsseminare bei Prof. Donin, Wien und Wilhelm Pernerstorfer, Krems. Holzschnittseminar bei der Gruppe Xycron, Scheibbs.

Studienreisen

Studienreisen führten Frau Kamper in der Zeit von 1991 bis 1996 nach

Italien
Venedig, Toskana, Umbrien, Golf von Sorrent
Frankreich
Bretagne, Provence, Camargue
Ungarn
Finnland
Griechenland
Santorin
Österreich
Wachau, Waldviertel, Zell am See, Voralpenland, Südsteiermark

Techniken

Aquarell, Öl, Grafik (Kreide-Kohle), Druck- und Mischtechnik, Airbrush.

Themen

Landschaften, Porträts, Akte, Figurales, Blumen, Stilleben etc.

Ausstellungen

NÖ. Galerie der Bezirkshauptmannschaft Melk, Synagoge St. Pölten, 1997 Stadtmuseum St. Pölten u. a. zahlreiche Einzelausstellungen, Beteiligungen in Europa, laufend Ausstellungstätigkeit.

St. Pölten

Anreise
A1 Ausfahrt St. Pölten Süd
S33 Ausfahrt St. Pölten, B1, B20
Neu Tiefgarage Rathausplatz

EC/IC Bahnhof St. Pölten

Linienbusse

Öffnungszeiten
DI - SA 10.00 - 17.00 Uhr
SO/Feiertag 9.00 - 12.00 Uhr

Eintritt
Erwachsene 20,-; Schüler, Studenten und Präsenzdiener 10,-

Führungen
Erwachsene 10,- nur mit Voranmeldung

Fotografieren
Erlaubt

Sonderausstellungen
Laufend Ausstellungen zu aktuellen Themen und moderner Kunst

Schwerpunkte
Stadtgeschichte

Sehenswürdigkeiten
Sind im „Kulturführer St. Pölten" ersichtlich

Publikationen/Kataloge
Katalog liegt an der Museumskasse auf
„Kulturführer St. Pölten"

Allgemeines
Da das Museum im Zentrum der barocken Altstadt liegt - idealer Abschluß eines Stadtrundganges
Das NÖ Dokumentationszentrum für Moderne Kunst befindet sich im Haus und führt ganzjährig eigene Ausstellungen durch
Tel. Frau Astleitner 02742 - 333-2650

Stadtmuseum

Prandtauerstraße 2
3100 St. Pölten

Tel. 02742 - 333-2643
Fax 02742 - 333-2609

St. Pölten

St. Pölten, mit 50.000 Einwohnern größte Stadt Niederösterreichs und seit 1986 Landeshauptstadt, ist mit seinem 1159 von Bischof Konrad von Passau verliehenen Stadtrecht eine der ältesten Städte Österreichs und zählt mit seinem großen Bestand von Bauten des 17. und 18. Jahrhunderts, die großteils auf Jakob Prandtauer, Joseph Munggenast und deren Künstlerkreis zurückgehen, zu den bedeutendsten Barockstädten des Landes.

Um 1900 erhielt St. Pölten auch eine Reihe wertvoller Jugendstilbauten, die mit bedeutenden Namen wie Joseph Maria Olbrich und Hubert Gessner verbunden sind. Im 20. Jahrhundert profilierte sich St. Pölten als vielfältiger Zentralort, Wirtschaftsschwerpunkt, Verwaltungsmittelpunkt, Bildungs- und Sozialgemeinde.

Stadtmuseum

Das Museum befindet sich in einem Klosterbau der Karmelitinnen, der von der verwitweten Fürstin Maria Antonia Montecuccoli, geborene Gräfin Colloredo gestiftet wurde. Bis vor wenigen Jahren wurde der Bau Prandtauer zugeschrieben, doch haben neueste Forschungen ergeben, daß die Pläne von Martin Witwer stammen, der mit dem Bau mehrerer Karmeliter-Niederlassungen betraut war. Die stilistische Ausführung wird Mathias Steinl zugeschrieben. Prandtauers Anteil ist in der praktischen Bauausführung zu erfassen. Kirche und Kloster wurden 1712 bezogen.

Nach nur 70 Jahren wurde das Kloster 1782 von Josef II. aufgehoben, die 16 Non-

Biedermeierzimmer des Stadtmuseums mit Schubert-Klavier

nen und drei Laienschwestern mußten ausziehen. Bis 1918 diente das Klostergebäude als Kaserne. Dann wurde das Objekt von der Stadt erworben und teils als Amtsgebäude, teils als Wohnhaus verwendet.

Von 1964 bis 1985 geschah die etappenweise Revitalisierung.

1976 wurde das Stadtmuseum in seiner derzeitigen Form eröffnet.

Die umfangreichen Sammlungen des Stadtmuseums St. Pölten dokumentieren die Geschichte der Stadt von der Urgeschichte bis zur Gegenwart. Die Schausammlung präsentiert nur einen Teil der verwahrten historischen Dokumente und Objekte.

Die Schwerpunkte der Sammlung liegen im Bereich der Römerzeit, der barocken und biedermeierlichen Epoche St.Pöltens, sowie in der Zeit des Aufbruchs der Stadt gegen Ende des 19. Jahrhunderts. Das Stadtmuseum verfügt aber auch über eine reiche Kunstsammlung, wobei die Nachlässe der Künstler Ferdinand Andri und Ernst Stöhr, beide waren frühe Mitglieder der Wiener Secession, besonders hervorzuheben sind.

Geschichte des Museums

Das Museum der Stadt St. Pölten kann auf eine ca. 100-jährige Geschichte zurückblicken:

1879 beantragt Dr. Heitzler im Gemeinderat das städtische Archiv und Gegenstände von historischer Bedeutung zu sichten und zu ordnen - dies war der Grundstein für das Museum.

1909 wurde das Museum im Rathaus eröffnet.

1911 wurde das Museum in die Linzer Straße 37 (derzeit Außenstelle der HTL) übersiedelt.

1939 überstürzter Abbau, Objekte wurden im Stadtarchiv und im Festsaal der Engl. Fräulein verwahrt.

1964 beschloß der Gemeinderat die Sanierung des Karmeliterhofes und der Objekte und die Errichtung des Museums im Karmeliterhof.

1976 wurde das Museum im Karmeliterhof eröffnet.

Quelle: Stadtmuseum St. Pölten

„Ansicht der Stadt St. Pölten“ Kolorierter Kupferstich; Jakob Hoefnagel, 1617

St. Pölten

Anreise
A1 von Wien und Salzburg
S 33 von Krems
B 20 von Mariazell

IC Bahnhof St. Pölten

Öffnungszeiten
MO - FR 9.00 - 16.00 Uhr sowie gegen Voranmeldung bei der Hausverwaltung unter Tel. 02742 - 76 994

Führungen
Auf Anfrage

Fotografieren
Für private Zwecke erlaubt

Veranstaltungen
Mehrere Veranstaltungen pro Jahr auf Anfrage

Ende Juni - Anfang Juli Sommerakademie

Ehem. Synagoge

Institut für Geschichte der Juden in Österreich
3100 St. Pölten

Tel. 02742 - 77 171
Fax 77 171 - 15

Ehemalige Synagoge

Die 1913 fertiggestellte St. Pöltner Synagoge ist der größte jüdische Kultbau Österreichs außerhalb Wiens. In den Jahren 1980-84 wurden das Gebäude renoviert und vor allem die Jugendstilornamente im Inneren rekonstruiert. Der große Saal wurde nicht mehr als Kultraum eingerichtet; an die ehemalige Funktion erinnern der Toraschrein und die oberhalb angebrachten Gesetzestafeln.

Bis auf die ganz selten hier stattfindenden Gottesdienste findet der Saal als Veranstaltungszentrum Verwendung. Vor allem handelt es sich dabei um Konzerte, Vorträge, Seminare, Lesungen und kleinere Ausstellungen. Im Sinne des kulturellen Schwerpunktes, der bei der Entwicklung der Landeshauptstadt St. Pölten gesetzt wird, war der Saal mit seinem unvergleichlichen Ambiente häufig Diskussionsort einschlägiger Themen.

Neben der künstlerischen Ausgestaltung ist auf die hervorragende Akustik und den Garten hinzuweisen, der vom Frühjahr bis Herbst die Möglichkeit für Buffets im Freien gibt. Seit 1988 ist in den anschließenden Räumen das Institut für Geschichte der Juden in Österreich untergebracht.

Seine Tätigkeit besteht neben der Erfüllung wissenschaftlicher Aufgaben in einer gesellschaftspolitischen Einflußnahme, die auf Toleranz und Verständnis der Rolle der europäischen Juden zielt. Zu diesem Zweck veranstaltet das Institut jedes Jahr eine Internationale Sommerakademie, die sich zunehmenden Interesses erfreut und von Fachleuten aus dem In- und Ausland gestaltet wird.

Gegen Voranmeldung werden Besucher durch das Haus geführt, wobei wir auch über die Geschichte der Juden in St. Pölten und allgemeine Lebensbedingungen der Juden in Vergangenheit und Gegenwart informieren. Unter den Sponsoren des Veranstaltungszentrums und des Instituts danken wir besonders Casinos Austria und den Österreichischen Lotterien.

Quelle: Dr. Lormann

Schallaburg

Anreise
A1 Ausfahrt Melk/Landesstraße (wenige km)
oder B1 bis Loosdorf/LH106

Bahnhof Melk/Zubringer zur Schallaburg:
Abfahrt Melk 10.30 Uhr
Abfahrt Schallaburg 15.25 Uhr
oder Bahnhof Loosdorf

Schiffsstation Melk

Öffnungszeiten
April - Oktober:
MO - FR 9.00 - 17.00 Uhr
SA, SO/Feiertag 9.00 - 18.00 Uhr

Eintritt
Erwachsene 80,-; Senioren 50,-
Schüler, Studenten, Präsenz- und
Zivildiener 30,-; Führungskarte 20,-
Familienkarte 120,-; Schulklassen 450,-
Gruppen ab 20 Personen 65,-/Pers.

Führungen
Nach Anfrage

Fotografieren
Verboten

Sonderausstellungen
Jährlich wechselnde kulturgeschichtliche
und archäologische Ausstellungen

Publikationen/Kataloge
Verschiedenste Führer und Publikationen
Ansichtskarten, Dia

Allgemeines
Die Schallaburg besitzt technisch ausgerüstete
Räume für Betriebsferien und Tagungen
Das Schloßrestaurant bietet Platz für
180 Personen

Schloß Schallaburg

Geschäftsführung
3382 Loosdorf-Schloß
Schallaburg

Tel. 02754 - 63 17

Im Zentrum aller Betrachtungen liegt der einzigartige Arkadenhof, der heute als sehr wahrscheinlich schönste seiner Zeit in Europa gilt. Ursprünglich als eigener Gebäudeteil konzipiert, wurde der Arkadengang erst später durch Vorziehen des Hauptdaches in das Gesamtgebäude mit einbezogen.

Jeder Bogen des Erdgeschosses trägt zwei Bögen aus dem Obergeschoß; die oberen kleinen Arkaden tragen ungemein reichen Schmuck eines Terrakotten-Mosaiks, das aus 1600 Einzelteilen zusammengesetzt ist. Fabelwesen, mythologische Figuren, Götter, Fratzen und Masken geben Szenen aus der Herkuleslegende wieder. Dargestellt werden auch die sieben freien Künste - nämlich Grammatik, Rhetorik, Dialektik, Arithmetik, Geometrie, Musik und Astronomie - sowie die Figuren der Kardinals- und anderer Tugenden.

An der Wand des Westtraktes sind die bunten Wappen einiger Besitzer der Schallaburg zu sehen. Überragt werden sie vom Hochturm, der vom gewachsenen Fels heraufgezogen wurde: Er hatte nie eine Wehrfunktion, sondern diente immer nur als Blickfang. Die Schloßkapelle an der Ostseite, ursprünglich im romanischen Stil und freistehend errichtet, ist heute nur mehr in Teilen erhalten. Neben Teilen der Außenwand vor allem die Krypta; an den gotischen Umbau im 14. Jahrhundert erinnern zwei kleine Spitzbogenfenster mit Maßwerk.

Von der ältesten Anlage, dem „Festen Haus“ - einem ursprünglich fünfgeschossi-

gen Bau - sind heute noch die acht regelmäßig angeordneten Rundbogenfenster des ehemaligen Versammlungsraumes zu sehen. dieser Trakt ist aber seit dem Ausbau des Schlosses nie mehr genützt worden, seit 1810 fehlt überdies das Dach.

Die gesamte Anlage der Schallaburg ist im wesentlichen in zwei Bauphasen entstanden: Im 12. Jh. wurde das „Feste Haus" errichtet, also die Burg im Südteil des Schloßareals. 400 Jahre später kamen die Gebäude im Nordteil dazu, die sich um den großen Hof gruppieren. Der Ursprung des Namens der Burg wird einem Bach namens „Scalaha" zugeordnet, der bereits 888 in einer Schenkungsurkunde erwähnt wird.

Im 11. Jh. wird die Gegend als „Pagus Pielaha" - Pielachgau - bezeichnet. 1110 wird ein Graf Sighard von Scalaha (Schalla) erwähnt, er gilt als erster Bauherr der Burg. Ende des 12. Jahrhunderts starben die Schalla aus, und die Burg ging über ihre Verwandten, die „von Peilstein" und die Grafen von Plain-Zollern, die 1260 ausstarben, an den Landesfürsten. 1450 erwarben die Losensteiner, ein hochangesehenes Adelsgeschlecht aus Oberösterreich, die Burg, und erweiterte sie um die dreiflügelige Schloßanlage und den Arkadenhof zu einem großen Familiensitz. 1614 kam die Burg an das steirische Geschlecht der Herren von Stubenberg, bald darauf aber übernahm Bartholomäus Freiherr von Tinti das Schloß, das bis 1940 im Familienbesitz blieb. Nach dem Ende des zweiten Weltkrieges blieb es vorerst in russischer Verwaltung, stand dann leer und schien dem Verfall preisgegeben - erst 1968 bis 1974 konnte das Bauwerk mit großem Aufwand generalsaniert werden.

Auf Grund ihrer Lage am höchsten Punkt eines Höhenrückens war die Schallaburg in früheren Zeiten ein idealer Kontrollpunkt für den Verkehrsraum zu ihren Füßen. Heute ist es ein unverzichtbarer kultureller Mittelpunkt Niederösterreichs und internationales Zentrum für Ausstellungen, Tagungen und Kongresse, Vernissagen und Kulturveranstaltungen aller Art. Landschaftliche Schönheit und die Geschlossenheit des Bauwerkes verbinden sich hier zu einem „Gesamtkunstwerk".

Quelle: Amt der NÖ. Landesregierung

Terrakottenhof

Scheideldorf

Anreise
B 303, B 5

Bahnstation Göpfritz/Wild

Linienbusse: BB 1028, 1088 u. 1330

Öffnungszeiten
Nur auf Voranmeldung ganzjährig geöffnet

Eintritt

Erwachsene	15,-
Gruppen ab 15 Personen	10,-/Pers.
Schulen und Senioren	10,-

Führungen
Gegen Voranmeldung

Fotografieren
Erlaubt

Publikationen/Kataloge
Ein von Prof. Altmann verfaßtes Buch und eine LP mit Musik aus den Werken des Komponisten können im Museum erworben werden

Allgemeines
Für Wanderer:
Der zum 150. Geburtstag von Rudolf Weinwurm angelegte 12 km lange Rundwanderweg kann vom Frühjahr bis Wintereinbruch jederzeit begangen werden.
Der Wanderpaß wird vom EVG anerkannt und ist beim VFV Scheideldorf erhältlich.

Scheideldorf

Schon 1150 mehrfach erwähnt, liegt in 564 m Seehöhe zwischen Göpfritz an der Wild und Schwarzenau im Norden des politischen Bezirks Zwettl im Waldviertel und ist eine von neun Katastralgemeinden der Marktgemeinde Göpfritz /Wild.

Der Ort erstreckt sich entlang des Scheideldorfbaches, wo im Laufe der Jahre die stattliche Zahl von 85 Häusern, einer Kirche, einer Feuerwehr sowie sonstiger wichtiger Ortseinrichtungen geschaffen wurden.

Mit ihren gut markierten Wanderwegen sowie dem Anschluß an den Thayatalweg erwartet Sie Scheideldorf mit den besten Voraussetzungen eines begehrten Sommerfrischeortes.

Information
Fremdenverkehrsverein
3800 Scheideldorf
02825 - 535
oder
Marktgemeinde
3800 Göpfritz an der Wild
02825 - 310

Scheideldorf im Jahre 1821 Aquarell von Honorius Burger, Abt des Stiftes Altenburg

Rudolf Weinwurm Museum

Verschönerungs- und Fremdenverkehrsverein
3800 Scheideldorf

Tel. 02825 - 535

Weinwurm Museum

Scheideldorf, mit einer Seehöhe von 564 m, in den Dreißigerjahren eine begehrte Waldviertler Sommerfrische der Wiener, liegt an der Schnellstraße 303 zwischen Göpfritz an der Wild und Schwarzenau, im Norden des politischen Bezirkes Zwettl und gehört zum Gerichtsbezirk Allentsteig. Eingebettet in einer Mulde guckt es mit seinem Kirchturm freundlich in die Welt und grüßt mit ihm den Wanderer, den Heimkehrer wie auch den Durchreisenden.

Entlang des Scheideldorfbaches haben sich eine stattliche Zahl von 85 Häusern geschart, mit einer Kirche, Pfarrhof, Schule, Aufbahrungshalle, Kriegerdenkmal, Bankstelle und einer Ortswasserleitung.

War es einst umsäumt von Birkenhainen,Tannen und Fichtenwäldern, so ist heute der Wald schon zurückgedrängt. Aber es wird der Horizont zum Großteil von dunklen Wäldern umgeben.

Schon um 1150 mehrfach erwähnt, scheint in der Urkunde über Zehente in der Pfarre Altpölla unter dem Ortsnamen „Minnenpach“ auf, 1242 finden wir „Minnbach“, 1453 „Minpach“ bei Swarznow, auch 1453 Eitzinger von Wolfenreithern (Drosendorf) kauft Güter bei „Minnbach“ und St. Georgenberg (landesfürstliches Lehen).

1517 „Mynnpach“, 1530 „Minnepach“ und 1531 „Münpach“. Es ist eindeutig nachweisbar, daß dies die früheren Namen von Scheideldorf sind. Das geht etwa aus der Formulierung von 1659 hervor, die den Ort als „Scheideldorf vor alten Münbach“ genannt, angibt. Der Ortsname Scheideldorf hat 1569 amtliche Gültigkeit erhalten, die Ortseinwohner wurden erstmals „Scheidlichendorfer“ genannt.

1784/85 wurde unter Kaiser Joseph II. die Kirche als schlichter, weitgezogener Saalbau mit Platzlgewölben und klobigen Pfeilern errichtet und Scheideldorf zur Pfarre erhoben.

Sehr wertvoll ist die Bemalung und Innenausstattung der Kirche, beachtenswert der um 1790 errichtete linke Seitenaltar (Die Vision des hl. Antonius) sowie die gegenüberliegende Kanzel aus derselben Zeit.

Das prachtvolle Kommuniongitter aus Stein erinnert an die Eggenburger Steinmetzschule um 1760.

Der Hochaltar (erste Hälfte des 18. Jh.) stammt aus der ehemaligen Franziskanerkirche des von Kaiser Joseph II. aufgehobenen Klosters Eggenburg.

Am Sockel befinden sich figurale Reliefs („Die Anbetung der Hirten und der Heiligen Drei Könige"), im oberen Drittel des Altares eine Muttergottes, umgeben von Puttiköpfchen, am obersten Absatz des Säulenaltares steht eine Statue des hl. Florian, flankiert von bekrönenden Engelsfiguren. Der Chor ist dreiseitig geschlossen und vom Inneren der Kirche aus zu erreichen. Der Turm mit seinem modernen Turmhelm besitzt ein achtseitiges Spitzdach. An seiner Außenseite steht in einer Nische über dem Läuthauseingang eine barocke Statue des hl. Florian, dem die Kirche geweiht ist.

Das vor 200 Jahren, in der Zeit Joseph II. erbaute Volksschulgebäude in Scheideldorf Nr. 36 ist das Geburtshaus des bekanntesten Scheideldorfer Bürgers.

Zu seinem 150. Geburtstag im Jahre 1985 wurde dem **Waldviertler Tonkünstler, k. u. k. Professor Rudolf Weinwurm** ein kleines Museum errichtet, welches Weinwurm vor der Vergessenheit bewahren soll.

Rudolf Weinwurm

Weinwurm wurde am **3. April 1835** in der Volksschule als Sohn des Schullehrers Josef Weinwurm, **geboren.** Rudolf war das sechste von 10 Kindern der Familie, war Sängerknabe im Stift Zwettl, 1847 Hofsängerknabe in Wien. Als Student der Rechtswissenschaften gründete er 1858 den „Akademischen Gesangsverein". In diese Zeit fällt auch die enge und langjährige Freundschaft mit Anton Bruckner und Johannes Brahms, besonders Bruckner wurde von Weinwurm immer wieder gefördert, unter anderem dadurch, daß er Bruckner eine Stelle als Hilfsklavierlehrer an seiner Schule in Wien-Hegelgasse verschaffte, wo Rudolf Weinwurm 33 Jahre lang gewirkt hat.

1862 wurde Weinwurm Universitätsgesangslehrer, 1865 Direktor der Wiener Singakademie, am 11. Mai 1866 auf Vorschlag Herbecks (Direktor der Wiener Hofoper) wurde Weinwurm Chormeister des Wiener Männergesangsvereines. In dieser Tätigkeit führte er am 15. Februar 1867 als erster den „Donauwalzer" von Johann Strauß, damals noch mit einem anderen Text, auf.

1871 wurde Weinwurm Professor an der Lehrerbildungsanstalt (bis 1903). Er verfaßte übrigens auch den Ausstellungsbericht zur Wiener Weltausstellung 1873, dirigierte unter anderem bei der Grundsteinlegung zum neuen Wiener Rathaus und zur Universität, zur Einweihung der Votivkirche und zur Silberhochzeit des Kaiserpaares. Nach zahlreichen Ehrungen wurde Weinwurm 1880 Universitätsmusikdirektor. 1885 erklangen Weinwurm-Chöre in New York. Zahlreiche Ehrungen zum 70. Geburtstag (1905).

Rudolf Weinwurm erhielt die Ehrenbürgerschaft von Scheideldorf und eine Gedenktafel des Waldviertler Sängergaues wurde an seinem Geburtstag 1910 am Geburtshaus enthüllt. Er starb am 26. Mai 1911 und wurde in einem Ehrengrab der Gemeinde Wien am Hietzinger Friedhof beigesetzt.

Quelle: Verschönerungsverein Scheideldorf

Schwarzenau

Schloß Schwarzenau

Marktgemeinde
3900 Schwarzenau

Tel. 02849 - 2247
Fax 02849 - 2247-15

Anreise
Wien - B303 - Schwarzenau
Linz - Gmünd - Schwarzenau

Franz Josefs Bahn - Schwarzenau

Busse von Wien und Linz - Schwarzenau

Öffnungszeiten
Mai - November:
DO - SO/Feiertag 10.00 - 14.00 Uhr

Eintritt
Erwachsene 50,-; Kinder 35,-

Führungen
11.00 und 14.00 Uhr
oder gegen Voranmeldung

Fachgebiete
Renaissance-Schloß

Fotografieren
Erlaubt

Sonderausstellungen
Int. Märchenbilder- und Puppenausstellung

Schwerpunkte
Inoffizielles „Stuckmuseum"

Sehenswürdigkeiten
Schloßkapelle
Spätbarocke Innendekoration

Publikationen/Kataloge
Die Kapelle „Santissimae Trinitatis" im Schloß

Allgemeines
Schwarzenau ist Mittelpunkt des Waldviertels zwischen Horn und Gmünd, Waidhofen und Zwettl; Zentrum für Kultur und Natur
Im Schloß finden jährlich neben diverser Ausstellungen immer wieder Konzerte und kulturelle Veranstaltungen statt.

Das „österreichische Stuckmuseum", so wird Schloß Schwarzenau immer wieder bezeichnet: Der prächtige Renaissancebau, dessen Generalrenovierung vor kurzem abgeschlossen werden konnte, ist seit 1991 der Öffentlichkeit zugänglich. Die künstlerischen Kostbarkeiten, der versponnene Park und das esoterisch-metaphysische Flair des Schlosses machen Schwarzenau zu einem besonderen Ort im Zentrum des Waldviertels.

Geschichte

Zwischen 1180 und 1190 soll Pilgerinus aus Mühlbach, ein Gefolgsmann des Kuenringers Hadmar II., in „Swarcenawe" einen Turm errichtet haben, „der sich im Wasser der Thaya spiegelte": Tatsächlich wurden 1988 jene Böschungsmauern entdeckt, die in kreisrunder Form als typisch romanische Anlage das erste „feste Haus" im 12. Jahrhundert umschlossen.

200 Jahre später erfolgte ein Ausbau zur gotischen Wasserburg mit vier Türmen: Süd-, Nordtrakt und darunter liegende Gewölbekeller sind bis heute erhalten, der prachtvolle Westtrakt im Geist von Michelangelo wurde 1580 bis 1592 errichtet.

Bald schon nannten sich die Nachfahren des Erbauers der ersten Burg „Streun" bzw. „Strein" - in ihrem Besitz blieb die Anlage bis zum Jahre 1636. Die Familie wurde durch die Kreuzzüge in ihrem Denken nachhaltig beeinflußt: Aus Form und Lage des Schlosses sind esoterische Bezüge zu den Symbolen der Templer und den Bauten der Kreuzritter in Syrien, aber auch dem Stauferschloß Castel del Monte deutlich abzulesen.

Die Streuns, unter ihnen der Diplomat, Gelehrte und Finanzminister Reichardt von Streun (1538 - 1600), wurden leidenschaftliche Vertreter des Protestantismus und verloren nach der Schlacht am Weißen Berg bei Prag die Gunst des Landesherrn. 1692 jedenfalls erwarb Freiherr von Thanovat das Schloß, seine Tochter heiratete Franz Adam Graf von Polheim - jenen zum Katholizismus übergetretenen Kunstfreund und Bauherrn, dem Schwarzenau die herrlichen

Schloß Schwarzenau

Stuckarbeiten verdankt. Seitdem wechselte das Schloß vielfach seine Besitzer.

Im Zweiten Weltkrieg und durch die nachfolgende russische Besatzung schwer beschädigt, wurde das Bauwerk in den Jahren 1985 bis 1993 von DDr. Silvio Unterguggenberger instandgesetzt und damit gerettet.

Sehenswürdigkeiten

Giovanni Battista d' Allio aus der Nähe von Mailand ist der Urheber der ausgezeichneten Stuckarbeiten, die 1720 bis 1732 vor allem in der Schloßkapelle, in zahlreichen Sälen und insbesondere auch in den Turmzimmern entstanden sind. Er brachte eine südliche, heitere Note in die steife Renaissancepracht des Nordens, ohne dabei aber mit den Traditionen des Schlosses, mit seinen esoterisch-astrologischen Bezügen zu brechen:

Die vier Elemente, die vier Jahreszeiten, die vier Kardinaltugenden und der Triumph des Lichtes über die Finsternis sind seine Hauptthemen. Freimaurersymbole lassen den Schluß zu, daß es hier zeitweilig auch eine Schloßloge gab.

Gleichzeitig aber wurde die Schloßkapelle prunkvoll ausgestaltet: Das gesamte katholische Glaubensbekenntnis in szenischen Darstellungen und ein Zyklus der zwölf Apostel in Lebensgröße aus Stuckmarmor machen sie zur europäischen Besonderheit. Insgesamt begeistern die Arbeiten d' Allios durch Medaillons, Statuen und Reliefs in besonders zarter Qualität und einmaliger Farbgebung.

Weitere Sehenswürdigkeiten sind das Mittelstück des Westtraktes (1580 bis 1592); es entspricht der Fassade des Palazzo Farnese in Rom und ist eindeutig von Michelangelo inspiriert, sowie die heutige Schloßtaverne - ein aus dem 16. Jahrhundert stammendes Nebengebäude, in dem sich früher das „Hohe Gericht" befand. Auch hier sind besonders die Stuckornamente von künstlerischem Interesse.

Quelle: Marktgemeinde Schwarzenau

Spitz a. d. Donau

Ruine Hinterhaus Schiff-fahrts-museum

Anreise
A1 Ausfahrt Melk/B3 durch die Wachau
A1 Ausfahrt St. Pölten/S33/Krems B3

Bahn- und Schiffstation Spitz

Öffnungszeiten
1 Frei zugänglich
2 1. April - 1. November:
täglich 10.00 - 12.00 und 14.00 - 16.00 Uhr
SO, Feiertage 10.00 - 12.00 u.13.00 - 17.00 Uhr

Eintritt
1 Kein Eintritt
2 Erwachsene 40,-; Soldaten, Studenten, Kinder 20,-; Gruppen ab 10 Personen 30,-/P.

Führungen
1 Phonomat in der Ruine
2 Besichtigung mit Führung (180,-) möglich

Fachgebiete
2 Historische Ruder- und Floßschiffahrt auf der oberen Donau

Fotografieren
1 Gestattet
2 Nicht gestattet

Schwerpunkte
2 Modelle, Traditionsgegenstände (Schifferorgel, Prozessionsstange, Schiffszug, ältester Schiffsfund der oberen Donau)

Sehenswürdigkeiten
2 Einzige originale Schiffspferdeausrüstung in Mitteleuropa

Publikationen/Kataloge
2 Katalog, Junior-Katalog
vierbändige Schriftenreihe

1 Ruine Hinterhaus
Verkehrsverein Spitz
Hauptstraße 22
3620 Spitz

Tel. 02713 - 22 48, 24 48
Fax 02713 - 24 58

2 Schiffahrtsmuseum
Auf der Wehr 21
3620 Spitz

Tel. 02713 - 22 46

Der **Erlahof,** der nach einer gründlichen Renovierung das **Schiffahrtsmuseum** beherbergt, gehörte ursprünglich ebenfalls dem bayrischen Stift Niederaltaich, das seit dem 9. Jahrhundert in der Wachau Ländereien besaß.

Der alte Wirtschaftshof umfaßt ein Herrenhaus und ein Wirtschaftsgebäude mit reizvollen barocken Giebelfassaden in venezianischem Stil.

Im Inneren sind prächtige, stuckverzierte Portale und Decken mit Gemälden erhalten geblieben. Vom hohen Alter des Gebäudes künden die bei den Restaurierungsarbeiten freigelegten gotischen Fresken der ehemaligen Kapelle.

Der Gedanke, in Spitz ein Schiffahrtsmuseum einzurichten war naheliegend, weil dieser Ort seit dem frühen Mittelalter als Umschlagplatz für Holz, Wein, Salz und viele andere Güter große Bedeutung besaß.

Die Ausstellung beginnt mit einer geschichtlichen Einführung in die Donauschiffahrt, die bis zur Römerzeit zurückreicht.

In einem weiteren Raum steht das Leben der Schiffleute im Mittelpunkt, in anderen

kann man lebensgroße Schiffspferdeausrüstungen, Modelle, Traditionsgegenstände (u.a. Tragorgel aus 1697, Prozessionsstangen etc.), Geräte, Werkzeuge, Bilder, Urkunden, Stromkarten betrachten.

All diese Exponate geben Zeugnis vom gefahrvollen Beruf der Schiffsleute auf der Donau.

Spitz, inmitten der Wachau, ist rund um den alleinstehenden „Tausendeimerberg" erbaut. Eines der Wahrzeichen dieses geschichtsträchtigen Weinortes ist die **Burgruine Hinterhaus,** eine langgestreckte Anlage auf einem felsigen Rücken im Zwickel zwischen Spitzer Graben und Donau, dominierend hoch über dem südwestlichen Marktende.

Sie wurde bereits 1243 in einem Lehensbericht des Abtes Hermann von Niederaltaich als „Castrum in monte", d.h. Burg auf dem Berg, erwähnt. Bis 1355 war sie der Sitz der Kuenringer als Vasallen der bayrischen Herzöge, ging dann 1438 an die Maissauer und war ab 1504 landesfürstlich. Es folgten oftmalige Besitzerwechsel.

Die Burg ist nicht in einer Bauphase entstanden, die einzelnen Teile entstammen verschiedenen Zeitaltern. Als ältester Bestandteil ist die Hauptburg anzusehen. Sie stand schon im 12. Jahrhundert - in den beiden folgenden Jahrhunderten wurde dann die östliche Vorburg mit den flankierenden bauchigen Rundtürmen angelegt, ebenso die Anlage des Zwingers.

Die westliche Vorburg entstand erst um 1462, also in einer Zeit, in der die Burgen wegen der aufkommenden Feuerwaffen ihre Bedeutung verloren hatten.

Im 16. Jahrhundert wurde die Verwaltung direkt in den Ort verlegt, in das Schloß zu Spitz oder in die sogenannte „Niedere Burg" und die Burg auf dem Berg begann zu verfallen.

Im Jahr 1970 kaufte die Marktgemeinde Spitz die Feste, diese wurde in den Jahren nach 1977 vom Verkehrsverein restauriert.

Heute ist die Ruine Hinterhaus eine der steinernen Zeugen der Geschichte einer mehr als ein Jahrtausend alten Weinbaugegend und bietet den Besuchern einen herrlichen Überblick über das Donautal.

Quelle: Marktgemeinde Spitz a. d. Donau

Ruine Hinterhaus

Staatz

Anreise

A22 Ausfahrt Korneuburg/B6
bis Ernstbrunn/B40 bis Mistelbach/B46
oder A22 Ausfahrt Floridsdorfer
Brücke/B7 bis Schrick/B46

Bahnhaltestelle Enzersdorf bei Staatz

Linienbusse

Allgemeines

Jugendfestspiele
„Wild West Stories von Buffalo Bill"
Vorstellungen 15. Juni - 8. September SA,
SO sowie 15. August immer um 17.00 Uhr
Tageskasse bereits ab 14.00 Uhr geöffnet
Auskünfte und Kartenbuchungen:
Marktgemeindeamt Staatz
Tel. 02524 - 2050

Burgruine

Marktgemeindeamt
Kautendorf 12
2134 Staatz

Tel. 02524 - 2212
Fax 02524 - 221322

Staatzer Jugendfestspiele Ein Erlebnis für Jung und Alt

Kaum ein Besucher, der nicht die Kamera zückt und die Ruine Staatz auf einem Erinnerungsfoto festhält. Dieses wildromantische Zusammenspiel von hoch aufragenden Klippen und Burgmauern, die aus der Ebene emporwachsen, gibt es so schnell nicht noch einmal.

Menschen aus Nah und Fern verbinden seit Jahren mit diesem Anblick eine fixe Vorstellung: feurige Pferde und Indianer.

Die 10. Jugendfestspiele bringen die „Wild West Stories von Buffalo Bill". Wildwestromantik und Slapstick sind ein Erlebnis für Jung und Alt. Verschiedene Attraktionen und Aktivitäten am Festspielgelände lassen den Alltag vergessen.

Vorstellungen:
15. Juni - 8. September
jeweils Samstag und Sonntag,
sowie am 15. August, immer um 17.00 Uhr
Tageskasse bereits ab 14.00 Uhr geöffnet.

Aber die Marktgemeinde Staatz bietet nicht nur die Ruine mit ihren Jugendfestspielen. Staatz - das ist ebenso Entspannung und Erholung. Die Vielfalt der Flora überrascht jeden Naturfreund. Hier werden Ihnen nicht Aktivitäten zugemutet, die Streß bringen - hier können Sie endlich einmal tief Luft holen, zu Fuß, auf dem Fahrrad oder bequem auf einem Pferdewagen.

Und nach einer Wanderung durch die typische Weinviertler Landschaft findet man in den gepflegten Kellergassen noch eine gemütliche Atmosphäre, wobei vorzügliche Eigenbauweine zum Verweilen bei einem Heurigen einladen.

Ob nun Urlaub aktiv - Tennisspielen, Radfahren, Reiten, Schwimmen - ob Natur erforschen - „Platzerln" zu finden, wo der ganz selten gewordene Perückenstrauch noch blüht, wo im Sommer der Mauerpfeffer auf vermeintlich bloßem Fels seine gelben Sterne strahlen läßt - das ist Staatz - das gibt Kraft fürs Leben und Freude fürs Herz.

Burgruine Staatz

Die Burgruine auf der Staatzer Klippe Geschichte bis ins 11. Jahrhundert

Unmittelbar aus der Ebene erhebt sich eine weithin sichtbare Kalksteinklippe, auf der die Burgruine liegt. Von der ehemals weitläufigen Anlage sind heute nur mehr Reste von Bergfried und Palas, Mauern und Turmreste entlang des Burgweges sowie auf der Anhöhe das Gemäuer eines viereckigen Gebäudes, mit spitzbogigem Torbogen und Spuren eines romanischen Fensters erhalten.

Urkundlich 1182 erstmals erwähnt wird dieses Bauwerk 1645 von den Schweden zerstört. Unterhalb der Ruine lag das durch Freiherrn von Breuner 1672 neu erbaute Schloß, das 1945 völlig zerstört wurde. Besitzer waren Fürst Collalto; später Graf Piatti.

Die steil herausragende Felsklippe mit ihrem alten Burggemäuer ist umspült von sanften Hügeln, auf welchem sich die idyllischen Weinberge, abwechselnd mit Feldern und den zur Marktgemeinde gehörenden Orten Ameis, Enzersdorf, Ernsdorf, Staatz-Kautendorf, Waltersdorf und Wultendorf, ziehen.

Ein reizender Flecken Welt - mit viel Kultur und Herz.

Quelle: Marktgemeindeamt Staatz

Straß im Straßertale

Weinbau- und Binderei-museum

Gemeinde Straß
Marktplatz 18
3491 Straß im Straßertale

Tel. 02735 - 24 95
Tel. 02735 - 52 74

Anreise
B3 bis Kollersdorf/B34 bis Hadersdorf/B35
S33, B3, B33 bis Krems/B35 bis Hadersdorf/B35

Bahnhof Hadersdorf am Kamp und Etsdorf/Straß

Linienbusse

Öffnungszeiten
Palmsonntag bis Leopoldi:
MI 16.00 - 18.00 Uhr, SA 14.00 - 18.00 Uhr
SO 9.30 - 11.30 und 14.00 - 18.00 Uhr

Eintritt
Erwachsene 30,-; Kinder 15,-
Gruppen mit Führung 40,-

Führungen
Nach Anmeldung

Fachgebiete
Weinbau, Faßbinderei

Fotografieren
Für private Zwecke erlaubt

Sehenswürdigkeiten
Hobelmaschinen, Spritzgeräte

Allgemeines
Feuerwehrmuseum im Feuerwehrhaus
Fossilienschauraum in Oberholz - frei zugänglich
Im September Straßer Weinerlebnis und Hiatafest mit Angelobung der Weinhüter (Genauer Termin nach Anfrage im Gemeindeamt)

Das Faßbinderei - und Weinbaumuseum Straß im Straßertale ist auf dem Gelände der ehemaligen Faßbinderei Schmid untergebracht. Bei der Umgestaltung in ein Museum wurde vor allem darauf geachtet, die Atmosphäre des Ensembles zu erhalten. Museale „Eingriffe“ wurden nur dort getätigt, wo es nicht zu vermeiden war und die Sicherheit der Objekte gefährdet schien.

Die Werkstatt der Brüder Schmid erweckt nach wie vor den Eindruck, als hätte der Bindermeister soeben die Werkstatt verlassen: Gummistiefel und Binderschurz stehen in einer Ecke, an die Wände sind Rechnungen mit Bleistift gekritzelt. Auf den verschiedenen Werkbänken liegen Werkstücke und Werkzeuge, die die Arbeiten des Binders verdeutlichen. Die Besucher haben die Möglichkeit, auf einer speziellen Erklärungstafel den Weg vom Holzbrett bis zum fertigen Faß zu verfolgen. Zusätzlich bietet ein Videofilm ein lebendiges Bild der Arbeitsvorgänge des „Bindens“. Einmalig an der Werkstatteinrichtung ist, daß hier sowohl traditionelle Geräte der Faßbinderei (Hobel, Reifmesser, Fügbank, etc.) als auch frühe Maschinen aus den 30er- und 50er-Jahren gleichzeitig zu sehen sind. Die Brüder Schmid benützten hauptsächlich die Maschinen, griffen aber bei Kleinarbeiten auf die alten Geräte zurück.

Im Ausfeuerstadel neben der Werkstatt wird auf mehrere Themen rund um die Faßbinderei eingegangen: Die Geschichte des zünftischen Binderhandwerks, die vielfältige Produktpalette des Bindermeisters, die Rohstoffe für die Herstellung und die Lebensgeschichte der Binder-Familie Schmid werden erklärt.

Ein Schienenstrang führt vom Ausfeuerstadel zur ehemaligen Säge, die von den Schmids großteils aus Holz selbst gefertigt wurde. Die Schienen dienten dem Transport des Holzes von der Säge in die Werkstatt. Neben den Schienen steht - oberhalb des neu angelegten Museumsweingartens - ein Dauben- oder Binderturm, das weithin sichtbare Zeichen einer Faßbindereiwerkstätte.

Das Eichenholz, das zur Herstellung eines Fasses verwendet wurde, mußte unter freiem Himmel bis zu fünf Jahre lagern. Die Binder stapelten es daher in hohen Türmen neben ihrer Werkstatt auf. Unter Mithilfe eines fachkundigen Binders aus der näheren Umgebung ist der Binderturm des Museums neu errichtet worden. Weinbau und Faßbinderei sind untrennbar miteinander verbunden. „Wenn der Weinhauer betteln geht, muß der Binder sein Zegerl tragen“, sagt ein altes Sprichwort.

Im ehemaligen Holzlagerstadel neben der Säge wurde daher die Weinbaudokumentation untergebracht, die die Arbeiten im Weingarten und im Keller veranschaulicht.

Mag. Susanne Hawlik

Faßbindereimuseum

Weinbaumuseum

Strasshof

Das Heizhaus Eisenbahnmuseum Strasshof

Nostalgie live - Eisenbahn zum Anfassen

Sillerstraße 123
2231 Strasshof a.d. Nordbahn

Tel. 0222 - 602 21 96
Fax 0222 - 602 21 96

Anreise

Von Wien A22 Ausfahrt Reichsbrücke/B8 über Deutsch Wagram nach Strasshof (Hinweisschilder)

Schnellbahn S1 Haltestelle Silberwald

Öffnungszeiten

Jeden SO/Feiertag 10.00 - 16.00 Uhr

Eintritt

An normalen Öffnungstagen:
ohne Dampf: Erwachsene 60,-; Kinder 30,- Familien 145,-
mit Dampf: Erwachsene 70,-, Kinder 35,- Familien 165,-

Führungen

Jeden Öffnungstag gratis um 11.00, 13.00, 15.00 Uhr und nach Vorbestellung
Führungen im Heizhaus sind gegen Voranmeldung jederzeit möglich

Fachgebiete

Nostalgiebahnwesen - Dampflokomotiven

Fotografieren

Mehr oder weniger uneingeschränkt möglich

Schwerpunkte

Museale Erhaltung und Betrieb von Fahrzeugen und Anlagen des Bahnwesens und Dampflokomotiven

Publikationen/Kataloge

Werden zu Sonderveranstaltungen aufgelegt

Allgemeines

Gruppenreisen nach Voranmeldung auch wochentags möglich, private Dampfsonderzugsfahrten (Dampfnostalgiefahrten) können jederzeit durch den Verein organisiert werden (Betriebsausflüge, Jubiläumsfahrten, etc.).

DAS HEIZHAUS
EISENBAHNMUSEUM STRASSHOF

Geschichte des Heizhauses Strasshof

Nach Beendigung des Dampfbetriebes auf Normalspurstrecke am 31.12.1977 wurde die Zugsförderungsstelle noch einige Zeit als Waggonreparaturwerk verwendet. Danach wurde das Heizhaus geschlossen und sollte abgerissen werden.

Der **1. ÖSEK (Österreichischer Straßenbahn und Eisenbahn Klub)** bemühte sich in den letzten Jahren des planmäßigen Betriebes um die Erhaltung der gesamten Anlage. Es konnte aber trotzdem nicht verhindert werden, daß einige Teile und Maschinen demontiert bzw. verschrottet wurden. Nach zähen Verhandlungen seitens des 1. ÖSEKs, dem Museum für Wissenschaft und Forschung und den ÖBB konnte die gesamte Anlage (Lokhalle, Wasserturm, Drehscheibe, Kohlenkran) unter Denkmalschutz gestellt werden.

Der 1. ÖSEK übernahm im Jahre 1984 die Betreuung der Anlage. Eine weitere Aufgabe des 1. ÖSEKs war es, die noch vorhandenen österreichischen Dampflokomotiven und historisch wertvollen Waggons aus allen Teilen Österreichs in Strasshof zu sammeln und so vor der Verschrottung zu bewahren.

1985 konnte nun die auf ein beträchtliches Ausmaß angewachsene Sammlung von Loks und Waggons der Öffentlichkeit zugänglich gemacht werden. Bis zu diesem Zeitpunkt waren einige wertvolle Fahrzeuge für den Besucher in einen attraktiven Zustand versetzt worden.

Mit der Übernahme des Heizhauses von der ÖBB durch den 1. ÖSEK kamen die letzten normalspurigen Dampfloks der ÖBB in die Betreuung des 1. ÖSEKs. Es handelt sich dabei um die beiden Zahnradbahnloks 97.208 und 197.301 sowie die 52.7594 und 372 (alle außer 197.301 mußten wegen Ablauf der Kesselfristen abgestellt werden).

Dampflokparade

1987, im Jahr des 150-jährigen Jubiläums der Eisenbahn in Österreich, wurde die ehemalige Stadtbahnlok 30.33 von den Mitarbeitern des 1. ÖSEKs wieder in betriebsfähigen Zustand versetzt. Der Eröffnungszug der Vorortelinie wurde mit dieser Lok bespannt. Während diesem Jubiläum (August und September) wurde das Museum wieder eine Zugförderungsstelle der ÖBB. Alle an dieser Parade teilnehmenden Dampfloks waren im Heizhaus stationiert.

1992 wurde die klassische Südbahnschnellzuglok 109.13 unter Inkaufnahme größter organisatorischer und finanzieller Mühen wieder indienstgestellt.

1993 konnte ebenfalls ein interessantes Fahrzeug, welches von den Mitgliedern des 1. ÖSEKs in über 40.000 Arbeitsstunden restauriert wurde, in Betrieb genommen werden. Es handelt sich um den Gepäckstriebwagen Dtl.07.

1994, dem zehnjährigen Bestehen des Eisenbahnmuseums Strasshof, konnte eine weitere Lok, die 52.100 wieder in Betrieb genommen werden. Es handelt sich dabei um die älteste noch vorhandene Vertreterin der bekannten Kriegslok.

Neben all diesen Dampfloks sind auch einige Dieselloks und ein Elektrotriebwagen im Eisenbahnmuseum beheimatet.

Es existieren selbstverständlich Pläne weitere Lokomotiven und Waggone in einen betriebsfähigen, historisch wertvollen Zustand zu versetzen. Leider sind die Pläne jedoch nur nach Maßgabe der finanziellen Situation möglich.

Es ist zwar Ziel möglichst viele Exponate zu restaurieren und der Öffentlichkeit zugänglich zu machen, doch muß hervorgehoben werden, daß es ein großes Anliegen des 1. ÖSEKs ist vor allem auch den nächsten Generationen Dampfbetrieb zu vermitteln, die es im Normalbetrieb nie gesehen haben.

Derzeit umfaßt die Sammlung des Eisenbahnmuseums Strasshof 35 Dampflokomotiven, einige Dieselloks und über 40 zum Teil über 100-jährige Waggons.

Quelle: Eisenbahnmuseum Strasshof

Thaya

Anreise
Wien - Horn - Waidhofen/Thaya
Linz - Gmünd - Vitis - Waidhofen/Thaya
dann weiter B36 nach Norden

Wien Franz-Josefs-Bahnhof nach
Schwarzenau - Waidhofen/Thaya
dann weiter mit Autobus

Linienbusse

Öffnungszeiten
Mitte Mai - Ende Oktober
an SO von 10.00 - 12.00 Uhr

Eintritt
Freiwillige Spenden

Führungen
Sonderführungen nach rechtzeitiger Terminvereinbarung im Gemeindeamt

Fotografieren
Erlaubt

Schwerpunkte
- Überblick zur Orts- und Pfarrgeschichte mit volkskundlicher Sammlung
- Hausweberei (vom Flachs zur Leinwand, Frottierweberei)
- Dokumentation zur archäologischen Grabung in der Ortswüstung Hard, zu den slawischen Hügelgräbern und zum Hausberg Aislab
- Münzfunde (15. - 17. Jh.)
- Flurdenkmäler

Sonderausstellungen
Zeigen die Aufarbeitung ortsgeschichtlicher, heimatkundlicher und naturwissenschaftlicher Besonderheiten

Publikationen/Kataloge
Periodische Schriftenreihe „Arbeitsberichte des Kultur- und Museumsvereines Thaya"

Heimatmuseum

Bahnhofstraße 1a
3842 Thaya

Tel. 02842 - 52 6 63
Fax 02842 - 54 3 54

Der Markt Thaya (1175 urkundlich als „tiahe" genannt, seit 1294 Marktrecht), von waldreichen Hügeln umgeben (Seehöhe 490 m), bietet ein günstiges Klima mit vielen Sonnentagen.

Am Marktplatz zeugen zahlreiche einstökkige Bürgerhäuser (davon einige stilvoll renoviert), von der wirtschaftlich bedeutsamen Vergangenheit.

Die mächtige Pfarrkirche mit romanischen, gotischen und barocken Stilelementen, der restaurierte Karner und der Meditationsgarten beherrschen den Ort. Zwei Renaissancebrunnen und die Prangersäule vervollständigen den harmonischen Gesamteindruck.

Informationen
Marktgemeinde Thaya
A 3842 Thaya, Hauptstraße 32
Tel. 02842 - 52 66 3, Fax 02842 - 54 3 54

Thaya war ein Hauptort der Grafschaft Raabs und später der Grafschaft Litschau. Am Schnittpunkt wichtiger Verkehrswege (u.a. nach Böhmen und Mähren) gelegen, erlangte es wirtschaftliche Bedeutung im Bereich der Eisenerzeugung, der Bierbrauerei, der Kalkgewinnung und der Textilindustrie (Weberei, Wirkerei, Strickerei).

Im 17. und 18. Jh. gehörte Thaya mit neun Zünften zu den wirtschaftlich wichtigsten Märkten des Waldviertels, in der 2. Hälfte des 19. Jahrhunderts erlangte es durch den monarchieweit betriebenen Schweinehandel überregionale Bedeutung.

Jetzt findet alljährlich am 2. Wochenende im Juli ein großer Bauernmarkt statt, den Tausende von Menschen besuchen.

Von besonderer Bedeutung für die Mittelalterarchäologie in Österreich ist die Ausgrabung des mittelalterlichen Dorfes Hard. Seit 1977 wird drei Kilometer östlich von Thaya dieses mittelalterliche Dorf ausgegraben. Die Reste einer Befestigung, eines Meierhofes, einer Reihe von Bauernhäusern, Überreste der Eisenerzeugung und Keramikproduktion geben interessante Einblicke in das Leben im Mittelalter und machten Thaya im Jahre 1987 zum Schauplatz eines internationalen Symposions fur Mittelalterarchäologie.

Quelle: Arbeitsberichte des Kultur- und Museumsvereines Thaya

Ausgrabungen in der mittelalterlichen Ortswüstung Hard

Anreise
B303 / B36 oder über B30

Bahnhof Waidhofen a.d. Thaya

Linienbusse

Öffnungszeiten
Ganzjährig nach telefonischer Anmeldung

Eintritt
Erwachsene 100,-, Kinder frei

Führungen
Nach Vereinbarung

Fotografieren
Erlaubt

Publikationen/Kataloge
Vorhanden

Schloß Peigarten

„Wohnkultur des Adels"
Schloß Peigarten
3843 Dobersberg

Tel. 0222 - 406 93 63

Peigarten liegt im nördlichen Waldviertel in einer Senke des Taxenbaches. Das adelige Gut und das gleichnamige Schloß haben eine reizvolle Lage und gehen auf die Zeit der Kolonisation im 11. Jahrhundert zurück. Der Name entstammt dem Mittelhochdeutschen (Bai = Biene und Goadn = Garten). Innerhalb der Wehr- und Befestigungsanlagen des Thayaringes sicherte Peigarten strategisch wichtige Furten für die Verbindung Raabs - Litschau.

Im Jahr 1200 scheinen Konrad und Eberhard von Pigarten erstmals urkundlich auf. Ihre Söhne und Enkel treten in der Folge als Zeugen für Schenkungen und Verkäufe bis 1375 öffentlich auf und führen den Beinamen Putzel.

Den Peigartnern folgen die Dachsner. Am Martinitag 1386 erteilt ihnen Albrecht III. besondere Rechte auf den Ort und die Feste sowie auf andere Besitzungen. Diese Burgfriedensverleihung ist mit der von 1382 an Jakob Dachsner die älteste faßbare in Niederösterreich.

Nach 1460 gehört die Besitzung Heinrich von Neuhaus, der die Burg zu einer bedeutenden Festung ausbaut. Der Landesverweser Puchheim muß ihn mit einem Heer von 800 Reitern und Landsknechten seines Raubrittertums wegen zurechtweisen.

1481 erwirbt Bernhard von Inpruck das Schloß, verliert es aber als Kaisertreuer unter Matthias Corvinus. Nach dessen Tod bemächtigte sich der arbeitslos gewordene Hauptmann Vrecko der Feste und des Marktes Thaya 1492/93. Seine Plünderzüge bis Horn werden durch die kaiserlichen Truppen beendet.

Nach 1534 besitzen die Inprucker wieder das Schloß. Als Protestanten unterschreiben sie 1608 mit 166 Adeligen aus Niederösterreich den Horner Bund der lutherischen Stände. Durch große Steuerrückstände gezwungen, müssen die Erben der Inprucker die Herrschaft aufgeben.

1644 erwirbt Abt Cornelius das Schloß für das Stift Lilienfeld. Bis zur vorübergehenden Aufhebung der Klöster unter Joseph II. wirken die Patres als fruchtbare Verwalter. 1812 erwirbt Graf von Grünne die Herrschaft und vereinigt sie mit Dobersberg. Er ist Vertrauter von Erzherzog Karl. Sein Sohn Karl-Ludwig wird erster Generaladjudant Kaiser Franz Josephs und Vorstand der militärischen Zentralkanzlei. Der letzte Grünne, Philipp, stürzt 1917 bei Trient mit seinem Flugzeug ab. Von dieser Zeit an pachtet Sandor Baum, der Onkel der Bestsellerautorin Vicki Baum, das Schloß. Sie verbringt ihre Jugendsommerferien in Peigarten und setzt dem Haus in ihrem Buch „Es war alles ganz anders" ein literarisches Denkmal. 1923 übergibt die alte Gräfin Grünne die Güter ihrem Neffen Graf Szapary. Im Zweiten Weltkrieg scheint die Deutsche Ansied-

lungsgesellschaft im Grundbuch auf. 1978 erwerben Dr. Martin und Ulrike Wolfer das Schloß und beginnen mit einem umfassenden Renovierungsprogramm.

Das Schloß erhebt sich am nordwestlichen Eingang des Ortes. Eindrucksvoll schiebt sich auf der Felsnase ein Bastionturm vor, der vom massiven Hungerturm flankiert wird, der im 18. Jahrhundert noch als mehrstöckiger Turm dargestellt wird. Vor dem Tor steht eine qualitätvolle Steinplastik des Johann-Nepomuk. Das Chronogramm lautet:

IOANNES CUM LOQVETUR
PRO POPVLO SIBI (SUO)
VOTIVO EXAUDIETUR PRO
REVERENTIA SVA.

Die römischen Zahlen ergeben zusammengezählt nach Leseart 1752, 1761 (Wolfer) oder 1766 (Schweitzer). Im Südosten Reste der Wehranlage, die die Burg gegen die Hochfläche sicherte.

Das Haupthaus wurde über und um die mittelalterliche Burg gestaltet. Um den unregelmäßigen Hof gruppieren sich zwei dreigeschoßige Flügel mit typischem Fassadendekor des 17. Jahrhunderts. Problemlose Schönheit, in einer für Peigarten nicht ganz so ruhigen Geschlossenheit (Übergang der Arkadengänge zum Palas oder Torturmanschluß an den großen Saal). An der Ostseite des Hofes befindet sich der in Gneis geschlagene Schloßbrunnen. Die Fassung entstammt dem Herrschaftsbesitz Dobersberg.

Im nordseitigen Trakt befindet sich die Johanneskapelle mit zierlichen Stukkaturen aus Bandel-, Gitter- und Blattwerk und der gotischen Sakramentsnische, die mit einem Lambrequin verziert ist. An sie schließt der Spielsalon mit Nußtafelparkett und dem Herrschaftsoratorium an. Im westlichen Trakt ist der Herrensaal mit einer wuchtigen Holzdecke, darunter die schwarze Küche, Speisekammer und der in Gneis geschlagene Keller. Der Hungerturm schaut Richtung Süden, ebenso die gotischen Stuben, der Salon und dreigeschoßig die Wohnräume, die durch kreuzgratgewölbte Arkadengänge verbunden sind.

Der ostseitige Trakt beherbergt den Schüttboden und darunter den großen Saal mit verschiedenen bäuerlichen Geräten aus dem Meierhof.

Schloß Peigarten
Ölbild, 1989
Mag. Luscinska

Traismauer

Museum für Frühgeschichte Schloß Ausgrabungen Heimatmuseum

Stadtgemeinde Traismauer

Tel. 02783 - 8651, 8555
Fax 02783 - 8651-30

Anreise
A1/S33 Ausfahrt Traismauer Süd oder Nord
B43, LH 113

Bahnhof Traismauer

Linienbusse

Öffnungszeiten
25. März - 1. November
täglich außer MO 9.00 - 18.00 Uhr

Führungen
Gegen Voranmeldung

Fachgebiete
Frühgeschichte (1. Jahrtausend)

Fotografieren
Erlaubt

Sonderausstellungen
Laufend

Schwerpunkte
1. Jahrtausend nach Christus

Sehenswürdigkeiten
Hungerturm

Allgemeines
Wir sind Ihnen auch gerne bei der Auswahl und Platzreservierung unserer bewährten Gastbetriebe und Heurigen behilflich
Tel. 02783 - 8555
(25. März - 1. November)

Kulturerlebnis Traismauer
Die Stadt und 2 x 1000 Jahre
Geschichte sind einen Ausflug wert

Museum für Frühgeschichte im Schloß Traismauer

(Außenstelle des NÖ Landesmuseums)

Auf dem Hauptplatz von Traismauer steht das bauhistorisch hochinteressante Schloßgebäude, dessen älteste Teile aus dem 4. Und 5. Jahrhundert stammen. Im Arkadenhof ist die Baugeschichte übersichtlich dokumentiert.

Nach der großzügigen Renovierung 1989 eröffnete das Niederösterreichische Landesmuseum seine Außenstelle für Frühgeschichte im Schloß Traismauer.

Damit wird die Epoche des ersten nachchristlichen Jahrtausends im heutigen Niederösterreich - die Zeit der Römer, Germanen, Hunnen, Slawen, Awaren in Form von Grabbeigaben, Schmuck, Waffen und Gebrauchsgegenständen - auch mit Rekonstruktionen von Wohnhütten und Gräbern - in einem würdigen Rahmen präsentiert (1000 m², verteilt auf 12 Räume).

Laufend Archäologische Sonderausstellungen, Führungen gegen Voranmeldung (Dauer ca. 1 Stunde).

Ausgrabungen

Unterhalb der Stadtpfarrkirche St. Rupert in Traismauer wurden im Jahre 1975 anläßlich der Kirchenrenovierung

„Altes Schlosserhaus“ Florianigasse

Arkaden im Innenhof von Schloß Traismauer

Estriche des ersten römischen Lagers ***Augustianis*** aus dem 1. Jh. n. Chr., Mauerzüge aus den weiteren Ausbaustufen bis ca. 400 n. Chr. und eine karolingische Bestattung um 800 (wahrscheinlich des Grenzgrafen Cadaloc) freigelegt.

Wegen der großen Bedeutung dieser archäologischen und historischen Befunde wurde die Ausgrabung offengelassen und steht den Besuchern mit einer sachkundigen Führung zur Verfugung.

Führungen gegen Voranmeldung (Dauer ca. ½ Stunde).

Heimatmuseum und Altes Schlosserhaus

Das Heimatmuseum, das ganz der Lokalgeschichte gewidmet ist, befindet sich auf dem romantischen Florianiplatz in einem historischen Turm, der - wie einiges in Traismauer! - auf die Römerzeit zurückgeht.

Vom Mammutzahn über Steinbeile, von römischen Glasgefäßen und mittelalterlichen Originalurkunden bis Schützenscheiben mit oft heiteren Texten und Darstellungen spannt sich der Bogen der „Schätze“ des Heimatmuseums.

Einen Höhepunkt stellen die Originalbühne und -figuren des „Traismaurer Krippenspiels“ aus 1810 dar - lebendiges Volksgut, gelangt es doch immer im Advent zur Aufführung.

Angeschlossen ist das „Alte Schlosserhaus“, einerseits eine kleine Galerie für ausstellende Künstler aller Art, andererseits ein Schlossereimuseum, das in einer ehemaligen Schlosserwerkstatt dieses aussterbende Handwerk mit Werkzeugen und einer Esse aufleben läßt.

Führungen gegen Voranmeldung
(Dauer ca. 1 Stunde)

Stadtrundgang

Ein abwechslungsreicher Spaziergang durch das Stadtzentrum und zugleich durch fast 2000 Jahre Geschichte.

Der Römerbrunnen in der Zivilsiedlung, das Römertor (wo auch die Nibelungen ins Spiel kommen!), Bürgerhäuser mit ihren Traditionen, alte Gasthöfe und Marterln mit ihren Geschichten werden dabei vorgestellt.

Führungen gegen Voranmeldung
(Dauer ca. 1 Stunde).

Quelle: Stadtgemeinde Traismauer

Tulln

Tullner Museen im Minoritenkloster

Stadtamt - Minoritenplatz
3400 Tulln

Tel. 02272 - 61915
Fax 02272 - 4285 -70

Anreise

B1, A22/B3
A1 Ausfahrt Neulengbach/B19

Wien - Franz Josefs Bahn - Tulln
(30 und 60 Minuten Intervalle)

Linienbusse

Öffnungszeiten

MI - FR	15.00 - 18.00 Uhr
SA	14.00 - 18.00 Uhr
SO/Feiertage	10.00 - 18.00 Uhr

Eintritt

Erwachsene	30,-, Ermäßigt 20,-
Schüler	15,-, Ermäßigt 10,-

Führungen:

Jederzeit gegen Voranmeldung

Fachgebiete

Stadtgeschichte, Römer, Urgeschichte

Sonderausstellungen

Egon Schiele-Museum: „Egon Schiele und die Eisenbahn" im Geburtsraum Egon Schieles im Bahnhof Tulln - als Außenstelle des Museums zu besichtigen

Publikationen/Kataloge:

Prospekt und Katalog

TULLN FÜRS LEXIKON

Tulln, 1) Politischer Bezirk in Niederösterreich, 639 km², 59.400 Einwohner (1991), Bezirkshauptstadt Tulln. Umfaßt den größten Teil der ***Tullner Ebene*** (alte Bezeichnung Tullner Becken) zu beiden Seiten der Donau, den Nordrand des Wienerwaldes und das Weingebiet des Wagramlandes nördlich des Wagram. Fruchtbare Tullner Ebene (Ackerbau, Gartenbau) wird südlich der Donau Tullner Feld genannt. Starke Verflechtung (Zweitwohnsitze, Pendler) mit Wien.

2) Bezirkshauptort in Niederösterreich, 12.200 Einwohner (1991);

Landeshauptstädtische Funktionen für Agrarwesen, Messewesen, Rotes Kreuz, Feuerwesen, Zivil- und Katastrophenschutz. Mittelpunkt der Tullner Ebene, zwei Donaubrücken, bedeutende Geschäftsstadt - insbesondere für Bekleidung.

Zuckerfabrik und andere Nahrungsmittelindustrien, Großdruckerei, Rosen- und Messestadt mit Internationaler Gartenbaumesse, Schulstadt, Interuniversitäres Forschungsinstitut für Agrarbiotechnologie.

Geschichte: Römisches Reiterlager Comagenis. Schon 791 als „civitas" bezeichnet, 859 als „Tullina". Unter den Babenbergern vielfach Ort von Landtagen und Gerichtstagen. 1683 Sammelplatz der christlichen Einsatzheere zur Befreiung Wiens von den Türken. 1986 Bewerbung um Landeshauptstadt und Gewinnung landeshauptstädtischer Funktionen.

Sehenswürdigkeiten: Römerturm - voll erhaltener Flankenturm des Römerlagers Comagenis aus ca. 360 n.Chr., eines der ältesten Gebäude Österreichs, Stadtpfarrkirche mit rom. Aposteltor, international bedeutender spätromanischer Karner, barocke Minoritenkirche mit Eremitage.

Tullner Minoritenkloster

Minoritenkloster

Um 1225, noch zu Lebzeiten des hl. Franz von Assisi, ließen sich die Minoriten (Schwarze Franziskaner) als Bettelorden in der Nordwestecke der damals reichen Donaustadt Tulln nieder.

Das kleine romanisch-gotische Kloster um die Vorgängerkirche, die höchstwahrscheinlich denselben Standort wie die heutige Minoritenkirche hatte, wurde während der Reformationszeit im 16. Jh. verlassen und erst 1635 neu besiedelt.

1713-1756 wurden das neue Minoritenkloster und 1732-39 die neue Minoritenkirche im spätbarocken Stil prachtvoll errichtet, wobei Herzogin Maria Theresia von Savoyen, Schloßherrin von Judenau, zu den bedeutendsten Gönnern zählte.

Durch das Bettelverbot von 1769 löste sich das Kloster, das von Kaiser Joseph II. nicht aufgehoben wurde, allmählich infolge Personalmangels auf und wurde 1807 formell geschlossen.

1827 kaufte der k. k. Hofkriegsrat das Gebäude und verlegte die Pionierkorps-Schule von Korneuburg hierher, die Minoritenkirche kam in Besitz der Stadt.

1868-1918 war das ehemalige Minoritenkloster Kaserne, dann Wohngebäude, 1938-45 wieder Kaserne und bis 1990 neuerlich Wohnzwecken gewidmet.

Aus Mitteln des Landes NÖ. und der Stadtgemeinde Tulln wurde das alte Minoritenkloster/Kasernengebäude 1990-1993 prachtvoll renoviert. Ebenso die Minoritenkirche 1984-94 von der Stadtgemeinde Tulln.

Das Land NÖ. hat hier Funktionen der „Kleinen Landeshauptstadt Tulln" (Feuerwehrwesen, Zivil- und Katastrophenschutz, NÖ- Feuerwehrmuseum) untergebracht, die Stadt Tulln vor allem die vier Abteilungen der Tullner Historischen Museen:

- Stadt- und Bezirksmuseum
- Römermuseum (Limesmuseum)
- „Tulln unter der Erde" (Stadtarchäologie)
- „Land am Strome" (Geologie, Landformung und Urgeschichte im Bezirk Tulln).

Stadt- und Bezirksmuseum

Es besticht durch die moderne und neuartige Grundkonzeption, die historischen Grundstrukturen der Stadt Tulln und des Verwaltungsbezirkes Tulln in Themenschwerpunkten mit chronologischem Grundgerüst darzustellen.

Außerdem zeichnen sich die Schauräume durch eine aufgelockerte Anordnung der Objekte und Schautafeln aus.

Der Hauptsaal ist der Geschichte der Stadt Tulln von der Römerzeit bis heute gewidmet. Besonders sehenswert sind hier einerseits die Darstellung der Stadtentwicklung als Siedlung, aber auch als politischer Körper (Stadtrechtsurkunden), sowie die speziellen Darstellungen der Gerichtsbarkeit, der Wirtschaftsentwicklung und der historischen Verkehrssituationen.

Die kleineren Säle informieren über die Siedlungs- und Kulturgeschichte der Stadt und des Bezirkes, besonders über die Landwirtschaft, die militärischen Ereignisse, die Kirchengeschichte und nicht zuletzt über die prominenten Persönlichkeiten des Bezirkes Tulln.

Im Gangbereich erwarten den Besucher noch zwei besondere Attraktionen: Eine Bezirkskarte aus 1820 und eine Lichtsuchtafel mit 73 natürlichen und kulturellen Sehenswürdigkeiten aus dem Bezirk.

Römermuseum
Leben am römischen Donaulimes

Dem militärischen, aber auch dem zivilen Leben am römischen Donaulimes in der Provinz Noricum ist diese Abteilung der Tullner Historischen Museen im Minoritenkloster gewidmet, die sich vor allem durch moderne, spektakuläre Gestaltung und wertvolle Exponate auszeichnet.

So zeigen die Hängevitrinen im südlichen Saal erlesene römische Fundstücke aus der Stadt und dem Bezirk Tulln, unter anderem Terra sigillata, Münzen und Tränenfläschchen. In einer Media-Ecke informiert eine Diaschau über den nordischen Donaulimes oder begeistert Asterix seine jungen Fans.

Besonders wertvoll ist auch das Lapidarium mit Inschriften, die vor allem auf die Tullner „Ala prima Comagenorum", die hier stationierte Reitereinheit aus dem kleinasiatischen Kommagene, Bezug nehmen. Im Nordsaal bestechen vor allem die zahlreichen Zinnfiguren-Dioramen, die das militärische Leben am Donaulimes und herausragende historische Ereignisse (Markomannenkriege, Hunnensturm, hl. Severin) darstellen sowie eine überdimensionale Lichtwand, die den Comagenen gewidmet ist.

„Land am Strome"
Geologie, Landformung u. Urgeschichte

Die Leitlinie dieser Abteilung ist die Donau. Die Donau als geomorphologische Gestalterin der Landschaften im Bezirk Tulln, dargestellt in einer riesigen, idealtypischen Terrassenlandschaft, einem großen Relief und in zahlreichen geologischen Schautafeln. Besondere Prunkstücke sind ein fast 10.000 Jahre alter großer Baumstamm und erlesene, geschliffene Donaugerölle, vom einfachen Quarz bis zum Halbedelstein. Die Donau war auch Leitlinie der urgeschichtlichen Besiedlung und Kultivierung des Bezirkes, was durch wertvolle Fundstücke belegt wird. Vom Mammutzahn, über neolithische Keramik und hallstattzeitlichen Lößschnecken-Schmuck bis hin zum keltischen Messer.

„Tulln unter der Erde"
Stadtarchäologische Dokumentation

Die zahlreichen archäologischen Untersuchungen in Tulln und die Möglichkeit der Einbindung von Ausgrabungen vor Ort in die Tullner Historischen Museen haben diese Abteilung initiiert. In vorbildhafter Weise und durch „handgreifliche" archäologische Funde (gotischer Kapellenbau) werden hier die Technik, aber auch die zahlreichen wertvollen Fundstücke stadtarchäologischer Grabungen am Beispiel Tullns gezeigt. Herausragendes Prunkstück: Das Siegel Papst Bonifaz VIII. (um 1400), das bei den Ausgrabungen im Minoritenkloster 1990/91 gefunden wurde.

Quelle: Stadtamt Tulln

TULLNER MUSEEN IM MINORITENKLOSTER

3430 Tulln, Minoritenplatz 1
☎ 02272 - 61 915
Fax 02272 - 61 915-5

Öffnungszeiten:
Mittwoch-Freitag 15.00-18.00 Uhr
Samstag 14.00-18.00 Uhr
Sonn- und Feiertage 10.00-18.00 Uhr

Voranmeldung im Museum (außerhalb der Öffnungszeiten über Anrufbeantworter) oder bei der Stadtgemeinde Tulln, Tel. 02272 - 4285 - 43.

Sonderausstellungen von Mitte Mai bis Ende Oktober, in der Zwischenzeit Ausstellung von Schiffsmodellen der k.u.k. Marine im Sonderausstellungsraum.

Außenstelle: Römischer Fächerturm im Hofe der Hauptschule Wienerstraße 23, gegen Voranmeldung zu besichtigen.

NÖ Feuerwehr-museum

NÖ Landesfeuerwehr-
kommando
3430 Tulln

Tel. 02272 - 61303 - 3206
od. 3170
Fax 61303-6655

Öffnungszeiten

MI - FR	15.00 - 18.00 Uhr
SA	14.00 - 18.00 Uhr
SO/Feiertage	10.00 - 18.00 Uhr

Eintritt

Erwachsene	30,-
Gruppen	20,-/Pers.
Kinder und Jugendliche	10,-

Führungen

Gegen Voranmeldung

Fachgebiete

Feuerwehr Geschichte und Gegenwart

Fotografieren

Erlaubt

Publikationen/Kataloge

NÖ Feuerwehrstudien

Sehenswürdigkeiten

Brandmayerspritze (1792)
Kremser Leiter
Erstes europäisches Flugplatzlöschfahrzeug „YANKEE WALTER"

Allgemeines

Programme für Kinder und Jugendliche

Spritzenwagen, 1921

Ein wesentlicher Bestandteil des niederösterreichischen „Feuerwehrzentrums“ in Tulln stellt das NÖ Feuerwehrmuseum dar: In einer 650 m^2 großen und 12 m hohen Halle stehen Fahrzeuge und Geräte der niederösterreichischen Feuerwehr, gleichsam das Werkzeug hunderttausender Einsätze, die in rund 130 Jahren geleistet wurden.

Trotzdem steht der Mensch, der Feuerwehrmann, im Mittelpunkt: Er trägt die psychische Belastung und nimmt Gefahren freiwillig und unentgeltlich in Kauf, 1861 genauso wie heute.

In den gut restaurierten Altbauräumlichkeiten ist die Geschichte und Gegenwart dieser größten Hilfeleistungsorganisation des Landes zu sehen. Somit präsentiert sich das Museum als Dokumentation des weiten, menschlichen und technischen Gebiets einer faszinierenden Organisation: der Feuerwehr. Das Museum soll Fachleute ebenso ansprechen wie interessierte Laien.

Aus diesem Grund wurde bei der Gestaltung auf eine Kombination der Vermittlung von zusätzlichem Wissen für Insider geachtet, aber auch auf die Variante einer allgemeinen Information Wert gelegt. Der Interessierte geht einen vorgegebenen Weg durch das Museum - Informationsvermittlung wird in drei Ebenen angeboten.

Das Museum gliedert sich thematisch in eine technik- und eine organisationsgeschichtliche Schau. Die geschichtliche Darstellung ist nach zeitlichen Gesichtspunkten aufgebaut.

Um ein besseres Verständnis für die Problematik vergangener Zeiten zu erreichen, können verschiedene Geräte auch vom Besucher bedient werden. In weiteren Ausbaustufen werden vermehrt derartige Möglichkeiten geschaffen.

Grundsatz bleibt die Flexibilität: Gerade in der Halle sollen Wechselausstellungen abgehalten werden. Der zufriedene Besucher wird so eingeladen, öfter zu kommen und immer Neues vorzufinden.

Quelle: NÖ Landesfeuerwehrkommando

Unterretzbach

Anreise
A22/ab Stockerau B303 bis Hollabrunn
B2 bis Guntersdorf/ B30 bis Retz/ B35

Bahnhof Retz

Öffnungszeiten
Nach telefonischer Vereinbarung im Bahnhof Retz (Güterkasse)

Eintritt
Freiwillige Spenden

Führungen
Nach vorheriger Anmeldung

Fachgebiete
Geschichte der Nordwestbahnstrecke

Fotografieren
Erlaubt

Sonderausstellungen
1997: 10 Jahre Eisenbahnmuseum Unterretzbach

Schwerpunkte
Lokalbahn Drosendorf, Signaleinrichtungen

Sehenswürdigkeiten
Oberbaueinrichtungen und Streckengeschichte

Publikationen/Kataloge
Vorhanden

Eisenbahnmuseum

2074 Unterretzbach

Tel. 02942 - 2415-384,-386
(Güterkasse Retz)
02942 - 20514 (Herr Gössl)
Fax 02942 - 2415-250

Eisenbahnmuseum Unterretzbach

Da der Bahnhof Unterretzbach nur mehr als Ladestelle Verwendung fand, wurde von der Retzer Gewerkschaft der Eisenbahner der Beschluß gefaßt, ein Museum einzurichten. Nach umfangreichen Renovierungsarbeiten konnte das Museum am 20. Juni 1987 feierlich eröffnet werden. Als Museum eingerichtet wurden drei Räume (Oberbaueinrichtungen, Signaleinrichtungen und Streckengeschichte).

Geschichte der Nordwestbahn

Die Nordwestbahnstrecke wurde in zwei Bauabschnitten errichtet - 1871 nahm man die Strecke Stockerau - Iglau mit einer Streckenlänge von 172,3 km in Betrieb. 1872 war dann das Teilstück Wien/Nordwest - Stockerau mit einer Streckenlänge von 19,9 km fertig. Seit 1979 wird bis Hollabrunn elektrisch gefahren.

Laut Kursbuchaufzeichnungen aus dem Jahr 1919 verkehrten auf der Strecke Wien/ Nordwest - Retz täglich vier Personenzüge mit einer Fahrzeit von damals schon beachtlichen 1,26 Stunden - heute noch braucht der schnellste Eilzug auf dieser Strecke 1,21 Stunden. Derzeit beträgt das Frachtaufkommen 6.000 Waggons monatlich.

Die Nebenlinie Retz - Drosendorf wurde nach zweijähriger Bauzeit 1908 in Betrieb genommen (Streckenlänge 39,2 km). Von den damaligen zehn Bahnhöfen sind heute nur mehr fünf besetzt.

Das Drosendorfer Frachtaufkommen betrug 1910 14.000 Tonnen - hier ist vor allem der Kohlentransport vom Bahnhof Langau erwähnenswert, der 1962 eingestellt wurde. Während 1910 noch 110.000 Reisende jährlich befördert wurden, beträgt die Frequenz heute nur noch 45.000. 1919 wurde der gesamte Verkehr mit drei Lokomotiven, sechs Personenwaggons und 22 Güterwagen abgewickelt.

1871 nahm man die Linie Retz - Iglau mit einer Streckenlänge von 172,3 km in Betrieb. Das aufwendigste Bauwerk dieser Strecke war die Überbrückung des Thayatales bei Znaim. Hier wurde eine Brücke mit einer Länge von 220 Metern und einer Höhe von 45 Metern errichtet. 1945 stellte man den Personenverkehr über die slowakische Grenze ein - der letzte Personenzug bis Unterretzbach fuhr am 18. Mai 1952.

Bis zum Jahr 1922 verkehrte ein Schnellzug von Wien/Nordwest bis Berlin mit einer Fahrzeit von 11,45 Stunden auf dieser Strecke. Letztmals 1940 werden noch ein Eilzug nach Iglau und fünf Personenzüge nach Znaim erwähnt.

Quelle: Albert Gössl

5144.04 Unterretzbach, 25. 9. 1993

2045.20 Nieder Fladnitz, 20. 5. 1995

VT 41.03 Drosendorf, 20. 10. 1989

Waidhofen / Thaya

Heimatmuseum Webereimuseum

1 Heimatmuseum - Wienerstraße 15

2 Webereimuseum Moritz Schadekgasse

3830 Waidhofen / Thaya

Tel. 02842 - 52823
503-15 (Stadtamt)
Fax 02842 - 503-99
(Stadtamt)

Anreise

B303 / B5 oder B36

Franz Josefsbahn

Busse von Wien-Landstraße, Postbus Linz

Öffnungszeiten

1, 2 30.4. -31.10. SO/Feiertag 10.00 - 12.00 Uhr
Juli, August zus. DO bis SA 10.00 - 12.00 Uhr

Eintritt

1, 2 Erwachsene 25,-
Kinder, Schüler, Stud. (ab 10 Pers.) 10,-
Gruppenermäßigung ab 5 Pers: 20,- /Pers.

Führungen

1 Gruppenführung nach tel. Voranmeldung
2 Gruppenführungen bzw. Webvorführungen nach Vereinbarung

Fotografieren

1, 2 Erlaubt

Sonderausstellungen

Eine Abteilung des Museums 4 - 6 mal jährlich Volkskunst, Kunstausstellungen

Publikationen/Kataloge

Publikationen und Künstlerkarten sowie Blaudruckstoffe mit eigenem Druckmodel

Allgemeines

Videothek mit beachtenswerten historischen von Film auf Video überspielten Streifen, z.B. 1925, 1938, usw.
Monatliche Vorführungen

Die Bezirkshauptstadt Waidhofen an der Thaya des nördlichen Waldviertel gelegen, überrascht alle Besucher durch seine architektonische Harmonie im Stadtzentrum.

Die erste Erwähnung Waidhofens findet sich in einer Urkunde aus dem Jahre 1171, seit 1230 besitzt Waidhofen das Stadtrecht.

Die Lage der Stadt, hoch über der Thaya, zeugt von ihrer wehrhaften Funktion in vergangenen Zeiten. Die alles überragende barocke Stadtpfarrkirche - Dom des Thayatales - zeigt im Inneren eine erstaunliche Raumwirkung. Drei Museen - das „Heimathaus", das „Neue Museum" mit dem „Ersten Waldviertler Webereimuseum" sowie das „Silomuseum" vermitteln den Besuchern einen interessanten Einblick in die geschichtliche, kulturelle und wirtschaftliche Entwicklung dieser Stadt.

Durch das jahrhundertealte Gewerbe und durch den Handel hat sich Waidhofen im Laufe der Jahre zu der „Einkaufsstadt des Waldviertels" entwickelt.

Seit Mitte des vorigen Jahrhunderts ist Waidhofen/Thaya zur Verwaltungs- und Schulstadt geworden.

Markante Sehenswürdigkeiten

Rathaus - Renaissancebau mit Glockenspiel, gotischer Kern (1601)
Dreifaltigkeitssäule - Barocksäule 1709
Stadtpfarrkirche - Barockkirche (1713-1733)
Gerichtsgebäude - 1734
Stadtmauer

Stadtpark - mit Kaiserdenkmal (1898) und Hamerlingdenkmal (1893)
Postamt - 1869 als Realschule erbaut
Andreas Schrembser Gedenkstein - 1980
Schadekpark - Schadek Gedenkstein und Ignaz Jörg Gedenkstein
Schloß - Burganlage, seit 1770 Schloß
Alte Hammerschmiede - in Alt-Waidhofen
Heimathaus (altes Museum)
Webereimuseum (Heimatmuseum)
Silomuseum

Heimathaus (altes Museum)

Heimathaus (altes Museum)

Das Museum findet seinen würdigen Platz in einem ehemaligen Bürgerhaus, einem mittelalterlichen Wohnhaus, das vom Stadtbrand des Jahres 1873 verschont geblieben ist. Es wurde 1924 von der Stadtgemeinde angekauft und als Bezirksmuseum eingerichtet.

Beim ältesten Bauteil, der aus dem 14. Jahrhundert stammt, trägt die Fassade Malereien im Renaissancestil mit der Jahreszahl 1577.

Das Haus mit seiner schönen Holzdekke, einer „schwarzen Kuchl" und verzweigten Fluchtkellern ist allein durch die Architektur sehenswert.

Wegweiser

Eingerichtete ***Bürgerwohnung*** aus der Biedermeierzeit

Bäuerliche Stube *mit* ***schwarzer Kuchl*** und Kochgeräten

In zwei Räumen wird die ***Geschichte der Stadt*** Waihofen an der Thaya dargestellt

Neubistritzer und Zlabingser Heimatstube: Erinnerungsstätte an die Heimatvertriebenen von 1945 aus dem Südböhmischen bzw. Südmährischen- Grenzraum

Robert Hamerling-Gedenkraum: Erinnerungsstücke an den größten Waldviertler Dichter - Briefe, Bücher, persönliche Dinge des Dichters.

Unmittelbar beim Heimathaus steht eine überlebensgroße ***Sandsteinstatue*** des heiligen Vinzentius Ferrerius mit einem Putto mit Kessel. Die Figur stammt aus der ersten Hälfte des 18. Jahrhunderts.

Erstes Waldviertler Weberei-, Handwerks- und Heimatmuseum

Dieses Gebäude wurde im Jahr 1891 im neuklassizistischen Stil erbaut, 1975 von der Stadtgemeinde angekauft und unter Mithilfe der Bevölkerung (eines Vereines und freiwilliger Helfer) durch Spenden renoviert.

Bandlwebstuhl (Bandmühle) aus dem 18. Jh.

Es besitzt eine sehr schön gestaltete Eingangshalle sowie ein Eckzimmer mit Stuckdecke.

Wegweiser

Hier wird einerseits die ***Entwicklung und Geschichte der Weberei*** im Waldviertel an Hand von Originalgeräten und Maschinen (Band- und Breitweben) gezeigt - Webvorführungen werden separat bekanntgegeben.

Schußscheibe des Waidhofner Bürgerkorps aus 1830 als Darstellung eines „Bandlträgers"

Eine Abteilung des Museums zeigt ***altes Handwerk*** sowie einen originalen ***Greißlerladen.***

Silomuseum

Dieses ist im obersten Stockwerk des Lagerhaussilos untergebracht und zeigt alte bäuerliche Geräte sowie altes Handwerk (Flachsverarbeitung, Handwebstuhl).

Quelle: Eduard Führer

Greißlerladen des Heimatmuseums

„Alte Wirtsstube“ am Tag der offenen Tür im Heimatmuseum

Waidhofen / Ybbs

Heimat-museum

Oberer Stadtplatz 32
3340 Waidhofen a.d. Ybbs

Tel. 07442-511-166

Anreise
A1 Ausfahrt Amstetten West/B121
B22, B31, B121

Bahnhof Waidhofen

Linienbusse

Öffnungszeiten
Ostersonntag bis 15. Oktober:
DI - SA 9.30 - 12.00 Uhr und
14.00 - 17.00 Uhr
SO, Feiertag 9.00 - 12.00 Uhr

Eintritt
Einzel 30,-; Gruppen ab 10 Pers. 20,-
Kinder, Schüler 10,-

Führungen
Gegen Voranmeldung möglich

Fachgebiete
Geschichte, Wohn- und Arbeitswelt
Volkskunde, Natur, Kunst
Sonderabteilung:
Spielzeug und Werkschau

Fotografieren
Nicht erlaubt

Sonderausstellungen
Fallweise zu Themen der Region

Schwerpunkte
Arbeitswelt, Eisenverarbeitung

Sehenswürdigkeiten
Besteigung des Stadtturmes

Publikationen/Kataloge
Museumsführer
Jährliche Ausgabe der „Waidhofner Heimatblätter"
Sonstige Publikationen fallweise

Allgemeines
Museum wurde bereits 1905 gegründet
Für Schulen liegen museumspädagogische Arbeitsblätter auf.
Eigener Info-Raum für die Niederösterreichische Eisenstraße
In diesem Museum sieht man sich und die Umgebung als Ganzes!

Heimatmuseum Waidhofen/Ybbs

Am 30. August 1186 wurde Waidhofen an der Ybbs erstmals urkundlich erwähnt. Seit eh und je stand die Geschichte der Stadt in engem Zusammenhang mit der Eisen- und Stahlverarbeitung. Der Spruch „Eisen und Stahl ernähren die Stadt" über dem Tor des Ybbsturmes von Waidhofen erinnert daran. Bereits Neidhart von Reuental war im 13. Jahrhundert von der guten Qualität der in Waidhofen hergestellten Schwerter überzeugt. Die bewegte Geschichte der Bürger dieser Stadt, die sich tapfer gegen Ungarn, Türken und Franzosen zur Wehr setzten, kann im Heimatmuseum Waidhofen an der Ybbs nachvollzogen werden.

Im Jahre 1905 gründeten zwanzig Waidhofner den Musealverein. Ihrem dynamischen Wirken ist es zu verdanken, daß bereits zwei Jahre später ein Museum eröffnet werden konnte. Der damalige Standort am Oberen Stadtplatz blieb bis heute erhalten.

Gleich zu Beginn seines Rundganges durchs Museum stößt der Besucher auf eine alte Hammerschmiede. Die Originaleinrichtung mit dem Doppelschwanzhammer weist auf die Bedeutung der Schmiede und der Hammerherren in der Geschichte der Stadt Waidhofen an der Ybbs und des gesamten Ybbstales hin.

Beschreibung der Sammlungen

Raum 1
Stadtgeschichte

Raum 2
Reformation und Gegenreformation

Waidhofen an der Ybbs mit alter Zellerbrücke - ein Bild von Ludwig Halauska

Raum 3
Franzosenzeit
Raum 4
Originalgetreuer Nachbau einer „Schwarzen Kuchl"
Raum 5
Bauernstube
Raum 6
Bürgerzimmer
Raum 7
Eisensaal
Raum 8 und 9
Volkskunde
Raum 10
Naturkunde
Raum 11
Malerei und Plastik
Raum 12
Neuere Zeit
Raum 13
Spielzeug und Werkschau

Stadtturm

Zum Gedenken an die Bedrohung der Türken wurde von 1535 bis 1542 der Stadtturm errichtet. Er beherbergte den Türmer, der Feuerwache hielt und Mithilfe einer Feuerschelle Brände anzuzeigen hatte. Der letzte Türmer verstarb erst im Jahre 1932. Im Zweiten Weltkrieg wurde der Stadtturm mit einer Sirene für den Fliegeralarm ausgestattet.

1985/86 wurde der Stadtturm schließlich renoviert und für museale Zwecke neu eingerichtet. Der unterste Raum befaßt sich mit der Geschichte der Feuerwehr. Im zweiten Raum befindet sich eine Sammlung älterer Hieb- und Stichwaffen, sowie Schützenscheiben. Ein weiterer Raum gibt Einblick in die Geschichte der Waidhofner Schützengesellschaft und der Stadtmusikkapelle. Im „Uhrzimmer" begeistern den Besucher vor allem die Turmuhr und ein altes Uhrwerk. Schließlich wurde auch die Wohnung des Türmers zur Besichtigung hergerichtet.

Da der Stadtturm einen übersichtlichen Blick über die Stadt gewährt, gibt ein Plan in der Mitte der Turmstube Auskunft über die Baugeschichte und einzelne Bauten der Stadt (Besichtigung nur gegen Anmeldung).

Quelle: Musealverein Waidhofen/Ybbs

Weißenkirchen / Perschling

Heimatmuseum

im ehemaligen
Gasthaus Gastegger
3142 Weißenkirchen/
Perschling

Tel. 02784 - 2356

Anreise
A1/S33/B1

Bahnstation Herzogenburg

Linienbusse

Öffnungszeiten
April - Ende Oktober
jeden 1. und 3. SA von 14.00 - 16.00 Uhr

Eintritt
Freiwillige Spenden

Führungen
Nach vorheriger Anmeldung
beim Gemeindeamt

Fachgebiete
Bäuerliche und handwerkliche Geräte
Postwesen

Fotografieren
Erlaubt

Publikationen/Kataloge
Museumsführer

Schwerpunkte
Handwerk und bäuerlicher Hausrat

Allgemeines
Ehemaliges Postmeisterhaus
(Pferdewechselstation) im Ort
Pfarrkirche in Murstetten (ca. 3 km)

Seit undenklichen Zeiten ist das Gebiet von Perschling bereits besiedelt. Ausgrabungen aus prähistorischer und römischer Zeit zeigen, daß die günstige Lage und die schöne Gegend schon immer ihren Reiz auf die Menschen ausgeübt haben.

In dem im Jahre 1989 eröffneten Heimatmuseum können sich die Besucher ein Bild von der bäuerlichen und handwerklichen Arbeitswelt früherer Zeit machen. Fotos und Dokumentationen über die historische Poststation, sowie prähistorische Funde aus Langmannersdorf und Haselbach ergänzen die Sammlung.

Wegweiser

Der **erste Raum** des Heimatmuseums ist vorwiegend dem Handwerk gewidmet. Er gibt einen Überblick über verschiedene Berufe (zum Teil auch schon ausgestorben) und deren Arbeitsgeräte und Werkzeuge. Vielfältige Geräte des Zimmermanns, Faßbinders, Wagners, Schusters, Schneiders, Sattlers, und Strohdeckers sind hier aufbewahrt. An Besonderheiten seien erwähnt: Sattlerrößl, Kummetstock, Nähkloben, Radstock, Schabkluppe u.a.

Im **zweiten Raum** sind Fotos, Zeitungsausschnitte und Dokumente, die das Postwesen betreffen, an einer großen Wandtafel zu sehen. War doch Perschling (nach Purkersdorf und Sieghartskirchen) die dritte Station der ehemaligen k.k. Post zwischen Wien und Linz. Ehemalige Fahrpläne zwischen St. Pölten und Perschling bereichern die Sammlung.

Weiters finden sich in diesem Raum alte Möbel, altes Spielzeug und eine sakrale Ecke (Zeugnisse der Volksfrömmigkeit, alte Gebetsbücher, Spielbilder, Beichtzettel, Votivgaben, Wallfahrtsandenken und Bücher zur geistigen Erbauung.

Eine Rarität ist ein barockes Waffeleisen zum Hostienbacken aus der Pfarrkirche Murstetten.

Im **dritten Raum** sind Arbeitsgeräte und Gegenstände, die mit der Landwirtschaft und dem Haushalt zusammenhängen, aufbewahrt. Viele der Geräte, die hier zu sehen sind, verwendet man seit langem nicht

mehr - die Technik hat wohl unser Leben vereinfacht und viele Arbeitsgänge beschleunigt.

Neben zahlreichen Kleingeräten die zum Teil aus bäuerlichem Hausrat stammen, gibt es noch Pferdegeschirre, Ochsenjoche, verschiedene Butterfässer, eine hölzerne Egge, einen Pflug mit hölzerner Pflugschar sowie einen Schlitten für die Milchbeförderung zu sehen.

Besonders reizvoll ist die alte Bauernküche mit einem gekachelten Herd und einem bemalten Bauernkasten, der aus dem Ort selbst stammt - sowie eine kurios anmutende hölzerne Waschmaschine aus der Zeit um 1940. Aus der Vielzahl der hier gezeigten Objekte seien noch hervorgehoben: eine Roßhaarschneidemaschine, ein Dampfdruckkochtopf, Kaffeeröstegeräte, bäuerliches Geschirr, eine Grammelpresse aus Porzellan, eine Molter sowie eine alte Wanduhr.

Im **vierten Raum** befinden sich in einer Vitrine Zeugnisse aus unserer frühesten Geschichte: Mammutknochen und Steinwerkzeuge sowie Kopien einiger Grabbeigaben, die in einem römischen Friedhof in Haselbach freigelegt wurden.

Ferner werden Erinnerungsstücke aus dem I. und II. Weltkrieg gezeigt; besonders interessant ist eine umfangreiche Sammlung von Abzeichen des Winterhilfswerks.

Dokumente, Bilder und Fotografien zur Geschichte der Vereine der Gemeinde ergänzen die Sammlungen.

Ein besonders schönes Stück ist der Originalpoststempel aus Perschling aus dem Jahre 1832.

Fotos von den Begräbnisfeierlichkeiten Kaiser Franz Josephs (1916) sowie des Bundeskanzlers Dollfuß (1934) sind in einer Eckvitrine erhalten, ergänzt durch Not- und Inflationsgeld aus der schweren Nachkriegszeit.

Dieses Museum soll der Nachwelt ein Zeugnis ablegen von der Arbeitswelt unserer Vorfahren und gleichzeitig alles, was uns erhaltenswert erscheint, aufbewahren. Möge es allen als ein Ort der Begegnung mit der örtlichen Geschichte viel Freude bereiten.

Quelle: HOL Gerhard Weninger

Impressionen aus dem Heimatmuseum der Gemeinde Weißenkirchen / Perschling

Rauchen verboten!

Zimmermann
Handwerk
hat goldenen Boden
Schmoll
Pasta
Schuster

Weißenkirchen / Wachau

Wachau-museum Teisen-hoferhof

Gemeindeamt
3610 Weißenkirchen

Tel. 02715 - 22 32 - 11
Fax 22 32 - 22

Anreise
A1 Abfahrt Melk/B 3 durch die Wachau
A1 Abfahrt St. Pölten/S 33 Krems/B 3

Bahn- und Schiffsstation Weißenkirchen

Öffnungszeiten
1. April - 31. Oktober:
DI - SO 10.00-17.00 Uhr

Eintritt
Ermäßigung für Gruppen, Schüler, Studenten und Militär.

Führungen
Besichtigung mit Führung möglich

Fotografieren
Gestattet

Publikationen/Kataloge
Vorhanden, bei Museumsführerin erhältlich

Allgemeines
Das Museum ist eine Außenstelle des Niederösterreichischen Landesmuseums, Wien

Ob Sie nun an einem Seminar teilnehmen oder zu Fuß die Weinwege und Wanderpfade erkunden, Sie werden von der sich Ihnen darbietenden Landschaft beeindruckt sein.

Weißenkirchen und das Wachaumuseum bieten ein unvergeßliches Erlebnis. So ist der Teisenhoferhof auch zu einem beliebten Veranstaltungsort geworden.

1. NIEDERÖSTERREICHISCHE WEINAKADEMIE

WEINSEMINAR TEISENHOFERHOF

Seit dem Altertum erfreut sich die Menschheit an der geheimnisvollen und heilsamen Kraft des Weines. Nichts anderes beflügelt Geist, Kunst und Humor so wie der Wein.
Darum sollte man alles wissen über den Rebensaft. Diese Aufgabe übernimmt die ***Weinakademie*** im historischen Ratssaal des Teisenhoferhofes. Und zwar in Ein- und Zweitageseminaren. Önologen (Weinbauingenieure), Mediziner, Köche, Künstler und Weinhauer vermitteln Weinliebhabern reiches Wissen dieses göttlichen Getränkes.Vom Rebstock bis zum Faß erfährt der Gast, wie Wein entsteht, wie er gepflegt wird, welche Kraft er hat und wie er richtig genossen werden soll. Das Seminar findet bei einer Mindestteilnehmerzahl von 10 Personen statt.

Regiekostenbeitrag
Eintagesseminar ATS 600.-
Zweitageseminar ATS 1.000.-

Auskunft und Anmeldung
Gemeindeamt 3610 Weißenkirchen
Tel. 02715 - 22 32 - 11
Fax 02715 - 22 32 - 22

Der malerische Marktflecken, umgeben von sonnigen Rebhügeln und eingeengt zwischen dem Silberband der Donau am linken Ufer gelegen, war einst der Hauptort des „Tales Wachau".

Da auch die Pfarre St. Michael bereits 987 urkundlich genannt wird und als Mutterpfarre der gesamten Region gilt, ist es nicht verwunderlich, daß dieser bezaubernde Markt als Standort für das Wachaumuseum ausgewählt wurde.

Es ist in einem der schönsten Renaissancehöfe der Wachau, im Teisenhoferhof, früher auch Schützenhof genannt, untergebracht.

Weinpresse aus der Zeit 1756 und 1766

Dieser wunderbare Laubenhof mit seinen ansitzartigen Türmen dominiert so das Ortsbild von Weißenkirchen. Erbaut wurde er zwischen 1439 und 1468 durch Heinrich Teisenhofer, 1542 durch den Ratsrichter Michael Gebl erweitert, 1793 durch einen Brand zerstört und seit 1965 als Wachaumuseum verwendet.

Äußeres

Der geknickte Südtrakt bildet einen Teil der Front des Marktplatzes und wird rechts vom Stiegenaufgang zur Kirche überschnitten. Ein Rundbogentor mit Hohlkehlenprofil und wuchtigen Prellsteinen unterbricht einerseits, spätgotische Fenster mit Stabprofil auf Kerbschnittsockelchen andererseits die glatte Fassade.

Aus der Mitte des 16. Jahrhunderts stammt der einachsige Erker auf abgewellten Konsolen und Rundbogendekor; die über zwei Geschoßen hoch aufragende, zinnenbekrönte Blendmauer aus der zweiten Hälfte des 15. Jahrhunderts. Ein weiter, unregelmäßiger Hof mit zweigeschoßigen Arkadengängen mit Pultdach ziert das Innere dieses wunderbaren historischen Bauwerks.

Sammlungen

Ein breiter Raum ist den Werken der sogenannten Wachaumaler gewidmet, die um die Jahrhundertwende zum 20. Jahrhundert hier lebten.

An diese Generation knüpft die Wachaumalerakademie an. Motivwachau, Kreativseminar Weißenkirchen, bietet Personen, die in der Wachau Malen und Zeichnen lernen wollen Kurstermine an. Diese Schulung in lockerer Form führen anerkannte Künstler während der Sommermonate im malerischen Teisenhoferhof, im wunderschönen Donautal und auf den romantischen Weinbergterrassen durch. Im Festsaal sind Archivalien zur Geschichte des Hofes, Wachauer Trachten und alter Hausrat ausgestellt.

Besonders stimmungsvoll präsentiert sich das zum Teil in den Felsen gehauene Preßhaus mit einer mit volkstümlichen Schnitzereien farbig gefaßten reich verzierten Weinpresse aus der Zeit 1756 und 1766. Bacchus wird dabei von zwei Atlanten gestützt.

Quelle: Gemeindeamt Weißenkirchen

Wilhelmsburg

Anreise
A1 Ausfahrt St. Pölten Süd/B20

Bahnhof Wilhelmsburg

Linienbusse

Öffnungszeiten
MO - FR 8.30 - 12.00
und 13.00 - 17.00 Uhr

Eintritt
Frei

Führungen
Gegen Voranmeldung nach Bedarf

Fachgebiete
Kunst - Keramik

Fotografieren
Erlaubt

Schwerpunkte
Barocksaal 17. - 18. Jh.
mittelalterliches Gewölbe

Publikationen/Kataloge
Vorhanden

Barocksaal, 17. - 18. Jahrhundert

Keramikhaus Kunstgalerie

3150 Wilhelmsburg

Tel. 02746 - 2774
Fax 2774 - 9

Keramikhaus

Die unteren Grundmauern dieses kunsthistorisch wertvollen Denkmals sowie die alten Kellergewölbe stammen noch aus der Zeit des mittelalterlichen Marktes (13.-14. Jahrhundert).

Das aufgehende Erd- und Obergeschoßmauerwerk stammt wahrscheinlich aus dem 15. Jahrhundert. Ebenso sind die vor kurzem freigelegten Wandmalereien im Erdgeschoß aus dieser Zeit.

Im Erdgeschoß befindet sich ein für diese Gegend einmaliges Juwel frühbarocker Baukunst: ein Saal mit Stuckdecke und Bemalung. Ende des 17. Jahrhunderts entstanden. Der Prunksaal wird von einem leichten Tonnengewölbe überspannt, das überreiche Barockplastiken zur Ansicht bringt.

Vier große Adler im Kreuz stehend, strekken in vollendeter Formschönheit ihre Köpfe weit vor und bewirken so dadurch eine angenehm empfundene Teilung des Raumes.

In den Diagonalwinkeln des Tonnengewölbes wie auch in den inneren Seitenflächen der vier Fenster befinden sich in plastischer Ausführung Burgen und Schlösser, die von einem vornehmen Rankwerk umgeben sind. Die Gesamtarbeit in dieser Art kann als die gediegendste im ganzen oberen Traisental betrachtet werden.

Vor dem Gebäude „Haus am Ecke" wie das Keramikhaus früher genannt wurde, befindet sich der „Steinerne Metzen" von 1583 ein Wahrzeichen Alt-Wilhelmsburgs, mit dem vor Jahrhunderten das Korn beim Verkauf gemessen wurde.

Dieser Teil des Hauptplatzes hieß auch früher „Kornmarkt". Jetzt wird das Haus für Ausstellungszwecke der Keramikmanufaktur und Hafnerbetrieb Billensteiner benützt.

In den Räumlichkeiten des Erd- und Obergeschoßes werden die im Hause erzeugten Kachelöfen, Keramiken, Tonskulpturen, Geschirr und Töpferwaren in würdigem Rahmen ausgestellt.

In den alten Kellergewölben befindet sich die ständige Kunstkeramik-Ausstellung der Keramikkünstlerin Maria Theresia Billensteiner.

Quelle: Keramikhaus Wilhelmsburg

Galerie Lieselotte SCHNEIDER

Langegasse 5
3370 Ybbs

Tel. 07412 - 52 6 18,
02757 - 80 52
Fax 07412 - 52 6 18-4

Anreise
A1 Ausfahrt Ybbs
B3, B25

Bahnhof Ybbs

Linienbusse

Öffnungszeiten
Nach telefonischer Anmeldung

Eintritt
Kein Eintritt

Führungen
Nach telefonischer Anmeldung

Fachgebiete
Ölmalerei

Fotografieren
Erlaubt

Sonderausstellungen
Laufend wechselnde Sonderausstellungen

Schwerpunkte
Ikonen- und Marterlnmalerei

Allgemeines
Ausstellung in der Galerie

Marterln in Rossatz

Lieselotte Schneider, „Heiligenmalerin" mit einer wunderschönen Ikone

Galerie Lieselotte Schneider

Lieselotte Schneider malte schon als Kind sehr gerne und wünschte sich nichts mehr als eine künstlerische Ausbildung. Aber als Kriegskind ließen sich diese Träume sehr schwer verwirklichen. Nach dem Besuch der Handelsschule verblieb sie lange Zeit bei einem ungeliebten Beruf.

Ganz plötzlich entschloß sich dann Frau Schneider nach einigen Aufbau- und Weiterbildungskursen wieder zu malen. Anfangs waren die wunderschönen Ikonen nur für sie selbst gedacht, bis diese Meisterwerke erstmals öffentlich bewundert werden konnten und die Nachfrage immer größer wurde.

Für kurze Zeit wurde Lieselotte Schneider ausschließlich zur „Heiligenmalerin", und viele Bildtafeln für Kapellen, Wegkreuze und Hausfassaden entstanden. Das epigonische Malen schränkte jedoch sehr ein, daher wandte sie sich auch der modernen Malerei zu, um sich neue künstlerische Horizonte zu erschließen. Nach einigen Ausstellungen findet sie aber auch in diesem neuen Metier die ihr zustehende Resonanz.

Die von Material und Ästhetik im wahrsten Sinne des Wortes geprägten Arbeiten lassen bereits die eigenständige Linie des unverwechselbaren Stils erkennen. Trotzdem hat sie mit alten Gewohnheiten und Gestaltungsgepflogenheiten nicht gebrochen, sondern diese „mitmodernisiert", wie sich an Hand von gold- und kupferbeschichteten Exponaten erkennen läßt.

Auch scheut sich Lieselotte Schneider nicht, immer neue Ideen zu erarbeiten. Beispielsweise arbeitet sie mit Lack auf Karton. Nebenbei hat die Pöchlarnerin noch auf dem Gebiet der Seidenmalerei ihr Können bewiesen. Aus dieser Flexibilität ist sicherlich auch ihr Talent für die Kunst ersichtlich.

In ihrem Atelier beschäftigt sich die Künstlerin aber auch mit Gemälde-Restaurierungen und stellt ihre Werke aus.

Zwettl

ZWETTLER STADT MUSEUM

HAUPTPLATZ 4
3910 ZWETTL
ÖSTERREICH
TEL: 02822/52564

Das Zwettler Stadtmuseum im alten Rathaus

Das Zwettler Stadtmuseum ist ein modernes Museum, das sowohl Kinder als auch Erwachsene ansprechen möchte!

Wir wollen die Geschichte nicht einfach konservieren, sondern erlebnisreich, einprägsam, informativ und interessant vermitteln. Deshalb ist dieses Museum nach modernsten museumspädagogischen Erkenntnissen gestaltet.

Alle Aktivitäten sind darauf ausgerichtet, das gesteckte Ziel auch zu erreichen!

Stadt-museum

Hauptplatz 4
3910 Zwettl

Tel. 02822 - 52 5 64

GESCHICHTE ZUM
BE-GREIFEN

Ein Blick auf die Waffensammlung

Geschichte „be-greifbar" machen: das Stadtmodell

Erleben Sie Geschichte im neuen Zwettler Stadtmuseum!

Sie sehen die wichtigsten Urkunden seit der Stadtgründung, die umfangreiche Waffensammlung und vieles mehr - von der Blutgerichtsbarkeit über das Zunft- und Marktwesen bis zum Bürgertum.

Bei Georg Ritter von Schönerer erfahren Sie ein leidvolles politisches Gedankengut.

Der Höhepunkt neben dem einmaligen und „be-greifbaren" Stadtmodell ist die Diaschau „Jenseits der Donau - Kultur Geschichten aus Zwettl" in modernster Multi-Media- Technik.

Wir freuen uns auf ihren Besuch!

Öffnungszeiten

Mai bis Oktober: FR 14.00 - 18.00 Uhr, SA, SO/Feiertag, 10.00 -12.00 und 14.00 -18.00 Uhr

Juli und August zusätzlich DI bis DO 14.00 - 18.00 Uhr. Führungen außerhalb der Öffnungszeiten gegen Voranmeldung möglich.

Zwettl

Anreise
Von Wien B4 bis Horn/B38
von Linz A7/B125/B38

Bahn Wien - Schwarzenau
(umsteigen) - Zwettl

Busse von Linz, Krems, Wien

Öffnungszeiten
Ostern, 1. Mai bis 31. Oktober

Eintritt
Einzelkarte 50,-; Gruppe 40,- /Pers.
Schüler 25,-

Führungen
Führungen tgl. 10.00, 11.00, 14.00, 15.00 Uhr
(Juli - September auch 16.00 Uhr)
SO, Feiertag 11.00, 14.00 und 15.00 Uhr

Fotografieren
Nicht erlaubt

Veranstaltungen
Internationales Orgelfest im Juni und Juli
Religiöse Angebote des Bildungshauses

Sehenswürdigkeiten
Stiftskirche, Kapitelsaal
Kreuzgang, Dormitorium, Necessarium

Publikationen/Kataloge
Vorhanden

Allgemeines
Das einstige Rodungskloster der Kuenringer mit den ältesten Mönchsbehausungen aus dem 12. Jh. und einem der frühesten Kreuzgänge Österreichs regt heute mit Tagungs- und Exerzitienräumen zu einer beschaulichen Begegnung im nördlichsten Teil Niederösterreichs an.
Stift Zwettl ist seit der Restaurierung der barocken Orgel Schauplatz des „Internationalen Orgelfestes"

Zisterzienserstift

3910 Zwettl

Tel. 02822 - 550 - 0
Fax 02822 - 550 - 50

Hadmar I. aus dem babenbergischen Ministerialengeschlecht der Kuenringer gründete im damals noch unzugänglichen „Nordwald" das **Stift Zwettl**. Er schenkte diese Gründung Abt Hermann von Heiligenkreuz, der das Kloster mit 12 **Zisterziensermönchen** besiedelte. Durch die zähe Rodungsarbeit der **Zisterzienser** wurde der Wald bald in ein „lichtes Tal" verwandelt, woran der lateinische Name des Klosters „Clara Vallis" noch heute erinnert. 1159 weihte Bischof Konrad II. von Passau, ein Sohn Leopolds III., Kirche und Kloster. Selten sind so gut erhaltene Teile eines mittelalterlichen Klosters zu sehen wie die aus der Romanik stammende Pfortenhalle mit ihrem Tonnengewölbe, der Kreuzgang, das Dormitorium, der Kapitelsaal, Cellarium und Necessarium (die als „Donnerbalken" bezeichnete Latrinenanlage in den Kamp).

Der Kreuzgang ist einer der frühesten in Österreich, der Kapitelsaal der älteste noch erhaltene, die Hallenkirche von der frühgotischen Zisterzienserarchitektur beeinflußt.

Brunnenhaus

Kreuzgang

Durch die reichen Dotationen der Kuenringer entfaltete sich das Kloster immer mehr, sodaß es im 13. und 14. Jh. einen ersten Höhepunkt seiner Entwicklung erreichte. Ein bedeutendes Skriptorium sorgte für ein rasches Anwachsen des Bücherbestandes und ist so ein Zeichen für die rege wissenschaftliche Tätigkeit des Klosters im Mittelalter. Die „Bärenhaut", das Stiftungsbuch von Zwettl aus dem Jahr 1311, ist eine der wichtigsten Handschriften aus dieser Zeit.

Wirtschaftskrisen und die Hussitenkriege, in denen das Stift 1427 zerstört wurde, brachten eine Zeit des Niederganges. Doch auch die Böhmeneinfälle und die Besetzung durch den Ungarnkönig Matthias Corvinus konnten das klösterliche Leben nicht zum Stillstand bringen. Nach und nach erholte sich das Kloster, das Musikleben blühte durch die Errichtung eines Sängerknabeninstitutes auf, wertvolle Kunstwerke wie der geschnitzte gotische Hochaltar von **Andreas Morgenstern** wurden geschaffen. Reformationswirren, Türkenkriege, Bauernaufstände und Schwedeneinfälle belasteten das Kloster aufs neue, doch konnte auch diese schwere Zeit glücklich überbrückt werden. Der neue Aufschwung machte sich im monastischen Leben auf den Gebieten der Theologie, der Geschichtsforschung, der Musik und der Dichtung sowie in der barocken Umgestaltung der Klostergebäude bemerkbar. Es entstand eine gelungene Verbindung der romanisch-gotischen mit den barocken Bauten. Dies ist besonders deutlich am markanten Kirchturm und an der Inneneinrichtung der Kirche zu sehen, für deren Ausstattung bekannte Künstler wie Matthias Steinl, Paul Troger, Martino Altomonte u.a. gewonnen werden konnten. Neben der Betreuung der Land- und Forstwirtschaft, der Fischzucht und der Weinproduktion in Gobelsburg, die die wirtschaftliche Grundlage für die Erhaltung des Stiftes bilden, führen die Mönche das traditionsreiche Sängerknabenkonvikt und ein Bildungshaus. Seit der gelungenen Restauration der barocken Orgel 1983 findet im Stift alljährlich das „Internationale Orgelfest" statt, das heute ein Höhepunkt des kulturellen Wirkens in Zwettl ist.

Quelle: Amt der NÖ Landesregierung Kulturabteilung

Zwettl

Dürnhof Museum für Medizin-Meteorologie

Zisterzienserstift
3910 Zwettl

Tel. 02822 - 53 1 80
0222- 36 44 53-247, 206

Anreise
Wien - Krems - Gföhl - Zwettl
Linz - Freistadt - Groß Gerungs - Zwettl

Bahn Wien - Schwarzenau (umsteigen) - Zwettl

Linienbusse von Linz, Wien, Krems

Öffnungszeiten
Mai - November täglich 10.00 - 18.00 Uhr

Eintritt
Ermäßigung für Gruppen ab 15 Personen sowie für Schüler, Studenten, Präsenzdiener, Senioren, Elternpaare und Kinder bis 15 Jahre (Familienkarte)
Führungskarten ebenfalls ermäßigt

Führungen
Durch das Museum bzw. durch die Schloßanlagen bei Bedarf, Reisegruppen werden um rechtzeitige Voranmeldung gebeten

Fotografieren
Erlaubt

Sonderausstellungen
Jährlich zum Thema „Medizin-Meteorologie"

Schwerpunkte
Entwicklung der interdisziplinären Humanbiometeorologie von Hippokrates bis zum Stand der heutigen Forschung

Sehenswürdigkeiten
Stift Zwettl
Stadtmuseum Zwettl
„Hundertwasserbrunnen" in Zwettl

Publikationen/Kataloge
Museumskatalog vorhanden

Über viele Jahrhunderte ein klösterlicher Meierhof des nahen Stiftes Zwettl, ist der Dürnhof heute ein Museum der besonderen Art, nämlich für Medizin-Meteorologie. Wetterfühlige, Allergiker und Kranke finden hier umfassende Informationen über die Auswirkungen von Klima und Wetter auf das persönliche Wohlbefinden - und Anregungen, wie der eigene Gesundheitszustand nachhaltig mit Naturmitteln und Heilkräutern verbessert werden kann.

Dürnhof wurde für diese Idee bereits mit mehreren nationalen und internationalen Auszeichnungen geehrt.

Geschichte

Eine erste Ansiedlung auf dem Boden des heutigen Museums entstand bereits um die Jahrtausendwende; um 1200 schließlich wurde der Dürnhof als selbständiger Wirtschaftsbetrieb des nahe gelegenen Zwettler Stiftes errichtet - die entsprechende Bestätigungsurkunde von Papst Innozenz III. stammt aus dem Jahre 1210.1294 wurde die im Erdgeschoß gelegene romanische Kapelle dem Apostel Paulus geweiht, 200 Jahre später baute man darüber eine zweite, gotische Kapelle.

Hundertwasser Brunnen in Zwettl

Im 16. Jahrhundert wurde in die Südfront des Hauses eine Renaissance-Loggia eingefügt, etwas später noch an der Nordseite eine Freitreppe zum Kapellentrakt errichtet.

Bis ins 20. Jahrhundert hinein blieb Dürnhof klösterlicher Meiereibetrieb - immer wieder von Bränden und Zerstörung heimgesucht, immer wieder aufgebaut. Vor dem Zweiten Weltkrieg war Dürnhof Deckstation für Arbeitspferde des Stiftes, von 1945 bis 1947 quartierte die russische Besatzungsmacht mehr als 10.000 Kriegs- und Zivilgefangene hier ein. Danach wurden die Nebengebäude abgerissen, während das Haupthaus über Jahrzehnte hindurch dem „natürlichen" Verfall preisgegeben war. Erst 1975 wurde Dürnhof an ein Industrieunternehmen verpachtet, doch ein Jahr darauf stürzte der Dachstuhl des gotischen Gebäudes in sich zusammen ....

Die dauerhafte Rettung Dürnhofs - heute im Besitz der Republik Österreich - gelang 1981 mit dem Beginn der umfassenden Sanierungsarbeiten sowie der Errichtung des Medizin-Meteorologie-Museums (1984) und des Heilkräutergartens nach alter klösterlicher Tradition.

Sehenswürdigkeiten

Hauptattraktion ist zweifellos das in dieser Form einzigartige Museum, das - neben jährlich wechselnden Sonderschauen - in einer Dauerausstellung die Entwicklung der Human-Biometeorologie von der Antike bis in die Gegenwart, von Hippokrates über Paracelsus bis zu van Swieten ebenso dokumentiert wie Brauchtum und Aberglauben in Meteorologie und Medizin.

So versucht die medizinisch-meteorologische Ethnologie eine weiten Bogen vom vorgeschichtlichen Dämonenglauben über Naturreligionen und Vielgötterei bis zu heute noch bestehenden Praktiken anhand wertvoller Exponate zu ziehen.

Ein weiterer Schwerpunkt ist dem Problemfeld „Umweltbelastung und Zivilisationskrankheiten" gewidmet. Neben umfassenden fachlichen Grundinformationen über Wetter, Klima und deren Auswirkungen auf den menschlichen Organismus findet der Besucher aber auch viele praktische Hinweise und Tips: Heilbäder und Kuraufenthalte werden ebenso vorgestellt wie Klimatherapien oder die richtige Urlaubsplanung.

Im Freiraum des Museums schließlich sind ein Heilkräuter-Lehrgarten nach mittelalterlichen Baurichtlinien sowie ein Allergologie-Pflanzenlehrpfad angelegt.

Dürnhof und seine unmittelbare Umgebung gelten nicht zuletzt als „Kraftpunkte" in der Natur - Stellen, an denen Energien besonders spürbar sind. Die stärksten Ausstrahlungen werden dem Bereich unter und rund um die Kapelle zugeschrieben.

Quelle: Stadtgemeinde Zwettl